함므니 하부지와

헤리 이야기 ❶

"하부지! 놀이터 가자!!"

한누리미디어

국립중앙도서관 출판시도서목록(CIP)

"하부지! 놀이터 가자!" : 한길 다이어리 / 지은이 : 윤영섭. -- 서울 : 한누리미디어, 2014
p. ; cm, --- (함므니 하부지와 혜리 이야기 ; 1)

ISBN 978-89-7969-474-1 04810 : ₩13000
ISBN 978-89-7969-473-4 (세트) 04810

일기(기록) [日記]

816.7-KDC5
895.765-DDC21 CIP2014009987

머리말

사랑하는 우리 혜리가 며칠 뒤면 초등학교에 들어간다. 이제 그간 써 오던 '혜리일기'를 녀석의 기억으로 넘겨야겠다. 그러고 보니 녀석의 일기를 써 온 지 어느새 7년째가 된다.

내가 녀석을 처음 본 건 녀석이 태어나던 날의 저녁 무렵이다. 퇴근 뒤에 집사람과 분당 서현동 본산부인과 병원을 찾았다가 신생아실에서 녀석을 보게 되었다. 그 때 녀석은 산실 유리창 저 너머 강보에 싸여 간호사 손에 들려 있었다. 녀석이 세상에 태어난 지 몇 시간 지나지 않았을 때다.

녀석의 첫 인상은 그렇게도 인상적이었다. 눈을 감고 입을 오물거리며 고개를 이리저리 돌리는데…, 얼른 보기에 이목구비가 뚜렷하고, 코가 유난히 오뚝한 게 천상의 미인이었다. 간호사가 손에 들고 이리저리 모습을 보여주는데, 이상하게도 가슴이 콩닥거렸다. 어쩌면 저렇게도 예쁠까! 이건 정말 아기천사가 아닌가!!

내가 옆의 집사람에게 눈길을 주며 일렀다.

"이봐! 녀석이 정말…, 정말… 너무 예쁘네…!"

내 이 말에 그 사람이 얼른 동의를 해 주었다.

"정말이네…!! 그래! 정말 너무 예뻐!! 예쁘지 않은 곳이 한 군데도 없네…!!"

잠시 뒤 혜리에미의 산실을 찾았더니…, 침대에 앉아 있는데, 얼굴이 핼쑥하고 눈이 퀭해 있었다. 산실 여기저기에는 축하 화환들이 길게 늘어서 있었다.

혜리는 생후 1주일 뒤, 퇴원해서부터 내 집 함므니 손에서 자랐다. 녀석의 에미 애비가 모두 직장엘 나가야 해서다. 제 에미 애비가 잘 키우기 어려울 거라는 함므니의 우려가 한 몫을 한 셈이다.

녀석과 함께 해 온 지난 7년 간의 나날들이다. 차라리 같이 웃고 울었다는 표현이 옳을 듯하다. 같이 자고 같이 일어나고, 종일 같이 뒹굴고 새새거리고, 나들이 여행을 같이 하고, 유치원 2년 초등학교 6년을 같이 다니고….

이런 나날들에서 기억에 남는 것들이다. 들쳐 안고 놀이터에 가 그네 목마 미끄럼을 타고, 집 뒤 산에 올라 수풀을 헤쳐 딸기 따먹고, 논밭둑 버들가지 꺾어 피리 만들어 삑삑거리고…. 그리고…, 사방치기, 연 날리기, 전국 사찰 다니기, 제주도, 미국 맨하튼, 뉴욕, 워싱턴, 나이아가라 폭포를 같이 서성거리고…, 혜리야! 우린 그 옛날 그렇게 재미있게 지냈단다.

녀석의 일기를 쓰면서 어려운 일들이 있었다. 날짜를 미뤘다가 쓰느라 정신을 쥐어짜고, 흥분해서 쓰느라 내용이 산만하고 풀어지기도 하고, 글재주 없어 아름답고 섬세한 표현을 하지 못하고…, 이런 저런 것들이다. 문학적 표현이 아니니까 뭐 그냥…, 이렇게 얼버무리기는 했지만….

녀석이 글을 깨우치면서부터 가끔 내가 쓰는 제 일기를 넘겨다 보았다. 내가 멋쩍어 "에이, 이 계집애! 뭘 봐!!" 하면 녀석이 넌지시 하는 말이다. "할아버지! 내가 이담에 보면 아주 슬프겠네요!"

먼 훗날 녀석이 여기 담긴 글을 사랑했으면 좋겠다. 어린 날의 추억과 뒤

안길을 돌아보는 실마리가 되어도 좋을 테고…. 함므니 하부지, 제 삼촌과의 삶을 그려보는 계기가 되어도 좋을 것이다. 녀석의 심성과 인성, 정서를 다듬는 마음의 고향이 되면 더욱 좋을 것이다.

어쩌다 보니 책 출간이 늦어졌다. 일기 쓰기를 마친 지 벌써 6년째가 된다. 그간 녀석이 초등학교를 졸업하게 되었다. 그런데 매년 2월의 정규 입학시험에 앞서 지난해 10월…, 3일 간에 걸쳐 치뤄진 분당 계원예술학교 입학시험 미술과에 합격하여 지난 3월 초부터 다니고 있다. 여간 기쁜 일이 아니다. 합격 소식을 듣고 난 정말 뛸 듯이 기뻤다.

돌이켜 보니 그간 제 에미 애비의 노고가 컸다. 함므니 하부지의 뒷바라지도 적지 않았다. 무엇보다 녀석의 노력이 엄청났다. 그 어려운 과정을 피하지 않고 지침없이 묵묵히 잘 해냈으니 말이다. 우린 몇번의 가족파티를 열어 녀석의 예중 합격을 축하해 주었다. 온 집안 식구, 특히 녀석의 끈질긴 노력과 도전정신에 무한한 찬사를 보내면서….

졸고에 아름다운 색깔을 덧칠해서 멋진 책으로 만들어준 한누리미디어 출판사 사장님과 편집진에 감사를 드리고 싶다.

끝으로 하고 싶은 말이다. 혜리야! 할아버지는 우리 혜리를 정말 사랑한다. 이담에 커서 이 할아버지 두고두고 기억해 주었으면 좋겠다.

혜리야! 정말 사랑한다…!!

2014년 3월 31일

할아버지가

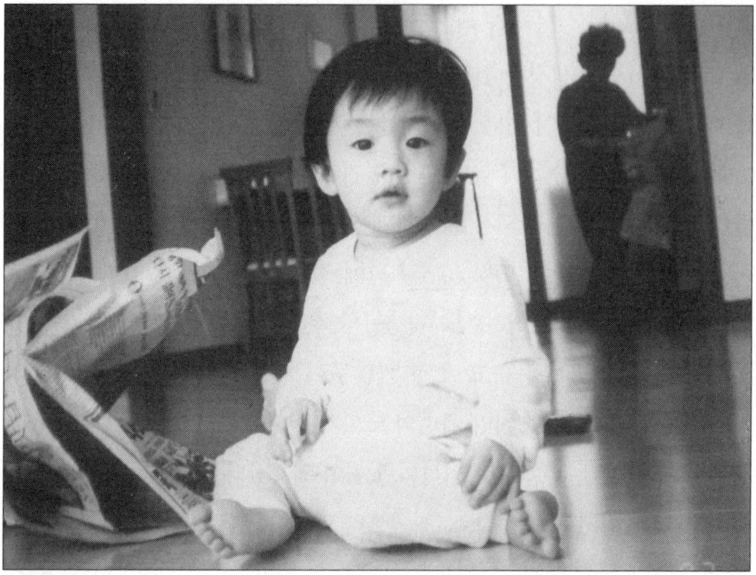

2002. 3. 11. 첫돌 무렵, 죽전집 거실

녀석이 놀란 듯
눈을 동그랗게 뜨고서
어리둥절 하부지를 바라보고 있다.
신문을 마구 구기고 놀다가
하부지가 소릴 지르자…
깜짝 놀란 모양이다.
내복 차림의 녀석이 천진해 보인다.
사진 뒤 창가에 함므니가 서성이고 있다.

1

2001. 3 ~
2003. 10

2001. 3. 31(토)

녀석과의 첫 만남, 병원산실

내가 녀석을 처음 본 건 녀석이 태어나던 날 저녁 무렵이다. 분당 서현동 '본산부인과' 병원. 2001년 3월 31일 토요일, 퇴근 뒤 집사람과 함께다. 그때 녀석은 강보에 쌓여 산실 유리창 저 너머 간호사 손에 안겨 있었다. 세상에 태어난 지 몇 시간 되지 않아서다.

녀석의 첫 인상은 그렇게 인상적이었다. 눈을 감고 입을 오물거리며 고개를 이리저리 돌리고 있는데, 얼른 보기에 이목구비가 뚜렷하고, 코가 유난히 오뚝하였다. 간호사 손에 들려 있는 녀석을 보자니 가슴이 마냥 콩닥거렸다. 어쩌면 저리도 예쁠 수 있을까….

마치 아기천사를 보고 있는 듯하였다.

이때 나도 모르게 터져 나온 소리이다.

"선영이 엄마! 녀석이 정말 예쁘네…!!"

그 사람이 얼른 동의를 해 주었다.

"정말이야!! 어쩌면 저렇게 예쁠 수 있을까?"

녀석은 예쁘지 않은 곳이 한 군데도 없었다.

잠시 뒤 혜리에미의 병실을 찾았다. 혜리에미는 얼굴이 핼쑥하고, 눈이 퀭해 있었다. 병실 여기저기엔 축하 화환이 줄지어 서 있었다. 혜리는 생후 일주일 뒤 퇴원해서부터 내 집에서 자랐다. 녀석의 에미 애비가 모두 직장엘 나가야 해서다. 녀석의 예쁜 모습을 놓치지 않으려고, 제 에미 애비가 바쁘니 나라도…, 그래서 일기를 쓰기 시작하였다. 그런데 얼른 시작을 하지 못하고, 시간이 한참 지난 뒤 비로소 시작을 하였다. 참으로 아쉽다.

2003. 4. 9(수)

녀석이 태어난 지 두 돌이 되었다.

녀석이 태어난 지 두 돌이 되었다. 지난 3월 31일이 두 번째 돌이다.

저녁을 먹은 뒤 녀석이 자꾸 밖을 가리키며 "어이…, 어이…!" 한다. 집에만 있기가 답답한 모양이다. 날은 벌써 어두워 컴컴한데…, 함므니는 애 버릇 잘못 들인다고 난리이다. 어쨌거나 손을 잡고 밖으로 나갔더니 녀석이 그렇게 좋아할 수 없다. 내 손을 잡고 앞뒤로 흔들고, 겅중거리며, 고개를 까닥까닥하면서, 발을 들었다 놨다 하였다.

기분이 좋아서인가? 녀석의 행동이 전과는 사뭇 다르다. 대담하고 거칠 것이 없다. 컴컴한 아파트 숲길을 혼자 걷겠다고 난리를 치면서 손끝 하나 잡지 못하게 하였다. 걸음걸이도 줄달음질이다. 잡아주렸더니 "아니, 아니…" 하면서 고개를 흔들었다. 녀석은 놀이터로 오르는 돌계단을 혼자서 낑낑대며 올랐다. 옆에서 보기에 아슬아슬하였다.

녀석의 행동은 이후 계속 대담하였다. 그네도 혼자 타고, 목마도 혼자 타고, 흔들 배도 혼자 올라서는 마구 흔들어댔다. 위험할 것 같아 잡아주렸더니, 소리소리 지르고 손을 내 저었다. 미끄럼을 탈 때에도 마찬가지이다.

오르고 내리면서 도와주지 말라고 소리소릴 질렀다. 나보고는 저쪽에 앉아 있으라고 눈을 부라렸다. 성질이 난 표정을 지으면서 말이다. 한 동안 이렇게 놀던 녀석이 돌아올 때는 내 등에 업히겠다고 한다. 그래서 업었더니 이게 어느새 잠이 들었다. 바깥바람을 쐬고 싶었던 모양이다.

2003. 4. 22(수)

밖으로 나가자고 떼를 쓴다.

저녁을 먹고 한참이 지나서다. 녀석이 밖으로 나가자고 칭얼대며 마구 떼를 쓴다. 제 에미는 버릇이 나빠진다며 내버려두라고 하였다. 보기에 안타까워 내가 끼어들었다.

"혜리야! 하부지하고 어~기 갔다 올까?"

그랬더니 녀석이 너무 좋은지, 눈물을 글썽였다. 녀석은 제 애미가 옷을 입히려 하자 소리소리 질러 나더러 찾아 입혀 달라고 한다.

옷을 갈아입은 녀석이 나를 냅다 밖으로 끌었다. 문밖을 나와서는 머리를 위아래로 흔들며, 발을 번쩍 들어 내딛고, 내 손을 잡아 앞뒤로 흔들며, 콧노래를 불렀다. 기분이 무척 좋은 모양이다. 함므니와 종일 집에만 있으니 왜 아니 그러랴 싶었다. 길을 걷다가 녀석이 가끔 고개를 갸웃 내 눈과 마주치고는 좋아서 어쩔 줄을 모른다.

녀석은 집 옆 밭둑, 나지막한 언덕, 죽전휴게소 이곳저곳을 돌아보고 난 뒤 비로소 집으로 가자고 하였다. 집을 나선 지 한 시간쯤이 지나서다. 현관문을 들어서면서 녀석이 "함므니! 함므니!"를 외치며 고개를 꾸벅거렸다. 아까 나갈 때보다 마음이 훨씬 풀린 모양이다.

2003. 4. 25(금)

녀석이 함므니 젖을 먹는다.

녀석이 요즘도 함므니 젖을 자주 먹는다. 못 먹게 할 양으로 내가 장난질을 쳤다.

"얼라리 꼴라리! 얼라리 꼴라리! 혜리 계집애 젖 먹는데요…."

손뼉을 치면서 노래를 부르며 녀석의 눈치를 살폈다. 그랬더니 이게 두 손으로 얼굴을 가리고 눈을 찡끗해 보이며 손가락 사이로 내 눈치를 살폈다. 어쩌나 보려고 내가 계속 노래를 불렀다.

"얼라리 꼴라리~! 얼라리 꼴라리~! 혜리 계집애 젖 먹는데요…."

그랬더니 이게 물었던 젖을 쭉 빼고는 저도 일어나 박자에 맞춰 손뼉을 치며 춤을 추었다. 발을 들먹이면서…. 아마도 지가 보기에 내 모습이 재미있어 보였던 모양이다.

녀석의 계속되는 행동이다. 앙증맞은 손으로 손뼉을 치면서, 고개를 박자에 맞춰 끄덕이고, 얼굴은 나를 쳐다보면서 생글거렸다. 하는 짓이 너무 귀엽고 우스워 내가 한참을 깔깔대느라 정신이 없었다. 옆에 있던 함므니도 참지 못하고 같이 깔깔거렸다. 우리 셋이서는 한참을 같이 웃었다.

2003. 5. 2(금)

녀석이 벌거벗고 춤을 추었다.

녀석이 벌거벗고 춤을 추었다. 두살짜리 녀석, 저녁식사 전이다. 함므니가 녀석을 목욕시켜 거실로 내보냈을 때다. 녀석의 머리에는 수건이 씌워 있었다. 그런데 아랫도리는 벌거벗은 상태였다.

내가 장난기가 동해 노래를 시작하였다.

"얼라리 꼴라리! 얼라리 꼴라리! 혜리 계집애 벌거벗었데…!"

그러자 녀석이 얼른 수건으로 아랫도리를 가렸다. 엉덩이는 약간 뒤로 빼고, 나를 쳐다보면서, 부끄럽다는 눈웃음이다.

지난 번처럼 장난기가 동해 내가 장난을 더 쳐 보았다.

"얼라리 꼴라리! 얼라리 꼴라리!"

손뼉을 치고, 고개를 좌우로 흔들며, 리드미컬하게…. 그랬더니 녀석이 걸쳤던 수건을 내팽개치고 저도 손뼉을 치며 춤을 추기 시작하였다. 거실을 빙빙 돌면서…. 녀석과 나는 같이 거실을 돌며 춤과 노래를 불렀다.

그러자 함므니도 어느새 우리 놀이에 끼어들었다. 저녁밥을 짓다 말고서다. 우리 셋이는 거실을 돌며 한참을 춤과 노래를 불렀다.

혜리 때문에 늘 아프다던 그 사람, 오늘은 그게 아닌 모양이다. 한참을 우리와 함께 춤을 추었다. 우리의 밤새 화제는 혜리의 벌거벗은 춤이었다.

2003. 8. 1(금)

혜리가 제주도로 여행을 떠났다.

혜리가 제주도로 여행을 떠났다.

녀석은 아침부터 제 에미 애비에게 비행기를 타자고 자꾸만 졸랐다.

어젯밤 식구들이 여행이야기를 했던 것이 호기심을 자극한 모양이다.

녀석은 아직 여행이 뭔지, 제주도가 뭔지…, 아무것도 모른다. 녀석의 나이 이제 겨우 2년 4개월 밖에 되지 않았기 때문이다.

낮 12시 비행기…, 제 에미 애비가 아침부터 여행준비를 서둘렀다. 자칫 공항에 늦지 않을까 해서다. 오전 10시, 녀석이 함므니 하부지에게 인사를 하며 집을 나섰다.

"함므니, 빠이빠이! 하부지 빠이빠이…."

공항으로 떠난 녀석에게서 종일 소식이 없다. 몇 번 전화를 해 보았으나 불통이었다. 혜리에미에게서 전화가 온 것은 저녁 8시경이다. 내 메시지를 보고서 비로소 전화를 했다는 것이다. 혜리를 바꿨더니 녀석이 계속 울기만 하였다. 울다가 멈칫멈칫하며 하는 소리이다.

"하부지! 하부지 보고 싶어…!!"

그러니 어쩌겠는가, 데리러 갈 수도 없고….

두어 시간 뒤 다시 전화를 걸었더니, 녀석이 잔다고 한다.

여간 다행한 일이 아니다.

2003. 8. 2(토)

제주도의 녀석에게서 소식이 없다.

하루 종일 마음이 편치 않았다. 제주도에서 녀석이 어떻게 지내고 있는지 궁금해서다. 애들 걱정이 심하면 나이가 든 거라고 하던데 그런 모양이다. 종일 속이 타는데, 녀석에게선 전혀 소식이 없다. 내가 걱정을 하고 있자니, 그 사람이 하는 말이다.

"내일이면 돌아올 텐데, 웬 걱정이야…!"

하긴 그렇다. 내일이면 돌아온다.

저녁 8시경, 혜리에미에게서 전화가 왔다. 함므니가 허겁지겁 받는데, 녀석이 계속 울고 있다. 함므니가 달래느라 여념이 없다.

"혜리야! 잘 놀았어? 맛있는 거 많이 먹었어?"

녀석이 계속 우는 모양이다. 함므니의 달래는 소리가 계속되고 있다.

"혜리야! 한 번만 더 자구 내일 와!"

"함므니가 젖 줄게…, 알았지?"

녀석이 그러겠다고 하는 모양이다.

함므니가 전화를 끊었다.

2003. 8. 3(일)

아침부터 장맛비가 주룩주룩….

아침부터 장맛비가 주룩주룩 내리고 있다. 녀석이 비행기로 돌아와야 하는데 걱정이다. 혹시 비행기가 뜨지 못하면…? 함므니는 "괜한 걱정을 하고 있다"며 따가운 눈총이다.

당초 낮 12시에 출발하기로 되어 있던 비행기가 밤 8시로 변경이 되었다는 뒤늦은 소식이다. 녀석을 만나야 하는 시간이 그만큼 늦어지고 있다.

녀석은 밤 11시가 넘어서야 간신히 돌아왔다. 기다리다 지쳐 소파에 기대어 잠시 잠이 들었는데, 녀석이 현관문을 밀치고 들어오며 소릴 질렀다.

"하부지…!!"

잠시 뒤 녀석이 소파의 내게로 달려와 허리를 움켜잡고 어쩔 줄을 몰랐다. 내가 녀석을 번쩍 안아 뽀뽀를 해 주었다. 잠시 뒤 녀석이 함므니에게 달려가, 얼굴을 비벼대며 난리였다. 그러더니 녀석이 슬쩍 함므니 옷을 들추며 젖을 찾았다. 함므니가 녀석을 안고 얼른 방으로 들어갔다.

2003. 8. 15(금)

퇴촌 구림농원을 다녀왔다.

녀석을 데리고 퇴촌 구림농원을 다녀왔다. 방학 2주째를 맞아 함므니와 혜리, 혜리에미와 나 이렇게 넷이서다. 구림농원은 수영과 취사가 모두 가능한 곳으로, 주말이면 근처 도심에서 사람들이 많이 찾는 곳이다. 가족과 주말 나들이를 즐기기 위해서다.

가는 날이 장날이라고 했던가! 퇴촌으로 향하는 길이 주말차량들로 북새통이었다. 차들이 빠져 나가지 못하고 줄지어 서 있었다. 날을 잘못 잡았구나 싶었다. 그래서다. 수영을 뒤로 미루고 먼저 점심을 먹기로 하였다.

구림농원 근처 숲속 음식점이다. 길 옆 숲속에는 온갖 음식점들이 늘어서 있었다. 우리는 혜리의 요청으로 닭백숙을 먹기로 하였다. 이것이 끓는 동안 녀석과 난 근처 산골짜기 보막이 물을 찾았다. 유리알같이 맑은 물 속엔 잉어, 붕어, 피라미들이 한가로이 노닐고 있었다. 녀석이 신기했던 모양이다. 발을 둥둥 걷어붙이더니 물로 들어가려 하였다. 간신히 말리고는 녀석과 난 조약돌로 녀석들을 놀래 주었다. 고기들이 놀라는 모습이 신기했던지 녀석이 자꾸만 돌을 던졌다. 고기들이 놀라 이리저리 도망을 다녔다.

점심이 다 됐다고 함므니가 부를 때까지 우린 그곳에서 놀았다. 그러자 녀석이 배가 고팠던 모양이다. 닭다리 하나를 거뜬히 먹는 거였다. 그러고도 죽을 한참 더 먹었다. 녀석의 이마에 어느새 땀방울이 맺혔다.

해가 뉘엿뉘엿 질 무렵이다. 우리가 간신히 수영장을 찾았다. 그런데 이게 어떻게 된 일인가? 사람들이 어찌나 많은지 발 들여놓을 틈이 없었다. 수온도 너무 차가워 이가 딱딱 맞췄다. 어린 혜리가 들어갔다간 감기에 걸리기 알맞을 성싶었다. 발길을 돌릴 수밖에…, 발품팔이를 몹시 잘못한 날이었다.

2003. 8. 21(목)

녀석이 감기에 걸렸다.

녀석이 감기에 걸렸다. 그제부터 콧물이 나고 기침이 심하더니, 어제부터는 몸이 불덩어리이다. 며칠 전 구림농원엘 다녀온 것이 화근이 된 듯하였다. 함므닌 해열제를 먹인다며 난리였으나 여간 불안한 게 아니다.

내가 병원엘 데리고 가지 않는다고 소릴 질렀다. 함므닌 언젠가 지어 온 해열제를 먹여본 뒤 병원을 찾겠다고 하였다.

해열제를 먹여도 듣질 않자 함므니가 녀석을 들쳐 업고 병원을 찾았다. 의사의 말이, 목이 붓고 염증이 심하다고 하였다. 몸을 차게 해 주고, 충분히 잠을 재우라고 한다. 녀석은 약을 잘 받아 먹었다. 대개는 울고불고 난리인데…, 먹고 얼른 낫자는 함므니의 꾐에 빠져서다. 약을 받아먹고 난 뒤 녀석의 행동이다. 함므니 가슴을 들추고 자꾸만 젖을 먹겠단다.

약이 써서 그런 모양이다. 녀석의 감기는 일주일이나 계속되었다. 구림농원 수영장을 다녀온 것이 문제가 된 듯하다. 내가 무지했지 싶었다.

2003. 9. 6(토)

녀석이 손으로 메뚜기를 잡았다.

퇴근해서 보니 녀석이 함므니를 너무 치대고 있었다. 젖을 달라고 떼를 쓰고, 등에 업히겠다고 난리이다. 함므니가 지친 표정이다.

그래서 밖으로 데리고 나갔다. 집 앞 나무그늘에는 동네 꼬마들 서너 명이 모여 있었다. 녀석이 그들에게 달려가며 하는 소리이다.

"언니! 오빠!"

모두가 낯선 아이들이다. 녀석이 그들을 따라 잔디밭을 이리저리 돌아다녔다. 같이 뛰고, 바위에 오르고, 펄쩍 뛰어내리고…. 보기에 위험해 내가 소릴 질렀다.

"혜리야 위험해!!"

그랬더니, 이게 혼잣소리를 하며 뛰어다녔다.

"조심해! 조심해!!"

얼마쯤 이렇게 노는데, 발아래서 메뚜기들이 폴짝거렸다.

옳거니 요놈들하고 놀아야 되겠구나…! 내가 녀석과 이놈들을 잡기 시작하였다. 처음 녀석은 무서워 어쩔 줄을 몰라 했다. 몇 번 잡는 것을 보여주자 녀석이 비로소 만지작거렸다. 그러면서 하는 소리이다.

"안 무서워…! 안 무서워…!"

드디어 녀석이 메뚜기를 손으로 잡았다. 가끔 괴성을 지르면서….

잡은 놈들을 플라스틱 병에 담아보니 꽤 여러 마리였다.

이걸 가지고 집엘 들어오니 함므니가 난리였다.

"그런 걸 왜 잡느냐"는 것이다. 녀석의 정서에 좋을 것 같아서라고 했더니, "그게 정서와 무슨 상관이 있느냐?"며 면박이었다. 우리는 애써 잡은 녀석들을 베란다 밖으로 하나씩 던져 주었다.

2003. 9. 19(금)

병원놀이를 하자고 한다.

저녁을 먹고 소파에 앉아 TV를 보는데 녀석이 다가와 하는 소리이다.

"하부지, 아퍼?"

병원놀이를 하자는 것이다. 안경을 쓰고, 헤드램프를 걸치고, 청진기를 꽂고, 흰 가운을 입고서다. 영락없는 병원 의사의 모습이다. 안 아프다고 할 수가 없어서 이렇게 대답을 하였다.

"응, 아퍼!"

그랬더니 이게 얼른 바닥에 누우라고 한다. 그러면서 진찰을 시작하였다. 청진기를 내 배 이곳 저곳에 갖다대고, 램프로 입 속을 비춰보고, 플라스틱 스푼으로 입 속을 이리저리 헤집어 보았다. 영락없는 병원 의사의 행동이다. 그러더니 분명치 않은 발음으로 하는 소리다.

"에구! 많이 아프구나! 혜리 손이 약손이다 하자."

녀석이 앙증맞은 손으로 내 배를 살살 문질렀다. 그러며 노래를 불렀다.

"혜리 손이 약손이다! 혜리 손이 약손이다!!"

이건 꼭 제 함므니의 행동이다.

잠시 뒤 녀석이 약솜으로 문지르고 주사를 놓고, 그리고는 치료를 마쳤으니 돈을 내라고 손을 내밀었다. 내 치료를 마친 녀석이 이번엔 저도 해달라고 자리에 벌떡 누웠다. "모기가 앙 물었다" 고 하면서다. 얼굴을 찡그려 보이면서…, 그 모양이 여간 웃기는 게 아니다.

치료를 마치고는 돈을 내는 시늉을 하였다. 그리고 잠시 저만치 갔다가

와서는 다시 치료를 해 달라고 한다. 웃기는 계집애가 아닌가.

2003. 9. 20(토)

녀석이 "애구, 나쁜 놈 계집애…" 한다.

어느 때부터인가 녀석이 욕을 한다. 가장 잘 하는 욕이다.

"애구! 나쁜 놈 계집애!"

오늘도 그런 욕을 여러 번 하였다.

"애구! 나쁜 놈 계집애…!"

그런데 이상하다. 녀석의 욕이 귀엽고 재롱같이 들린다. 저녁을 먹으려고 테이블에 앉아 있을 때다. 녀석이 또 욕을 하였다. 그래서 어쩌나 보려고 시비를 걸었다.

"애구! 나쁜 놈 계집애! 혜리 바보 멍청이!"

그랬더니 이게 이내 하는 소리이다.

"아니야! 혜리 바보 아니야! 하부지 바보야!"

장난기가 동해 더 시비를 걸어보았다. 이번엔 제 에미를 들먹였다.

"혜리엄마 바보! 멍청이…!"

그랬더니 이게 이내 호통이다.

"아니야! 엄마 바보 아이야!"

두 돌 반이 지난 녀석의 생각과 행동이다. 어쩌나 보려고 이번엔 함므니를 들먹였다.

"함므니, 바보 멍청이…!"

그랬더니 이게 얼른 하는 소리이다.

"응…!"

함므니를 너무 좋아하는 녀석의 말이다. 의외였다. 제 에미는 바보가 아니고 함므니는 바보라는 것이다. 내가 녀석의 속마음을 더 들여다보았다.

"하부지 바보!"

"응!"

"삼촌 바보!"

"응!"

"혜리아빠 바보!"

"아니야!"

그러니까 제 식구는 바보가 아니고 함믄네 식구만 바보란다. 어찌나 우스운지 내가 한참 배를 움켜쥐고 웃었다. 계집애도 하얀 이를 드러내 보이며 한참을 깔깔거렸다.

2003. 9. 22(월)

시간만 나면 냉장고 놀이를 하잖다.

며칠 전 제 에미가 '콩순이 냉장고'를 사왔다. 이게 문제였다. 녀석이 시간만 나면 이걸 들고 와 놀자고 한다. 오늘 퇴근을 해서도 그랬다. 이게 이걸 들고 와 놀자고 한다. 녀석이 냉장고 문을 열면서 하는 소리이다.

"하부지, 우리 뭐 먹을까?"

"먹을 게 없는데…."

그러면 난리가 난다. 뭔가 먹을 게 있다고 해야 한다. 어쩔 수 없이 "수박…." 그러면 이게 이 때부터 신바람이다. 수박을 꺼내 썰어 주며 냠냠 소리를 내며 먹으라고 한다. 이 일이 끝나자마자 녀석이 또 하는 소리이다.

"하부지! 우리 또 뭐 먹을까…?"

냉장고 안의 모든 물건이 다 떨어져야 녀석의 장난이 멈춘다. 딸기, 토마토, 당근, 오이, 사과, 바나나…. 여간 따분한 일이 아니다. 사지가 비비 틀린다. 녀석의 장난은 생일축하 파티에서 정점을 이룬다. 냉장고 안의 생일케이크를 꺼내 놓고 생일 파티를 하자고 한다. 초를 꽂고, 불을 켜고, 박수를 치고, 버스데이 노래를 불러야 한다.

생일 파티에는 모든 식구가 다 참여를 해야 한다. 아니면 난리가 난다. 제 생일 파티가 끝나면, 돌아가며 함므니, 삼촌, 하부지 생일 파티를 한다. 그 때마다 초를 꽂고 불을 켜고, 박수와 노래를 불러야 한다. 집안 식구 모두의 생일 파티가 끝나야 이 행사는 끝이 난다. 그러니 얼마나 답답한 일인가. 그런데 어쩌겠는가. 하자고 그 난리를 치니….

2003. 9. 27(토)

어휘력이 조금씩 늘어나고 있다.

녀석의 어휘력이 조금씩 늘어나고 있다. 생후 29개월째 되는 녀석이다.

밖에 나가고 싶을 때 하는 소리이다.

"하부지, 바람 쐬러 나가자, 응…, 응…!"

나가 놀다 집에 들어오며 현관에서 하는 소리이다.

"함므니! 다녀왔습니다."

밖에서 놀다가 넘어지기라도 하면 이내 하는 비난이다.

"너 땜에 그랬짠어…!"

이게 가재 눈을 하고서다.

놀이터 높은 곳에서 쩔쩔매는 어느 꼬마를 보면서 하는 소리이다.

"하부지, 도와줘!"

함므니한테 안기고 싶으면, "함므니, 젖! 함므니 젖!" 하고, 문 뒤에 숨었다가 들키기라도 하면 "너 땜에 놀랬짠어…!"한다. 물컵 밑에 물 자국을 보면서는 "달…! 달…!"하고…. 둥근 물 자국이 하늘의 달이 연상되는 모양이다. 저녁 하늘의 뭉게구름을 보면서는, "하부지, 솜사탕 구음, 솜사탕 구음…!"한다.

말이 이렇게 조금씩 늘어나고 있다.

2003. 10. 8(수)

현관으로 달려나와 인사를 한다.

퇴근을 하여 현관에 들어설 때다. 녀석이 달려나와 바짓가랑이를 잡고 어쩔 줄을 모른다. 그러면서 안아달라고 깡충거리며 내 얼굴을 빤히 올려다 본다. 하루 종일 못 보다 비로소 보게 되니 꽤 반가운 모양이다. 녀석의 그 행동이 너무 귀여워 내가 얼른 안아 뽀뽀를 해 주었다.

녀석이 내가 들고 있는 종이봉투를 보며 하는 소리이다.

"하부지, 이게 뭐야!"

"초콜릿하고 쏘시지…! 혜리 주려고 사왔지!!"

녀석이 이걸 받아 들고는 좋아서 어쩔 줄을 모른다. 그러다가 머리를 꾸벅이며 하는 소리이다.

"하부지!! 고맙습니다!!"

하는 짓이 너무 귀엽고 예쁘다.

2003. 10. 12(일)

덕수궁 가을 미전엘 다녀왔다.

모처럼 혜리네 식구 셋이서 덕수궁 미전엘 다녀왔다. 혜리, 혜준이, 혜리 에미 이렇게 셋이서다. 오전 11시, 롯데월드를 간다더니 미전엘 다녀온 모양이다. 함므니와 나는 용인 백암에 가서 샘물을 길어왔다.

오후 5시, 녀석이 궁금해서 전화를 걸었더니 이게 호랑이 설명에 여념이 없다.

"하부지! 호랑이가 앙했어!! 무서워…."

덕수궁 화랑에 호랑이 그림이 걸려 있었다는게 제 에미의 설명이다.

녀석은 밤 9시를 훨씬 넘어서 돌아왔다. 현관을 들어서는 녀석을 받아 안았더니, 기저귀가 퉁퉁 불어 있었다. 갈아주렸더니 울고불고 난리를 쳐서 하지를 못했다. 한 시간쯤 자다 깨어난 녀석이 몸짓 발짓으로 미전을 설명하느라 여념이 없었다. 말은 잘 연결되지 않았으나 대충 알아들을 것 같았다.

2003. 10. 18(토)

녀석의 고자질이 말이 아니다.

요즘 녀석의 고자질이 말이 아니다. 그 모양이 여간 웃기지 않는다. 나하고 놀다가 기분이 나쁘면 함므니에게 달려가 하는 소리이다.

"함므니! 하부지가 나쁜 놈 그랬어⋯."

이렇게 거짓말이다.

"하부지 왜 그래요! 아주 나빠요!"

함므니가 짐짓 나무라는 시늉을 한다.

그러면 다시 내게로 돌아와 놀기를 계속한다.

녀석의 고자질은 함므니에게만 하는 게 아니다. 함므니가 나무라면 내게 달려오고, 제 에미가 나무라면 함므니에게 달려간다. 어떤 땐 내게 살금살금 다가와 "하부지! 엄마 바보야! 혜리 맴매해 그랬어." 한다.

그러며 슬픈 표정을 지으며 실쭉실쭉 우는 시늉을 한다. 그 모습이 너무 예쁘고 앙증맞다. 저녁 식사 전 청소를 해야 하는데, 하지를 못했다. 녀석이 밖으로 나가자고 떼를 써서다. 그러면 녀석을 안고 놀이터와 근처 휴게소를 돌아 다녀야 한다. 놀이터에서는 그네며, 목마, 시소, 미끄럼을 탄다. 그네며 목마는 50차례 이상을 왔다갔다 하고, 미끄럼도 열 차례 이상을 타야 한다.

집으로 돌아올 때는 언제나 휴게소를 들르자고 한다. 거기서 뭔가를 하나 들고 와야 한다. 휴게소 아가씨들이 녀석을 알아보고 난리이다.

"혜리 왔구나! 왜 이제 왔어! 뭐 먹을까?"

언니들이 한 마디씩 한다.

뭔가를 집어 든 녀석이 비로소 집을 향해 겅중거린다.

2003. 10. 20(월)

"하야부지, 우리 장사놀이하자!"

녀석이 장사놀이가 재미있는 모양이다. 요 며칠 퇴근만 하면 장사놀이를 하자고 한다. 함므니와 아울렛에 들러 홍정을 하며 이것저것을 본 모양이다. 내가 퇴근 뒤 옷을 갈아입기도 전에 녀석이 하는 소리이다.

"하부지, 우리 장사놀이하자! 이거 얼마예요, 해봐!"

내 방 옷걸이를 사이에 두고 마주 서서 하는 소리이다.

어쩔 수 없이 따라 해야 한다.

"이거 얼마예요?"

"일천오백 원이요"

"자, 돈 여기 있어요."

내가 돈을 건네주는 시늉을 한다.

그러면 녀석이 또 하는 소리이다.

"하부지! 쪼끔 깎아주세요, 해봐!"

내가 "조금 깎아주세요" 한다.

이 때 녀석이 하는 행동이다. 가위를 가져다 옷을 자르는 시늉이다.

아마도 깎아주는 것을 자르는 것으로 안 모양이다. 물건을 들고 밖으로 나오려는데 녀석이 또 하는 소리이다.

"하부지, 한 번 입어 봐! 어때요, 해봐"

내가 그렇게 하면 녀석이 또 하는 말이다.

"네, 네…, 예뻐요."

녀석이 계속해서 하는 말이다.

"하부지, 많이 파세요, 해봐!"

"많이 파세요." 하면 "네 또 오세요." 한다.

장구 치고 북 치고를 다 한다. 녀석은 이런 일을 옷을 골라가며 한다.

함므니가 젖을 먹자고 해야 간신히 끝을 낸다. 진땀이 날 지경이다.

2003. 10. 26(일)

제 에미가 기차놀이 세트를 사왔다.

며칠 전 제 에미가 '기차놀이' 세트를 사왔다. 녀석이 가끔 이걸 들고 와 놀자고 한다. 놀이 세트는 모두 플라스틱이다. 놀자면 이걸 모두 조립해야 한다. 그런데 이게 보통 귀찮은 게 아니다. 대충 늘어놓아도 좋으련만, 그러면 이게 난리이다. 눈속임을 하려도 속지를 않는다. 놀이기구의 위치가 틀리면 손으로 모두 흐트러 놓는다.

놀이기구 조립이 끝나면 녀석이 운전을 한다.

"칙칙폭폭 째…!!"

이렇게 소리를 지른다. 차단기가 내려오면 "열어주세요!"하고, 역사가 나오면 "다 왔습니다. 내리세요." 한다. 멀리 학교가 보이면 손을 흔들어 미소를 보낸다.

녀석의 이런 장난이 한참 계속된다. 그만두었으면 좋겠는데, 그게 아니다. 오랜 시간 함께 놀자니 허리가 비비 틀린다.

2

2004. 1 ~
2004. 12

2004. 1. 29(목)

꼬셔도 제 집엘 가지 않겠다고 한다.

저녁밥을 먹고서다. 제 에미가 녀석을 이사한 새 집으로 데려가려는데, 이게 말을 듣질 않는다. 광주 쌍용아파트에서 죽전 '누리에뜰'로 이사온 지 얼마 되지 않아서다. 제 에미는 요리조리 꼬시고, 녀석은 계속 시큰둥한 표정이다. 녀석이 입을 쭉 내밀고, 고개를 외로 꼬고, 눈을 아래로 깐 채, 발로 이곳 저곳을 툭툭 차고 있다. 제 에미의 말이 마음에 들지 않는다는 태도이다. 제 에미가 계속 꼬셨다.

"혜리야! 우리 까르프 가자. 거기 재미있는 거 많잖아! 그리고 하나로 시장도 가자. 거기서 맛있는 거 많이 사 먹자!"

그런데 녀석이 통 들을 태세가 아니다. 전에도 그렇게 따라 간 경험이 있어서다. 옆에서 보고 있자니 마치 이솝우화의 '늑대와 소년'을 보고 있는 듯하였다. 속이려는 제 에미와 속지 않으려는 녀석의 신경전이 팽팽하다.

녀석은 제 에미 말을 갈지자로 피하며, 함므니에게 매달려 볼을 비볐다. 녀석이 함므니와 까르프에 가면 가겠다고 한다. 내가 중재에 나섰다. 내일 출근할 때 데려다 줄 테니 오늘은 그냥 가라고…. 제 에미가 녀석에게 입히려던 옷을 팽개치며 하는 소리이다.

"그래, 이 계집애야! 너 혼자 잘 놀아! 나 혼자 갈 거다!!"

문을 나서는 제 에미에게 녀석이 하는 소리이다.

"엄마, 잘 가…! 내일 또 와…!"

잠시 뒤 녀석이 함므니 이불로 들어갔다.

2004. 3. 25((목)

"하부지! 우리 김밥 만들어 먹자!"

퇴근을 하여 현관을 들어서는데, 녀석이 달려와 팔에 매달리며 하는 소리이다.

"하부지! 우리 김밥 만들어 먹자!!"

녀석이 내 팔을 잡아 끌고 함므니 방으로 들어갔다.

방에는 김밥 만드는 도구들이 여기저기 널려 있었다.

김, 대나무 발, 칼, 그리고 플라스틱 접시…. 녀석이 김에다 밥을 놓고 김밥을 만드는 척을 하더니, 이걸 칼로 썰어 접시에 올려놓고 같이 먹자고 한다. 함므니를 흉내내고 있구나 싶었다.

녀석과 난 방바닥에 주저앉아 한참을 주워 먹었다. 녀석이 능청스럽게 "냠, 냠…." 소리를 냈다. 녀석이 다 먹었다며 몇 번을 다시 만들었다. 우린 그 때마다 자꾸만 주워 먹었다.

2004. 3. 26(금)

칼국수를 만드느라 정신이 없다.

퇴근을 해서 방에 들어서는데, 녀석이 무언가 삼매경에 빠져 있다. 살펴보니 칼국수를 만드느라 정신을 놓고 있다. 아무리 말을 걸어도 거들떠보지도 않는다.

"혜리야! 하부지… 하부지! 뭐하는 거야!!"

그래도 녀석이 눈길을 주지 않는다.

방에는 조그마한 플라스틱 칼, 도마, 방망이, 밀반죽 한 토막이 놓여 있었다.

녀석이 이걸 가지고 국수를 만드느라 여념이 없다. 주물럭거리고, 방망이로 이리저리 밀고, 칼로 썰고…. 같은 시간 함므니도 부엌에서 칼국수 저녁 준비를 하고 있었다.

그런데 녀석이 반죽 한 토막을 훔쳐다 함므니 흉내를 내고 있는 것이다. 녀석은 밀가루를 훔치러 부엌으로 갔다가 함므니에게 욕을 먹기도 하였다. 칼국수를 만드는 녀석의 표정이 사뭇 진지하다. 그 좋아하는 하부지를 본체 만체 하고 있으니…, 웃지도 않는다. 옆에서 보자니 여간 웃기는 게 아니다. 행동이 너무 귀엽고 재미가 있다. 티 없이 자랐으면 좋겠다.

2004. 4. 20(화)

함므니가 모레 미국엘 간다.

내일 모레 함므니가 미국으로 간다. '뉴저지' 에 살고 있는 둘째 딸 산간 때문이다. 인후에미 산간 때문에 요새 그 사람 밤이 짧다. 낮에 사온 물건들을 밤에 정리하느라 시간을 쪼개고 있는 것이다.

짐 정리에 바쁜 그 사람, 일을 하다가 가끔 "안 돼!" 이렇게 소릴 지른다.

살펴보니 녀석이 말썽을 부리고 있다. 정리하는 물건 중에 마음에 드는 게 있으면 이걸 집어 제 것이라고 떼를 쓰고 있다.

함므니는 녀석에게 미국으로 간다는 걸 아직 말하지 않고 있다. 녀석이 울고불고 난리를 칠 것 같아서다. 녀석은 하루라도 함므니와 떨어지는 걸 그렇게 싫어한다. 함므니를 너무 좋아하기 때문이다. 떠나는 날이 되면 어쩌나…, 큰 걱정이다.

2004. 4. 21(수)

함므니가 내일 미국으로 간다.

오후 6시 혜리에미가 녀석을 데리러 왔다. 내일 함므니가 미국으로 가야 하기 때문이다. 아침 11시 비행기, 그러니까 집에서 늦어도 7시에는 나가야 한다. 떠나는 함므니를 잡고 울고불고 할까 봐 오늘 미리 데리러 온 것이다.

제 에미가 데려간다는데 왜 이렇게 머리가 복잡한 지…. 그런데…, 제 에미도 매일 출근을 해야 하지 않는가!! 그러니 녀석을 누가 돌본단 말인가!! 머리가 어수선하다. 데려가지 말았으면 하는데 그럴 수도 없다. 나도 내일 출근을 해야 하기 때문이다.

'어린이 집' 에 보낼 수도 있으나 난 아직 그런 걸 생각해 본 적이 없다. 녀석이 '어린이 집' 에 잘 견딜 수 있을 것 같지도 않다. 그러니 어쩌겠는가!! 이럴 수도…, 저럴 수도 없다.

곰곰 생각하다가 내가 제 에미에게 일렀다. 우선 오늘은 그냥 돌아가라고…, 녀석은 내일 내가 출근할 때 데려다 주겠노라고…. 지금의 상황을 좀 더 시간을 두고 생각해 보고 싶어서였다.

제 에미가 돌아가고 난 뒤, 녀석과 난 놀이터에 가서 한참을 재미있게 놀았다. 그러면서 내일 일을 골똘이 생각해 보았다. 그런데…, 묘수가 나오질 않는다. 걱정이 이만 저만이 아니다.

함므니만 집에 없으면 늘 이런 일이 벌어진다.

2004. 4. 24(토)

녀석을 데리고 출근을 했다.

녀석과 떨어질 수 없어 그제부터 제 집에서 출근을 하고 있다. 퇴근 후에는 꽁무니가 빠져라 녀석의 집으로 내달렸다. 함므니가 미국에서 돌아올 때까지 이래야 한다.

오늘은 자율 등교일이어서 아이들이 학교에 나오지 않는다. 그래서 녀석을 데리고 출근을 했다. 생면부지의 많은 선생님들을 보면서 녀석이 쭈뼛쭈뼛 머무적거렸다. 그러다 이내 선생님들을 따랐다. 하부지가 옆에 있어서 든든한 모양이다. 녀석은 교무실을 돌아다니며 겅중거리고 콧노래를 불렀다.

밤 12시, 제 삼촌이 미국의 함므니를 전화로 연결하여 주었다. 3일 전 미국으로 간 함므니가 TV 화면에 나타나자 녀석이 허겁지겁이었다. 반가워 어쩔 줄을 모르며 제 삼촌 방으로 뛰어갔다. 방바닥에는 온갖 장난감들이 널려 있었는데, 밟고 넘어져도 히죽거렸다. 녀석과 함므니의 대화는 10분 이상 계속되었다. 녀석이 함므니에게 "언제 올 거냐"고 묻고, 함므니는 "곧 갈 거"라고 하였다. 이제 삼일 밖에 되지 않았는데…. 녀석은 새벽 한 시가 넘어서야 간신히 잠이 들었다.

2004. 4. 25(일)

함므니가 없으니 식사가 걱정이다.

함므니가 집에 없으니 당장 식사가 걱정이다. 그렇지 않아도 입이 짧은 녀석인데, 무얼 해 먹이나…! 냉장고를 뒤져 보니 새우와 맛살조개, 그리고 햄이 있다. 새우를 조리고 조개국을 끓이고, 햄을 구워서 아침밥을 먹였다. 먹지 않겠다는 녀석을 쫓아다니며 먹이느라 한참 애를 먹었다.

아침식사 뒤에는 녀석과 죽전휴게소를 돌아다녔다. 녀석과 아파트 놀이터에서 놀다가 심심하면 들르던 곳이다. 이곳에는 휴게소 언니들이 여러 명 있다. 점원 언니들이다. 자주 들르니 언니들이 벌써 알고 녀석에게 말을 걸고 안아주고 난리들이다. 언니들이 싫지 않은지 녀석이 졸졸 따라다녔다. 녀석은 언니들이 가져다주는 튀긴 감자며 호두과자를 맛있게 먹었다.

태전리(광주) 제 집에는 밤 10시에 갔다.

우린 새벽 2시까지 '톰과 제리'를 보다가 함께 잠자리에 들었다.

2004. 4. 26(월)

녀석이 출근을 못하게 한다.

아침 잠자리에서 일어날 때는 너무 조심스럽다. 녀석이 깰까 봐서다. 녀석이 깨면 출근이 어려워진다. 울고불고 난리를 쳐서다. "얼른 다녀온다"고 해도 듣지를 않는다.

이런 날은 여지없이 지각이다. 학교에서의 근무는 종일 조마조마하다. 이것이 잘 노는지, 울지는 않는지 걱정이 되어서다. 제 에미가 임신 중이어서 녀석에게 신경을 써주지 못하는 것이 더욱 안쓰럽다. 이러니 퇴근 후에는 꽁무니가 빠져라 집으로 달려간다.

퇴근 뒤에는 잘 때까지 녀석과 행동을 같이 해야 한다. 놀이터에 가는 일, 슈퍼에 가 이것저것을 고르는 일, 동화책을 함께 읽는 일, 밤에는 만화영화 '톰과 제리', '짱구는 못 말려' 를 보는 일…, 이러다 보면 어느새 새벽 한 시가 훌쩍 넘는다. 출근해서 졸아야 한다.

자다가 녀석이 오줌을 싸는 날에는 밤잠을 설친다. 이부자리를 고쳐주고, 잠자리를 다시 정리해 주어야 해서다. 녀석과 난 전생에 무슨 인연이 있는 게 분명하다.

2004. 5. 24(월)

함므니가 내일 돌아온다.

함므니가 미국으로 간 지 벌써 한 달째다. 지난 4월 21일 떠났으니 오늘로 한 달 이틀이 된다. 그런 함므니가 내일 돌아온다. 이제 내 심신이 편해질 모양이다. 오늘 밤 11시에 뉴욕을 떠난다고 했으니, 내일 오후 5시에는 인천공항에 도착하게 된다.

난 퇴근 뒤 녀석의 집, 광주 태전동 쌍용아파트 옆 놀이터에서 놀았다. 그네도 타고, 미끄럼도 타고…. 내일 함므니가 온다고 했더니 녀석의 눈이 휘둥그레진다.

녀석과 난 놀이터에서 생일놀이를 하였다. 모래 위에 막대기를 꽂아 놓고 케이크라고 하면서, "생일 축하합니다…" 노래를 불렀다. 처음에는 혜리, 다음에는 하부지, 그 다음에는 함므니…, 이렇게 생일파티를 하였다. 우린 노래를 부르고 손뼉을 치면서 바람을 후후 불어 촛불을 껐다.

녀석은 함므니를 기다리다 밤 12시를 넘기고서야 잠이 들었다.

2004. 5. 25(화)

미국에 갔던 함므니가 돌아왔다.

막 출근을 하려는데 녀석이 잠을 자다 뛰어나와 출근을 막았다. 녀석의 출근 저지는 막무가내다. 아무리 달래도 소용이 없다. 일찍 돌아온다고 해도, 함므니가 5시쯤 온다고 해도 소용이 없다. 녀석은 아예 놓아줄 생각이 없다. 아무리 안고 거실 베란다를 돌아다니며 달래도 소용이 없다.

오후 5시, 칼 퇴근을 해서 녀석의 집으로 갔다. 제 삼촌은 엄마를 마중한다며 인천공항으로 떠난 뒤다. 녀석이 내 목을 감싸안고 반가워 어쩔 줄을 모른다. 잠시 뒤 제 삼촌에게서 전화가 왔다. 뉴욕 발 비행기가 이미 도착을 했는데 엄마는 아직 만나지 못했다는 것이다.

내가 이 사실을 혜리에게 알렸다.

"혜리야! 함므니 오셨대…!! 인천공항에…!"

"그래요!! 그럼 얼른 함므니한테 가요!!"

내가 녀석을 데리고 냅다 죽전 집으로 내달았다. 그런데 녀석이 어느새 차 안에서 졸고 있다. 머리가 이리 뒤척, 저리 뒤척이다. 운전이 여간 조심스럽지 않다. 한 손으로 녀석을 잡고, 한 손으로 운전을 하자니 정말 위험하다. 죽전 집에 도착하니 녀석이 잠에서 깨어 함므니를 찾았다.

잠시 뒤 "청계산 요금소를 지나고 있다"는 삼촌의 전화가 왔다. 녀석이 그 사이를 참지 못하고 계속 함므니를 찾았다.

"하야버지! 그런데 함므니는 언제 와요?"

함므니는 잠시 뒤 6시경에 돌아왔다. 현관에서 초인종 소리가 나자 녀석이 맨발로 함므니에게 달려갔다. 그리고는 함므니 목에 매달려 "함므니! 함므니…!"를 연발하였다. 둘이서는 부둥켜안고 한참동안 말을 잇지 못했다. 재회의 기쁨이 그렇게 큰 모양이다. 마치 남북 이산가족 상봉을 보는 듯하였다. 함므니를 만난 녀석이 거실이며 방을 뛰어다니며 즐거워 어쩔 줄을 몰랐다. 참으로 오랜만의 해후인 것이다.

2004. 6. 5(토)

요즘 녀석이 말을 더듬는다.

녀석이 요즘 말을 더듬는다. 함므니가 미국으로 떠난 뒤부터다. 함므니가 돌아왔는데도 녀석의 말더듬이는 계속되고 있다. 그간 많은 노력을 했는데도 아직 나아지지 않고 있다. 함므니가 없어 불안으로 생긴 게 아닌가 싶어 가슴이 아리다. 옆에서 지켜보는 마음이 답답하다. 저러다 습관화되면 어쩌나 한 걱정이다.

야단을 치면 더욱 심해질 것 같아 그러지도 못한다. 가끔 안 좋은 얼굴을 하면 증상이 더욱 심해진다. 내 눈치를 살피며 말을 잇느라 애쓰는 모습이 안타깝다. 어린 것이 왜 저러나 싶은 게 속이 상했다. 함므니가 돌아온 지 2주가 되었는데도 아직도 그렇다. 불안이 가시지 않아서 그런 모양이다.

2004. 7. 14(수)

말더듬이 조금씩 줄어들고 있다.

녀석의 말더듬이 조금씩 줄어들고 있다. 함므니가 미국에서 돌아온 지 한 달이 지나면서부터다. 그저껜가, 학교에서 돌아와 거실로 들어서는데 녀석이 쫓아와 하는 소리이다.

"하야버지! 나 이제 말 안 더듬어요! 다 나았어요. 이만큼 컸으니까요!"

녀석이 손을 머리 위로 들어 보이며 자랑이다. 그동안 저도 부담이 되었던 모양이다. 살펴보니 정말 많이 줄어든 것 같았다. 여간 다행한 일이 아니다. 기분이 좋은지 녀석이 함므니 삼촌을 따라다니며 자랑을 하였다. 내가 녀석을 번쩍 안아 다독여 주었다.

2004. 7. 20(화)

녀석이 보글보글 파마를 했다.

방학중인데, 난 아직 학교에 나가고 있다. 교감 교장 중 누군가가 학교에 남아 있어야 하기 때문이다. 퇴근길엔 세곡동 '큰사랑 요양원' 에 들러 아버지를 잠시 뵙고 돌아왔다.

현관엘 들어서려는데, 그제 제 집에 갔던 녀석이 달려나와 팔에 안겼다. 번쩍 안아들고 살펴보니 녀석의 머리 모양이 많이 바뀌었다. 파마를 한 모양이다. "혜리가 졸라서 해 주었다"는 제 에미의 설명이다. 그런데 어린애의 머리가 보글거리니 여간 낯선 게 아니다. 저녁을 먹고는 녀석과 근처 수퍼에 들러 콘이며 포테이토칩, 아이스크림 같은 걸 사 가지고 돌아왔다. 녀석이 콘을 먹으며 졸고 있다.

2002. 8. 2. 죽전 한솔 아파트 놀이터

놀이터에는 그네, 목마, 미끄럼틀, 시소,
흔들 배…, 그런 놀이기구들이 있다.
녀석이 시도 때도 없이 여길 가자고 조른다.
자전거를 끌고서…, 가끔은 안고, 걸어서….
가서는 돌아가며 놀이기구를 태워달라고 한다.
그네를 탈 때, 하나 둘 셋, 수를 세고
흔들 배를 탈 땐, 떨어질세라 고함을 지르고
미끄럼틀을 타고 내릴 땐, 겁에 질려 괴성을 질러댄다.
녀석이 두 살 때, 놀이터 궁굴 통을 기어 나와,
나무 발판에 앉아 하부지를 바라보고 있다.
런닝셔츠에 흰 모자가 귀여워 보인다.

2004. 7. 27(화)

녀석과 곤지암 밭엘 다녀왔다.

모처럼 녀석과 곤지암 밭엘 다녀왔다. 함므니와 셋이서…, 6백여 평 밭에 고추며 가지, 옥수수, 고구마를 심어서 이걸 보살피기 위해서다.

녀석은 차만 타면 존다. 집에서 곤지암까지는 40분 거리, 여길 가는 동안 녀석이 벌써 잠을 자고 있다. 밭엘 가서도 계속 잔다. 그대로 재우려니 차 안이 너무 덥고, 옮겨 재우자니 깰 것 같다. 어쩔까 망설이고 있는데 녀석이 어느새 깨어서는 징징거린다. 아무리 달래도 소용이 없다. 얼굴을 찡그리고 마구 울어댄다. 함므니가 달래도 소용이 없다.

녀석의 울음을 멈추게 한 건 하늘을 날아다니는 잠자리였다. 근처를 돌아다니는 잠자리를 본 녀석이 어느새 울음을 그치고 정신을 빼앗겼다. 보기에 신기했던 모양이다.

녀석은 종일 말썽만 부렸다. 먹을 걸 달라고 해서 김밥을 주니까 한두 개 먹고는 물르더니, 이번엔 아이스크림을 달라고 한다. 아이스크림을 구하려면 녀석을 데리고 멀리 동네 입구까지 다녀와야 한다.

아이스크림을 손에 든 녀석이 이번엔 함므니를 찾는다. 콩밭 저쪽에서 일하는 함므니가 보이지 않아서다. 번쩍 안아들고 보여주니 녀석이 이번엔 그 쪽으로 마구 뛰어간다. 참깨며 고구마, 파를 마구 밟고서다. 이걸 본 함므니가 냅다 소릴 지른다.

"얼른 다른 데로 데려가라"는 것이다. 어쩔 수 없이 녀석을 데리고 냇가 풀섶에서 나비, 잠자리를 잡기로 하였다. 차 트렁크에서 잠자리채를 꺼내 들고서…. 냇가에는 왜가리, 백로들이 먹이를 찾아 이리저리 서성이고 있었다. 이러니 일을 제대로 할 수 있겠는가? 밭에는 함므니 혼자서 종일 엎드려 있었다.

녀석은 잠자리를 잡는 게 재미있는 모양이다. 잡아주면 간신히 만져보고는 괴성을 지르고 난리이다. "무슨 잠자리냐? 무얼 먹고 사느냐?" 이렇게 자꾸 묻는다. 지가 체를 잡고 잡으려다 놓치면 입을 비죽거리고, "나쁜 잠자리야!" 이렇게 투덜댄다. 녀석과 씨름을 하느라 난 종일 밭엘 들어가지 못했다. 함므니 혼자서 땀을 뻘뻘 흘렸다.

오후 8시, 해가 서산에 질 무렵 우린 서둘러 집으로 향했다. 잠자릴 잡는다며 종일 냇가를 다닌 게 피곤해선지 녀석이 어느새 졸고 있다. 녀석은 집에 돌아와서도 내처 잠을 잤다.

2004. 7. 30(금) 35℃, 너무 덥고 후텁지근

녀석과 남해 보리암을 다녀왔다.

녀석과 함므니, 나 셋이서 남해 보리암엘 다녀왔다. 아침 6시에 출발하여 밤 12시에 돌아왔으니 18시간의 강행군이었다. 네 살짜리 혜리에겐 지나친 무리가 아니었나 싶다.

보리암엘 가게 된 것은 순전히 함므니 때문이었다. 성지순례차 혜리를 데리고 간다기에 함므니를 돕고 녀석을 보호하기 위해 다녀온 것이다.

잠실 롯데월드에서 버스를 타고 경부고속도로와 남해대교를 거쳐 보리

암까지는 자그마치 7시간이 걸렸다. 고속도로 휴게소에서 한두 번 쉬고 달렸는데 그 정도의 시간이 걸렸다. 가끔 버스가 쉬어도 녀석과 난 아예 밖에 나갈 생각을 하지 않았다. 날씨가 너무 더워 숨이 목에 턱턱 차서다.

그런데도 녀석은 종일 잘 참아주었다. 오가는 동안 내내 창 밖을 내다보며 구경을 하고, 흥얼거리며 동요를 부르고, 잠깐씩 졸곤 하였다.

녀석과 난 보리암에 올라갈 생각을 하지 않았다. 날이 나무 더워서다. 할므니만 보리암엘 다녀오고, 녀석과 난 그 아래 계곡 물에 발을 담그고 물놀이를 하였다. 물 속엔 피라미들이 떼지어 노닐며 수영을 즐겼다. 심심유곡(深深幽谷) 산천에서 떼지어 노는 피라미를 보는 건 또 다른 즐거움이었다. 녀석이 재미가 있는지 계곡에 돌을 던지며 시간 가는 줄 몰랐다.

보리암을 떠난 것은 오후 5시 30분, 집에 도착하니 밤 12시를 넘고 있었다. 18시간의 강행군이었다. 그 동안 녀석은 자다 말다, 떼를 쓰다, 차창을 내다보다 하였다. 어린것이 참 잘 참아 주었다.

2004. 8. 1(일) 36℃ 너무도 무더운 하루

제 집에서 전화를 했다.

이틀 전 제 집에 간 녀석이 오후 6시에 전화를 했다.

"하야버지! 나 까르프에 갔다가, 아울렛에 갔다가, 롯데백화점에 갔다가, 까페에서 커피 마시구, 이사간 집에 왔어요…. 그런데 나 안 울었어요."

자랑이 대단하다. 울지 않고 지낸 걸 말이다. 녀석이 이걸 설명하느라 숨을 헐떡였다. 아마도 제 에미가 즐겁게 해 주려고 이곳 저곳을 데리고 다닌 모양이다. 녀석은 나와 이야기를 나누면서 자꾸 함므니를 찾았다.

그런데 내가 질질 끌었다. 이야기를 더 나누고 싶어서다. 그러다가 한참 뒤 함므니를 바꾸어 주었다. 그랬더니 녀석이 "하룻밤 더 자고 내일 함믄네 집으로 오겠다"고 하였다. 함므니가 대견해서 하는 소리이다.

"그래 혜리야! 하룻밤 더 자고 내일 와…!! 알았지! 함므니가 기다릴게…."

이게 이제 제법 컸구나 싶었다.

2004. 8. 12(목) 35℃ 찌는 듯 후텁지근

샤워를 시켜 달라고 난리를 쳤다.

녀석이 요즘 꽤 깔끔을 떤다. 소대변을 보고는 언제나 샤워를 시켜 달라고 한다. 아니면 불호령이 떨어진다. 소대변 때마다 샤워를 시켜 달라고 하니 이것도 보통 일이 아니다. 하루에도 몇 차례씩, 대충 휴지로 정리했으면 하는데…, 이게 눈을 똥그랗게 뜨고서 난리이다. 함므니가 목욕탕을 데리고 다니면서 습관을 들인 게 원인이 된 듯하다.

샤워를 할 때에도 늘 조심을 해야 한다. 물이 조금이라도 다른 곳으로 튀면 그냥 난리이다.

"거기가 아니잖아!"

이렇게 불호령이다. 녀석은 샤워를 하고는 늘 새 수건을 쓴다. 쓰던 수건을 써도 좋으련만, 거들떠보지도 않는다. 샤워 뒤에는 수건을 허리에 두르고 함므니에게 달려가 자랑이 이만저만이 아니다.

"함므니! 나 샤워했어요. 그리구 이만큼 컸어요."

까치발을 하고서 가슴을 내밀고 으스댄다. 함므니가 우스운지 깔깔 웃는다.

2004. 8. 14(토) 28℃ 맑고 햇살이 따가움

"하야버지! 나 안 울었어요!!"

그제 제 집에 간 녀석에게 전화를 했더니 이게 받아서는 설레발이다.

"하야버지! 나 안 울었어요. 잘 놀았어요. 밥도 많이 먹었어요. 그런데 엄마가 나 혼냈어요."

울지 않고 지낸 것이 무척 자랑인 모양이다.

내가 녀석의 말을 되짚어 이었다.

"혜리씨! 정말 잘 놀았어요? 밥도 많이 먹었어요? 아유 착해요!! 그런데 왜 엄마가 혼을 냈어요?" 그랬더니 이게 하는 소리이다.

"밥을 안 먹어서요." 웃음이 터져 나왔다. 그래서 내가 말했다.

"우리 혜리 더 혼 좀 나야 되겠네! 왜 밥을 안 먹어요. 그러면 키가 작아지는데요." 녀석이 머쓱한지 말을 흐렸다.

잠시 뒤 녀석이 "하룻밤을 더 자고 내일 오겠다"며 전화를 끊었다.

녀석이 이제 제법 컸다는 생각이 들었다.

저녁을 먹으며 함므니와 한참 녀석의 이야기를 했다.

2004. 8. 17(화)

"할아버지! 우리 뭐 먹을까?"

저녁 8시, 녀석이 슬그머니 내게 다가와 하는 소리이다.

"하야버지! 우리 뭐 먹을까? 커피 먹을까?"

내가 얼른 대답을 하였다.

"그래요. 커피 한 잔 주세요."

그랬더니 이게 얼른 커피 준비를 하였다. 가지고 노는 소꿉놀이 컵에다 조그마한 스픈으로 커피와 설탕을 넣는 척 휘휘 저어 소반에 받쳐들고는 내게 와 내려놓는다.

"네! 여기 있습니다. 얼른 잡수세요."

내가 얼른 받아들고는 말했다.

"네, 고맙습니다. 잘 먹겠습니다."

그랬더니 이게 얼른 찻잔을 뺏으며 하는 소리이다.

"안 돼요! 뜨거워요! 식혀서 마셔야 돼요."

그러면서 찻잔을 후후 불어 내게 건네주었다.

내가 차를 마시고 났더니 녀석이 하는 소리이다.

"하야버지! 우리 또 뭐 먹을까?"

이런 행동이 자꾸만 계속되었다. 끝으로 녀석이 하는 소리이다.

"하야버지! 이제 배부르지요!!"

그렇다고 할 수밖에….

2004. 8. 30(월) 26℃ 아침에 흐리고 오후 갬

"함므니요? 고추 널러 나갔어요…!"

출근 뒤 오전 10시, 집으로 전화를 했다. 고추를 널고 나오지 않아 어떻게 됐나 궁금해서다. 그랬더니 녀석이 받아서 하는 소리이다.

"함므니요! 고추 널러 나가셨는데요. 나 안 울었어요, 잘했지요?" 얼마나 깜찍하고 귀여운가. "왜 따라 나가지 않았느냐"고 했더니 "너무 더워서…"라고 한다. 맞는 말이다. 밖이 얼마나 더운가!

집에 혼자 있는 것이 걱정이 돼 내가 일렀다.

"혜리야! 함므니 조금 있다가 들어오실 거야. 그 때까지 텔레비전 보고 기다려…! 혜리야, 텔레비전 켜져 있나 봐!!"

그랬더니 녀석이 하는 소리이다.

"네! 벌써 켜 놨는데요."

네 살짜리의 대답이다.

2004. 9. 3(금) 29℃ 전형적인 가을 날씨, 햇살이 따가움

“하야버지는 고추 달렸어요?”

오후 2시, 함므니와 목욕을 마친 녀석이 거실로 나오며 하는 소리이다.

“하야버지는 고추 달렸어요?”

다 알면서 하는 소리이다. 우린 목욕을 한두 번 같이 다닌 게 아니다. 내가 멈칫거렸더니 녀석이 계속해서 하는 말이다.

“삼촌은요? 아빠는요?”

내가 빙글빙글 웃었더니 녀석이 또 하는 말이다.

“나는 안 달렸는데…, 함므니두, 엄마두….”

그러면서 “빨리 팬티를 입혀 달라” 고 한다.

벌거벗은 제 모습이 창피한 모양이다.

어린 것이 너무 웃기지 않는가.

함므니와 내가 한참을 깔깔거렸다.

2004. 9. 4(토)

자다가 침대에서 떨어졌다.

퇴근 뒤 저녁 7시, 녀석이 침대에서 자다가 쿵하고 떨어졌다. 그래서 도우렸더니, 이게 “나가라!” 고 소릴 지른다.

"하부지!
놀이터 가자!!"

잠시 뒤 녀석이 거실 함므니에게 나와서는 가슴에 안겨 젖을 조물락거렸다. 함므니 가슴에 얼굴을 묻고서다. 장난기가 동해 내가 얼굴을 디밀어 보았다. 그랬더니 이게 발로 내 얼굴을 밀어내는 거였다. 얼마나 우스운지 난 한참을 혼자서 껄껄 거렸다.

녀석이 오늘은 계속 하부지의 접근을 막고 있다. 고구마를 먹겠다고 해서 가져다 주렸더니, 함므니더러 갖다 달라고 소리를 질렀다. 그러더니 안방으로 들어가서는 문을 잠가 버렸다.

잠시 뒤에는 문에다 큰 베개를 갖다 놓았다. 내가 들어가지 못하게 바리케이트를 친 것이다. 함므니가 우스운지 한 마디 하였다.

"하부지가 혜리 주려고 포도 사왔는데…!"

그래도 녀석은 들은 척도 하지 않는다.

내가 짐짓 함므니 말을 거들었다.

"혜리 계집애! 포도 주지 말어!! 못쓰겠어! 아주 나빠!!"

그래도 녀석은 코방귀도 뀌지 않는다.

침대에서 떨어진 게 속이 상하는 모양이다.

2004. 9. 8(토)

밤이 깊도록 잘 생각을 않는다.

밤 11시, 잘 시간인데 녀석이 잘 생각을 않는다. 이것저것 옷을 입어 보고 둔갑을 떨더니, 모자며 수건을 뒤집어쓰고 거울을 들여다보며 여우짓이다. 그러더니 그 시간에 삼촌 방에 들어가 컴퓨터의 '톰과 제리'를 켜 놓고 느긋하게 감상을 하고 있다. 취업준비를 해야 하는 삼촌이 눈살을 찌푸리며 못마땅해 할 수밖에 없다.

함므니가 녀석이 나오도록 꾀를 썼다.

삼촌 방에서 나오지 않으면 도망을 가겠다고 엄포를 놓은 것이다. 그랬더니 녀석이 안 된다고 소릴 지르며 허겁지겁 함므니 방으로 뛰어갔다.

잠시 뒤 함므니 방에서 녀석의 우는 소리가 들렸다. 그래서 참견을 하려고 갔더니 이게 나가라고 소릴 지른다. 녀석의 울음소리가 그치지 않아 문틈으로 들여다보니 녀석과 함므니가 승강이를 벌이고 있다. 녀석은 젖을 먹겠다고 하고, 함므니는 안 된다며 가슴을 막고 있다.

잠시 뒤 함므니의 웃음소리가 들려왔다. 녀석의 울음소리도 함께 멈췄다. 녀석이 어느새 함므니 젖을 빨고 있었다. 함므니가 항복을 한 것이다.

함므니가 녀석을 토닥이며 하는 소리이다.

"젖을 못 먹어서 그렇게 슬피 울었어요!"

녀석이 대답 대신 고개를 끄덕였다.

2004. 9. 12(일) 23℃

제 집에 간 지 이틀이 지났다.

녀석이 제 집에 간 지 이틀이 지났다. 제 에미는 오늘쯤 데려다 준다더니 종일 소식이 없다.

"할부지!
놀이터 가자!!"

궁금해서 저녁에 전화를 했더니 이게 아주 잘 놀고 있다. 전화를 받다 말고는 계속 딴짓이다.

얼마 전까지만 해도 그렇지 않더니, 이젠 마음에 여유가 생긴 모양이다. 자꾸 전화를 했더니 옆에서 제 에미가 코치를 하였다.

"혜리야! 할아버지한테 이렇게 말해."

"밥두 많이 먹구요! 맛있는 과자두 많이 먹구요! 과일두 많이 먹구요! 콩순이 침대두 샀구요!"

그러자 녀석이 이걸 바로 바로 따라하였다.

"하야버지! 나요, 밥두 많이 먹구요…, 과자두, 과일두…."

그 행동이 얼마나 웃기던지 내가 한참을 웃었다.

난 내일 오라고 하고는 전화를 끊었다.

제 집에 가지 않겠다고 하더니…, 여간 다행한 일이 아니다.

2004. 9. 18(토)

잠에서 깨어 함므니를 찾으며 울었다.

1시경 퇴근을 해 보니 녀석이 낮잠을 자고 있다.

함므니는 "감기로 병원을 간다" 며 "혜리가 깨면 잘 돌보라" 고 신신당부를 하였다. 그런데 이상한 일이다. 함므니가 집을 나서자마자 녀석이 잠에서 깨어서는 함므니를 찾았다. 나는 점심을 먹은 뒤 거실 소파에 누워 비몽사몽 중이었다.

함므니가 없는 걸 확인한 녀석이 갑자기 울음을 터트렸다. 내가 달려가 달래려 하였으나 어림도 없었다. 이게 고래고래 소리를 지르며 함므니를 찾고 울었다. 녀석의 행동이 무아지경이다.

울음을 터트릴 때 녀석의 모습이다.

두 손을 허리춤에 올려놓고, 원망스러운 눈초리로 째려보면서, 거친 숨을 몰아쉬며, 눈에 눈물을 매달고, 얼굴을 찡그린 채 덤벼들 태세다.

"혜리야! 함므니는 병원에 가셨어요. 조금 있다가 오실 거예요."

그런데 녀석이 울음을 멈출 기미가 없다.

안 되겠다 싶어 전화를 바꿔 주기로 하였다. 함므니 목소리를 들으면 멈출까 해서다. 함므니의 목소리가 전화에서 흘러나왔다.

"혜리야! 나 함므닌데…, 왜 울어? 함므니 금방 갈 건데…!"

그래도 녀석은 울음을 멈추지 않았다. 내가 전화를 끊고 녀석을 베란다로 안고 다니며 수선을 떨었다. 녀석의 생각을 돌리기 위해서다.

"혜리야! 저기 밭에서 아저씨가 고추 따고 있네…, 아줌마는 옥수수 따구!"

그래도 녀석이 계속 울었다. 어쩔까 망설이다가 이번엔 베란다 밖에 빼곡이 늘어선 차들 중 하부지 차를 찾아보도록 설레발을 떨었다.

"혜리야! 거기 봐!! 차들이 많이 있네…! 저기서 하부지 차 찾어 봐! 어딨어?"

그랬더니 이게 손을 들어 내 차를 가리켰다.

기회는 이 때다…, 내가 묻기를 계속하였다.

"삼촌 차는? 함므니 차는…?"

이 때다. 현관 밖에서 함므니 소리가 들려왔다. 현관문이 열리자 녀석이 와락 함므니 팔에 안겼다. 그리고는 좋아서 어쩔 줄을 몰랐다. 녀석은 함므니만 있으면 모든 게 그것으로 그만이다. 참…, 내…!

2004. 9. 19(일) 24℃ 맑고 높은 하늘

"함므니하고 밭에 갈 거야!"

아침 9시, 잠에서 깬 녀석이 함므니를 찾아 거실로 뛰어나오며 놀란 표정이다. 녀석은 거실의 함므니와 나를 보고서는 비로소 안심이 되는 듯 웃음을 보였다. 제 딴엔 아마도 함므니 하부지가 집에 없는 줄 알고 더럭 겁이 나 뛰어 나온 모양이다.

우리를 확인한 녀석이 하는 말이다.

"난, 함므니 집에 없는 줄 알았어요."

그러자 함므니가 하는 말이다.

"아이구, 그랬어요! 함므니가 혜릴 두고 어딜 가요! 물 뜨러 갔다가 금방 올 거예요. 그동안 혜리는 엄마하고 집에 가 있어요. 함므니 얼른 갔다 올 때까지…. 알았지요?"

그런데 녀석이 대꾸를 하지 않는다. 제 집에 가기가 싫은 모양이다.

그러자 함므니가 녀석을 달랬다.

"안 돼요. 혜리는 엄마하고 집에 가 있어요. 거기서 하룻밤 자고, 교회에 갔다가, 내일 함믄네 집으로 와요. 알았어요? 혜리네 집에는 장난감도 많잖아요. 함므니는 물 뜨고 밭엘 다녀와야 해요."

녀석이 함므니 말이 듣기가 싫은 모양이다.

"싫어! 나 교회에 안 갈 거야. 함므니하고 밭에 갈 거야."

녀석을 달래는 함므니의 말이 계속 되었다.

"혜리야! 엄마하고 책방에 들렀다가, 아울렛에서 옷도 사고, 구두도 사고 그래…. 엄마가 사 준다고 했잖아!"

책방과 옷, 구두가 녀석의 마음을 흔든 모양이다. 비로소 함므니를 따라가지 않겠다고 한다.

함므니와 용인 백암에서 샘물을 긷고, 곤지암 밭에 들러 고추를 따고, 깨를 털어 집에 돌아오니 녀석이 제 에미와 집에 와 있었다. 교회와 책방, 아울렛을 들러서 벌써 집에 온 것이다. 저녁 8시가 막 지나고 있을 때다. 녀석이 제 집엘 가지 않겠다고 우긴 모양이다.

2004. 9. 20(월) 23℃ 온종일 때아닌 비

"하부지! 저기 앉어…! 나 선생님이야!!"

밤 11시경이다. 삼촌 방에서 '톰과 제리'를 보던 녀석이 거실의 내게로 와 하는 소리이다.

"하부지! 저기 의자에 가서 앉어!"

이 때 나는 '혜리일기'를 메모 중이었다. 자리를 옮기면 자칫 잊을 수도 있어 머무적거렸더니 이게 호령이다.

"하부지…! 저 쪽에 가서 앉어!! 나 선생님이야. 가르쳐 줄게. 나 무섭지?"

내가 계속 머무적거렸더니 녀석이 아예 명령이다.

"빨리 가서 앉어, 앉으라구! 공부 가르쳐 줄 거야!"

어쩔 수 없이 앉으며 내가 말했다.

"그래 앉았어! 뭐 가르쳐 줄 건데!!"

그랬더니 이게 지금까지의 태도를 바꾸는 거였다.

"안 가르쳐 주겠다"는 것이다.

그냥 저 혼자 공부를 하겠다는 것이다.

무언가 가르쳐 주려고 마음먹었던 걸 잊은 모양이다.

진작에 말을 들을 걸 그랬나…, 아쉬웠다.

2004. 9. 22(수) 26℃ 맑고 쾌청

지가 선생님, 나는 학생을 하란다.

밤 11시, 녀석이 의자를 거실 한가운데 놓더니 나더러 거기 앉으라고 한다. 어제도 그러더니 오늘도 또 그런다. 내가 의자에 앉자 녀석이 지휘봉을 잡고 거실 창문에 붙어있는 그림을 짚으며 나더러 따라하라고 하였다.

"이건 토끼, 이건 사자, 이건 포도…."

지가 선생님이고 나보고는 학생노릇을 하라는 것이다.

얼마간을 이러더니 이번엔 녀석이 역할을 바꾸자고 한다. 내가 선생님이고 지가 학생이라는 것이다. 녀석이 의자에 앉아 메모지와 연필을 들고 무언가를 정리할 준비를 하고 있었다.

조금 전 지가 했던 대로 내가 "이건 토끼, 이건 사자, 이건 포도…" 하자 녀석이 메모지에 무언가를 그리기도 하고 쓰기도 하였다. 그 모습이 얼마나 진지한지 속으로 웃음이 터져 나왔다.

얼마 뒤 녀석이 다시 역할을 바꾸자고 한다. 내가 의자에 앉았더니 녀석이 메모지와 연필을 내게 주며 지가 시키는 대로 하라고 하였다. 녀석이 지휘봉으로 그림을 짚어가며 하는 소리이다.

"토끼 그려 봐요. 사자 그려 봐요!"

그러더니 느닷없이 "하부지 이름이 뭐죠? 어디 써 봐요!" 짐짓 근엄한 그 모습이 여간 웃기는 게 아니다.

내가 "윤영섭" 이렇게 썼더니 다가와서는 내 이름을 짚으며 "윤영섭" 이렇게 소리내어 읽더니, 그 밑에 밑줄을 진하게 그으며 "윤영섭!" 이라고 소리내 읽었다. 어제 녀석이 하려던 짓이 이것이구나 싶었다. 선생님 노릇을 꽤 하고 싶었던 모양이다.

잠시 뒤 녀석이 콧노래를 부르며 삼촌 방으로 뛰어갔다. 컴퓨터에서 '톰과 제리' 를 꺼내 보려는 모양이다.

2004. 9. 23(목) 24℃ 흐렸다 개였다

"하부지! 나, 짱구같이 청소하는 거야!"

밤 9시, 뉴스가 진행중인데 안방으로 들어간 할머니가 고함을 질렀다.

"혜리야! 이게 도대체 뭐 하는 짓이야!!"

내가 뛰어들어가 보니, 화장대 옆 옷실이 난장판이었다. 물이 흥건한 게 발 디딜 틈조차 없다. 녀석이 청소를 한다며 짜지도 않은 물걸레를 옷실 바닥에 마구 문질러댄 것이다. 방바닥이 논바닥이었다. 마른 걸레로 몇 번쯤 훔쳐내야 간신히 마를 성싶었다. 녀석은 아무리 말려도 못 들은 척 물걸레질을 계속하였다. 안 되겠다 싶어 함므니가 마른 걸레를 가져다 닦았더니 녀석이 뺏아서 "내가, 내가…" 하며 문질렀다.

녀석의 걸레질 모습이다. 두 손으로 꽉 움켜잡고, 발을 가지런히 모으고, 무릎을 번쩍 치켜들고, 앞뒤로 문질러댔다. 암팡지고, 다부지고 세련된 모습이다. 녀석이 걸레질을 하면서 하는 소리이다.

"하부지! 나, 짱구같이 청소하는 거야!! 빤짝 빤짝하지요!!"

아! 녀석이 짱구 흉내를 내고 있구나!! 몇날 며칠 짱구만 보더니…. 비로소 녀석의 생각을 알 수 있을 것 같았다. 녀석이 계속해서 화장대며, 문갑, 장롱, 거실 인테리어 기둥까지 모두 빡빡 문질러댔다. 녀석의 걸레질 모습이 함므니를 쏙 빼 닮았다.

요즘 들어 녀석의 여우 둔갑질이 말이 아니다. 하루에도 열두 번씩 옷을 갈아입고, 스카프를 뒤집어쓰고, 비죽비죽 걷고, 눈 코 입을 가린 손수건을 뒤로 매고…, 도깨비가 그랬다며 도와달라고 소릴 지른다.

가만히 보고 있자니 웃기는 게 한두 가지가 아니다.

함므니 집이 더 좋은지 제 집엔 아예 갈 생각조차 않는다. 갔다가도 전화로 "데려가라" 고 소릴 지른다.

2004. 9. 27(월) 26℃ 전형적인 청명한 가을 날씨

"함므니! 나 송편 잘 만들었지요!"

내일이 추석이다. 늦은 오후, 추석준비를 위해 녀석과 함므니, 나 셋이서 정자동 큰 집을 찾았다. 부침개며 전, 만두 같은 추석음식 준비를 위해서다. 그런데…, 아뿔싸!! 가 보니 대부분 음식들이 벌써 준비되어 있었다.

음식준비를 마친 식구들이 오후부터는 만두 빚기를 시작하였다. 함므니와 조카며느리, 제수씨가 소매를 걷어붙이고 나섰다. 반죽을 하고, 소를 만들고, 방망이로 피를 만들고…, 그리고 만두를 빚기 시작하였다.

벌써부터 이 모습을 지켜보고 있던 녀석이 저도 만들고 싶었던 모양이다. 흘깃 함므니 눈치를 살피더니 대들어 빚기 시작하였다. 잘 될 리 없다. 삐뚤빼뚤 이가 맞지 않고, 소가 넘쳐났다. 한동안 이러던 녀석이 만두를 소반에 올려놓으며 하는 소리이다.

"함므니! 나 잘 만들었지요? 정말 예쁘지요? 이제 그만 만들래요."

저녁 늦게 집에 돌아온 녀석…, 종일 입었던 치마저고리를 벗어 던지고 거실을 겅중거리며 돌아다녔다. 종일 한복 차림의 조심스런 행동이 너무 버거웠던 모양이다.

2004. 10. 4(월) 맑음

녀석이 제 집에 간 지 3일째다.

녀석이 골을 부리고 제 집에 간 지 벌써 3일째다. 어제와 그제, 퇴근을 하면서 들러 올까 하다가 그냥 왔더니 마음이 허전하다.

함므니는 내 이런 행동이 마음에 들지 않는 모양이다. 할 일이 많은데 데려오면 어쩌자는 거냐고 불평이었다. 말은 그렇게 해도 속은 그렇지 않다는 걸 내 잘 알고 있다. 녀석이 없으니 공연히 속히 상해서 그러는 것이다.

퇴근 뒤 한참을 기다리다 전화를 했더니, 녀석이 집에 있지 않고 제 에미 피아노 학원에 가 있었다. 제 에미가 학원으로 데려간 것이다.

녀석이 전화를 받고 놀란 모양이다. 다급한 목소리로 하는 소리이다.

"하야부지! 빨리 오세요. 나 데리고 가세요. 함므니 보고 싶어요!"

단번에 차를 몰고 학원으로 갔더니, 녀석이 두 팔을 벌리고 와락 달려들었다. 그러더니 내 소매를 잡고 이내 계단 아래로 달리는 거였다. "얼른 함므니를 봐야 한다" 면서다. 녀석이 다칠 것 같아 나도 덩달아 뛰었다.

녀석은 차에 오르자마자 잠이 들었다. 언제나처럼…. 그러니 운전을 빨리 할 수가 없다. 쓰러지거나, 엎어지면 어쩌나 해서다. 천천히 운전을 하자니 뒤차들이 난리다. 경적을 울리며 불을 번쩍거리고 신경질이다. 그래도 난 2차선에서 제한 속도로 천천히 차를 몰았다.

자는 녀석을 안고 집엘 들어가니 함므니가 반가워 죽겠는 모양이다.

"혜리 왔느냐!!" 며 반색이다. 함므니 목소리를 들은 녀석이 잠에서 깨어서는 함므니 얼굴에 볼을 비비고 뽀뽀를 하며 야단법석이었다.

그러더니 이내 다시 잠이 들었다. 마음이 푸근한 모양이다.

2004. 10. 20(수) 온종일 맑음

제 집에 간 녀석이 보고 싶은데….

녀석이 제 집에 간 지 3일이 지났다. 보고 싶어 안달이 나는데, 함므니가 전화를 하지 말라고 한다. 제 에미 출산 일이 이번 달인데, 녀석을 데리고 오면 출산 준비를 할 수 없어서라는 것이다. 대충 준비를 마친 뒤 데려오라는 것이다.

오후 내내 참다가 견딜 수 없어 전화를 걸었더니, 녀석이 제 집에 있지 않고 제 에미 피아노학원에 가 있었다. 전화를 받은 제 에미도 함므니와 같은 생각이었다. "혜리를 데리고 가면 엄마가 출산준비를 할 수 없으니 그냥 내버려 두라"는 것이다. 참고 견디다 못해 전화를 했는데….

제 에미와 통화를 하는데, 녀석이 들은 모양이다. 누구냐고 묻는 소리가 수화기를 타고 들려왔다. 그러자 제 에미가 목소리를 낮춰 하는 말이다.

"저것 봐요! 얼른 끊어요. 아니면 난리 나요!!"

어쩔 수 없이 전화를 끊었다.

그나마 목소리를 들었으니…, 다행이 아닌가!

2004. 11. 1(월) 저녁부터 비

"하부지! 여기 다쳤어? 아퍼?"

밤 11시경이다. 거실에서 한국시리즈 야구 9차 전을 보고 있는데, 녀석이 다가와 내 무릎의 생채기를 보면서 하는 소리이다. 잠시 전까지 녀석은 컴퓨터에서 만화영화 '톰과 제리' 를 보고 있었다.

"하부지! 여기 다쳤어?"

"응, 다쳤어."

"어디서?"

"산에 올라가다가, 바위에서…."

그랬더니 녀석이 반창고를 붙여야 한다며 나를 함므니 방으로 끌고 갔다. 함므니 방 화장대 꼭대기에는 의약품 서랍이 있다. 녀석은 나더러 저를 번쩍 안아 반창고를 꺼내게 해달라고 하더니, 이걸 가지고 거실로 나와 내 생채기에 곱게 붙여 주었다. 함므니 방을 들락거릴 때에는 함므니가 깰까 봐 까치발을 하고서 살금살금 걸었다. 그 행동이 너무 예쁘고 귀엽다.

녀석은 내 가슴의 조그마한 생채기에도 반창고를 붙여 주었다. 그리고는 후후 불며, "하부지! 이제 괜찮지? 다 나았지?" 하였다. 여간 웃기는 게 아니다. 녀석은 제 발에 티눈을 보면서도 "모기가 앙…!" 물었다며 엄살이었다. 나도 반창고를 붙여 주었다.

2004. 11. 2(화) 하루종일 맑음

혜리 동생 혜준이가 태어났다.

출근 전 혜리애비에게서 전화가 왔다. 혜리에미가 산기가 있어 분당 '제일산부인과' 로 갔다는 것이다.

근무 중 함므니로부터 전화를 받았는데, "딸을 낳았다" 고 한다.

"기왕이면 아들을 낳았으면…, 했는데, 서운하다"는 것이다. 혜리처럼 예쁘고 귀여웠으면 좋겠는데…, 하는 생각이 들었다.

퇴근 뒤 녀석을 데리고 함므니와 함께 병원을 가려는데, 이게 한동안 괜한 애를 먹였다. 병원을 가는 것이 마음에 내키지 않는 모양이다.

옷을 이걸 입었다 저걸 입었다 거듭하더니, 신발을 가지고도 "크다, 작다, 볼이 넓다 좁다" 로 투정을 부리며 울고불고 난리였다.

신생아실의 혜준이는 피부가 하얗고, 귀엽다는 생각이 들었다.

그런데 혜리처럼 머리가 까맣고, 윤곽이 뚜렷하게 보이지는 않았다. 혜리 녀석, 집에서는 "동생을 보겠다" 고 그 난리를 피우더니 막상 병원에 가서는 별다른 표정이 없었다. 오히려 떨떠름한 표정이었다.

함므니가 "혜리야! 네 동생 좀 봐, 참 예쁘지!" 했더니, 녀석이 시큰둥해서 이를 수습하느라 애를 먹었다.

나도 눈치 없이 "혜리야! 네 동생 예쁘지!" 했다가 주먹으로 옆구리를 쥐어 박혔다. 저를 두고 동생을 예쁘다는 것이 신경이 쓰였던 모양이다. 눈치가 백치였다.

2004. 11. 3(수) 온종일 흐림

"숲속의 공주보다 혜리가 더 예쁘지…!"

퇴근 때 병원에서 녀석과 함므니를 만났다. 오전 11시에 와서 그 때까지 병원에 있었다는 것이다. 녀석이 나를 보자 반가운지 "하부지!" 하고 안겼다. 종일 병원에 있어서 그런지 다소 지친 모습이었다.

얼른 안고 밖으로 나오는데, 녀석이 "그냥 집으로 가자" 고 조른다. 그래서 함께 나오는데, 녀석이 이번엔 함므니도 같이 가자고 한다. 병원의 제 에미는 나중에 또 보자고 하였다.

차만 타면 녀석은 어느새 존다. 오늘도 그랬다. 집으로 오는 차안에서 녀석이 벌써 잠이 들었다. 마음이 편해서 그런 모양이다. 녀석은 집에 와서도 계속 잠을 잤다. 그러다 밤 9시에 깬 녀석이 컴퓨터의 비디오를 보면서 하는 소리이다.

"하부지! 인어공주가 더 예뻐요? 잠자는 숲속의 공주가 더 예뻐요?"

"혜리가 더 예쁘지…!"

그러자 이게 멋쩍어 하면서 하는 소리이다.

"아니에요! 잠자는 숲속의 공주가 더 예뻐요!"

"아닌데…! 우리 혜리가 훨씬 더 예쁜데…!!"

내가 자꾸만 우겼다.

2004. 11. 4(목) 온종일 비

"하부지 때문에 감기 들었잖아요!"

퇴근 중, 제 에미 병원에 있는 녀석을 데리고 집으로 오려는데, 이게 이런 저런 떼를 썼다. 병원은 덥고 밖은 추워서 옷을 갈아입어야 하는데, 갈아입지 않겠다는 것이다. 실내에서 입었던 원피스를 그냥 입고 가겠다고 한다. 양말도 신었다 벗었다 팽개치고는 신지 않겠다고 한다. 양말이 좀 크다는 것이 이유이다.

신발을 신을 때에도 신었다 벗었다 하더니 던져 버렸다. 신발끈 찍찍이가 마음에 들지 않아서라고 한다. 어린 것이 어찌나 까다로운지….

집으로 오는 차안에서다. 우리 둘이는 동요를 불렀다. 녀석이 두세 살 때 내가 안고 부르던 노래이다. '아빠하고 나하고…, 퐁당퐁당 돌을 던지자, 나비야~나비야, 산골짝에 다람쥐…' 그런 것들이다. 녀석이 먼저 부르기도 하고, 내가 먼저 부르기도 하고….

집에 도착하자 녀석이 옷을 벗어 던지고 온통 집안을 돌아다니며 신바람이 났다. 팔과 머리를 이리저리 흔들고, 노래를 부르며 겅중거렸다. 집엘 오니 몸과 마음이 편한 모양이다. 병원은 비좁고, 누군가의 눈치를 봐야 하고…, 불편한데….

밤 11시, 녀석이 심심한지 내게 괜한 시비를 걸었다.

"하부지 때문에 쉬가 마렵잖아요!"

그래서 얼른 안고 화장실로 갔더니…,

"왜 하부지는 나를 여기서 쉬를 시키는 거예요?" 하였다.

기침을 하면서도 "하부지 때문에 감기가 걸렸잖아요!" 이런다. 하도 웃겨서 껄껄거렸더니, "웃지 마! 왜 웃는 거에요?"라고 호령이다.

그러더니 나중엔 플라스틱 장난감들을 마구 던지는 거였다. 공연히 신경질을 부리고 있는 것이다. 요것이 진짜로 그러나 싶어 들고 있던 '효자손' 으로 툭 건드렸더니…, 이게 난리 난리였다. 할퀼 태세로 달려들더니, 눈물을 흘리고, 쿨럭쿨럭 기침을 하였다. 그러더니 방금 먹은 딸기를 토하는 거였다. 안 되겠다 싶어 빌어도 분이 사그러들지 않는 모양이다. 녀석이 다시 한 번 토하는 거였다.

녀석과 이렇게 다투다가 옆의 함므니에게 욕을 먹었다.

"똑같애요. 똑같애…, 어떻게 애하고 똑같이 행동을 하는 거야!!"

"어째 나이가 들어도 철이 안 들어…!!"

잠시 뒤 녀석이 함므니 방으로 들어가더니 소식이 없다.

요것이 무얼 하나 싶어 빼꼼이 들여다봤더니…, 녀석이 함므니 배에 올라가 젖을 빨고 있다.

내 얼굴을 보더니 녀석이 고개를 돌렸다.

2004. 11. 5(금)

"하부지! 우리 시장 가자!"

밤 11시, 녀석이 넥타이로 길을 만들어 놓고는 나더러 시장을 보러 가자고 한다. 안 가겠다고 하면 난리가 날테니 따라 나설 수밖에 없다.

녀석이 만든 길은 넥타이 길이다. 장롱에서 넥타이를 한 아름 꺼내서 이것으로 길을 만들어 놓고는, 그 길을 따라 시장을 보러 가자는 것이다. 시장을 갈 때에는 언제나 플라스틱 '밀차'를 끌고 간다. 함므니와 시장을 갈 때 '카트기'를 끌고 다녀 봐서다. 나를 데리고 시장을 보면서 하는 소리다.

"하부지, 뭐 사 줄까! 이거 어때! 사 줄까…?" 플라스틱 장난감을 가리키며 하는 말이다. 이 때 내가 "응…!" 하고 대답을 해야지, 아니면 째려보고 난리이다. 사 달라고 하면 신이 나서 하는 소리이다.

"네! 알았어요. 잠깐만 기다리세요!"

값을 치르고 이걸 '밀차'에 싣고는 집으로 왔다가 잠시 뒤 또 가자고 한다. 이러기를 수도 없이 반복한다. 진력이 나서 "그만 하자"고 하면, 요것이 얼른 다른 말을 한다.

"하부지! 그럼 우리 만두 만들자!"

그리고 얼른 부엌으로 가 밀가루와 도마, 방망이를 들고 와서는 가루로 반죽을 해 만두를 만들자고 한다. 함므니와 가끔 해 본 장단이다. 시간은 어느새 새벽 2시를 넘고 있다. 내일 출근을 하려면 잠을 자 두어야 하는데…, 출근을 해서 졸판이다.

2004. 11. 14(일) 하루종일 쾌청

"하부지! 우리 결혼식해요!"

아침 10시경이다. 일요일이어서 소파에 누워 TV를 보고 있는데, 녀석이

다가와 하는 소리이다.

"하부지, 우리 결혼식 해요!"

뜬금없는 소리이다. 내가 물었다.

"하부지하구!"

그렇다는 것이다. 녀석이 어느새 결혼식 준비를 하고 있었다.

머리에 큰 보자기를 면사포처럼 뒤집어쓰고, 헤어밴드로 이걸 고정시키고, 손에는 몇 송이의 꽃을 들고 있다.

어쩔 수 없이 내가 녀석의 손을 잡고 행진을 시작하였다. 결혼행진곡도 소리 내어 불렀다. "짠 짜자 잔…, 짠 짜자 잔…, 짠 짜자 잔 짜자 짠 짜자 잔…." 그러면서 거실과 안방을 한 바퀴 돌았다.

내가 녀석과 행진을 할 때다. 녀석의 행동이 너무 진지하다. 꽃다발을 가슴에 안고, 발을 사뿐사뿐 들었다 놨다 하고, 몸은 흐트러짐 없이 꼿꼿한 자세이다. 살펴보자니 웃음이 나왔다. 계집애라서, 하는 행동이 달랐다.

2004. 11. 23(수) 싸늘, 온종일 쾌청

"하부지, 우리 도망 다니기 해요."

저녁을 먹고서 얼마 지나지 않아서다. 녀석이 살금살금 다가와 '도망 다니기 놀이'를 하자고 한다. 지가 막대기를 들고 내 뒤를 쫓을 테니, 나는 도망을 다니라는 것이다. 시키는 대로 거실, 안방, 주방, 건넌방으로 도망을 다니는데, 얼마 뒤 울렁증이 났다. 그래서 그만 했으면 하는데, 이게 막무가내로 계속 하자는 것이다. 거실바닥과 방바닥이 얼마나 미끄러운지 자칫 넘어질 것 같은데…. 녀석은 그게 재미있다며 소리소리 지르며 쫓아다녔다.

마침내 내가 통사정을 하였다.

"혜리야! 할아버지 땀이 나는데…."

더 이상 하지 말자는 사정이었다. 그런데 녀석이 요지부동이다.

잠시 숨을 고른 녀석이 다시 하는 말이다.

"하부지! 나 심심해! 우리 '길놀이' 하자!!"

틈만 나면 녀석이 조르는 말이다. 그런데 그걸 하자면 넥타이를 꺼내야 하고, 이걸로 방바닥에 길을 만들어야 하고…, 그러니 이게 여간 번잡한 일이 아니다. 그래서 하지 말았으면 하는데, 이게 끝내 고집이다. 그러니 어쩌겠는가, 할 수밖에….

그런데 얼마간 '길놀이'를 하던 녀석이 이번엔 '시장놀이'를 하자고 한다. 시장을 다니며 녀석이 내게 하는 소리이다.

"하부지! 뭐 사줄까?"

꽤 심심한 모양이다. 틈만 나면 내게 와 이런다.

녀석의 등쌀은 이것으로 끝나지 않는다. 의자를 뒤집어 놓고 운전놀이를 하자고 하고, 어떤 땐 이불을 펴놓고 그 위에서 수영을 하자고 한다. 저를 내 어깨에 올려놓고 무동(舞童) 타기를 하자고 조르기도 한다. 그러다가 또 어떤 땐 동화책을 읽어 달라고 한다. 내가 편할 날이 없다.

2004. 11. 24(수) 맑고 서늘

"응! 하부지! 나 안 울었어요."

녀석이 11시경 제 집으로 갔다. 함므니가 볼 일이 있어 녀석을 제 집에 데려다 준 것이다. 출근 뒤 궁금해서 전화를 걸었더니, 녀석이 아주 멀쩡하게 잘 놀고 있다.

"여보세요!"

"응! 하부지, 나 안 울었어요. 혼자 잘 놀았어요. 함므니 하나로 시장에 가셨어요."

이렇게 멀쩡하다. 함므니 없이는 한 시 반 시, 잘 견디지 못하는 녀석이…. 참으로 놀라운 일이다.

함므니에게 전화를 걸어 물었더니, "이틀만 자고 데리러 오면 오겠다고 해서 제 집에 두고 왔다"는 것이다. 혜리에미가 신데렐라 옷을 사주며 꼬셔서 넘어간 것이 아닌지 모르겠다고 하였다. 어쨌거나 혼자 제 집에서 잘 놀고 있다니, 놀랍고 반가운 일이다.

퇴근 후 녀석이 궁금해서 다시 전화를 걸었더니, 녀석이 전화를 받아서 하는 소리다.

"여보세요! 응, 하부지, 나 발레했어요. 조금 아까 올라왔어요. 나, 재미있었어요. 언니들이 떠들어서 떠들지 말라고 했어요. 자꾸 떠들어서 나 신경질 났어요." 제 집 아파트 맨 아랫층 어린이 집에서 있었던 일을 자세히 설명하고 있는 것이다. "함므니가 내일 데리러 오면 가겠다"는 말도 하였다. 혼자 지낼 수 있다니, 참으로 대견한 일이다.

2004. 11. 25(목) 다소 쌀쌀, 맑음

나를 발로 차고 신경질이다.

퇴근을 해 보니 그제 제 집에 갔던 녀석이 돌아와 삼촌 방에서 자고 있다. 반가워 얼른 들어가 안고 나와 거실 소파에 누이려는데, 녀석이 실눈을 하고서는 발로 차며 신경질이다.

어안이 벙벙해서 망설이고 있는데, 함므니가 녀석을 나무랐다.

"계집애가 제 집에만 갔다 오면 난리야!"

"왜 하부지한테 신경질이야!"

"저 계집애, 펑펑 패 줘! 밥두 주지 말어…!!"

이 말이 녀석의 심정을 건드린 모양이다. 오만상을 하더니 이내 누군가를 칠 태세다. 그러더니 이내 그 앙증맞은 손으로 내 얼굴을 쥐어박는 거였다. 그 모습이 너무 웃겨서 껄껄거렸더니 이게 더욱 성난 표정이다.

그런데, 가만히 살펴 보니 녀석의 신경질은 반쯤 어리광이 섞인 듯하였다. 함므니가 끌어안으며 녀석을 다독이기 시작하였다.

"우리 혜리 예쁘지! 예쁜 혜리가 왜 신경질이야…!"

그러자 녀석이 슬그머니 함므니 품을 파고들었다. 잠에서 깬 녀석을 아는 체하는 사람이 없으니 그런 행동을 보인 게 아닌가 싶었다. 엉뚱한 녀석이 아닌지 모르겠다.

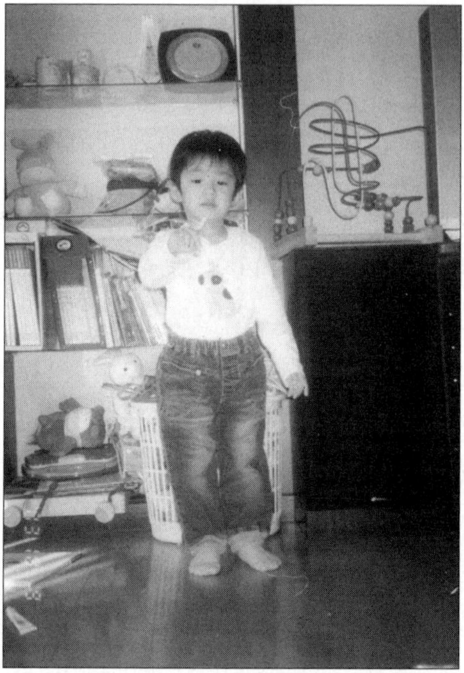

2003. 10. 8. 세 살 때, 죽전 한솔아파트 거실

퇴근을 하여 현관에 들어설 때다.
녀석이 달려 나와 내 바지자락을 잡고
어쩔 줄을 모른다.
안아 달라고 깡충거리며 얼굴을 빤히 쳐다본다.
종일 못 보다 비로소 보게 되니 꽤 반가운 모양이다.
녀석의 그런 행동이 너무 귀엽고 예쁘다.
얼른 안아들고 뽀뽀를 해 줄 수밖에….

2004. 11. 27(토) 바람 많고 날이 흐리고

병원을 가야 하는데 녀석이 말썽이다.

아침 10시, 함므니가 병원엘 가야 하는데 녀석이 말썽이다. 셔츠를 갈아입어야 하는데 싫다고 징징거리고, 저고리를 입어야 하는데, 먼저 입은 셔츠가 저고리 소매 깊숙이 박혔다고 저고리를 벗어 던진다. 함므니가 병원엘 가면 집에 아무도 없어서 녀석은 천상 따라가야 한다.

녀석의 말썽은 신발을 신을 때에도 계속되었다. 이것저것을 골라 여기저기 흩트려 놓고는 '크다, 작다, 끈이 제대로 매졌다, 아니다, 뒤축이 꺾였다, 아니다' 로 계속 승강이었다. 이상한 것은 이렇게 옥신각신하다가도 차에만 오르면 언제 그랬느냐는 듯 멀쩡하다. 집에서 하는 양으로 치면 밖에 나가서도 그래야 하는데, 아니다. 오히려 조용하고 소곤소곤 귓속말에 주위 사람들의 눈치를 수줍게 살핀다.

함므니가 치과 치료를 마치고 같은 건물 내 종합상가에 들렀을 때다. 녀석이 문구점 앞에서 발을 멈추고 떠날 생각을 않는다. 잡아끌어도 어느새 그 자리에 다시 가 서 있다.

이유를 물으니 두 손을 들어 활 쏘는 시늉을 하면서 "이케, 이케 하는 거…"라며 어깨를 기우뚱해 보였다. 그 모습을 살펴 보니 활을 갖고 싶다는 표정이다. 문구점 앞에는 플라스틱으로 만든 활이 몇 개 놓여 있었다.

그래서 살펴 보니 활이 너무 조잡하고 자칫 사고를 일으킬 것 같아 녀석의 요구를 요리조리 피했다. 녀석이 기분이 나쁜지 시무룩한 표정이다.

함므니와 난 녀석을 데리고 가게를 돌며 닭다리, 찹쌀 도너츠, 오징어 튀김 같은 걸 사주며 녀석의 시선을 흩트려 놓았다.

2004. 11. 28(일) 바람이 불고 맑음

"이케, 이케 하는 거 사 주세요!"

아침 10시, 비디오 만화영화 '라푼젤' 을 보던 녀석이 내게 다가와 하는 소리이다.

"하부지! 이케, 이케 하는 거 사 주세요!"

활 쏘는 시늉을 하면서 하는 소리이다. 어제 금호상가에 갔을 때도 그러더니 오늘도 또 그런다. 녀석이 보는 '라푼젤' 을 살펴 보니, 왕자가 말을 타고 달리며 활 쏘는 놀이를 하고 있다. 말 타고 활을 쏘는 왕자의 모습이 멋지게 보였던 모양이다.

오늘은 만들어 주어야 되겠다 싶어 조그만 칼을 들고 집 뒤 야산을 찾았다. 활과 화살을 만들 재료를 구하기 위해서다. 내가 찾은 야산과 그 아래 밭둑에는 마침 활과 화살을 만들 재료들이 널려 있었다. 그래서 활을 만들 싸리나무 몇 개와 살을 만들 억새풀 여러 개를 잘라 가지고 돌아왔다.

이걸 가지고 활과 화살을 만들자니, 시간이 많이 걸렸다. 싸리나무를 다듬어 구부려 반달모양을 만들고, 여기에 질기고 탄력 있는 비닐 끈으로 줄을 꽈 시위를 묶으니 멋진 활이 되었다. 화살은 꼿꼿하게 뻗은 억새풀 여러 개를 골라 자르고 다듬어 날렵한 살을 만들고, 화살은 위험을 줄이기 위해 촉 부위에 솜을 두르고 이걸 다시 테이프로 쌌다. 다 만들고 살을 시위에 올려놓고 당겼다 놓으니 살이 튕겨져 나갔다. 성능이 좋았다. 옆에서 지켜보던 녀석이 신이 나 어쩔 줄을 몰랐다.

"와 아…! 근사하다! 하부지는 어떻게 이렇게 잘 만들어요?"

"으응…, 하부지는 어렸을 때 많이 만들어 봤어."

녀석이 뛸 듯이 기뻐하며 싱글벙글이었다.

녀석은 저녁 내내 활을 가지고 쏘는 시늉을 하였다.

재미가 있는 모양이다.

2004. 11. 29(월) 싸늘한 바람, 맑은 날씨

녀석과 사우나를 다녀왔다.

퇴근 뒤 녀석과 사우나를 다녀왔다. 함므니와 함께다. 구미동 '맥스사우나' …, "왜, 하필 월요일에 가느냐" 고 했더니 녀석이 "그냥…" 이라고 한다. 몸이 찌뿌드드해서 이걸 풀기 위해서인 듯하였다.

사우나에 도착하니 저녁 8시, 녀석이 함므니와 가벼운 샤워를 하고 내게로 왔다. 9시가 다 되어서다. 녀석은 나를 보자 식당으로 잡아 끌었다. 우선 삶은 계란부터 먹어야 하겠다는 것이다.

녀석은 사우나를 마치면 언제나 내게로 온다. 함므니보다 하부지가 제 시중을 더 잘 들어주어서다. 녀석과의 사우나는 그래서 내겐 언제나 봉사고, 제겐 언제나 즐거움이다. 난 녀석을 안고 놀이와 수영, 식당을 들락 이고, 녀석은 먹고 마시고 뛰고 물장구로 즐거운 시간을 보낸다.

녀석과 함므니, 나, 셋이서는 샤워 뒤 찜질방으로 간다. 한참 불가마에 들어가 있으면 땀이 비 오듯 하고, 얼굴이 벌겋게 익는다. 그러면 셋이 찜질방을 나와 넓은 휴게실에 자리를 펴고 한참을 누워 피로를 푼다. 밤 11시, 집으로 돌아오는데 녀석이 어느새 코를 골고 있다.

2004. 12. 3(금) 온종일 맑음

"하부지! 이게 뭐하는 거야! 맴매할래…!!"

저녁을 먹고서다. 삼촌 방 의자에 비스듬히 기대어 '톰과 제리' 를 보는 녀석이 너무 귀여워 장난을 쳤다가 한참 욕을 먹었다. 내가 만화에 빠져 있는 녀석의 눈앞에 얼굴을 들이밀고 얼쩡거렸던 것이다. 그랬더니 이것이 고래고래 소릴 질렀다.

"하부지! 이게 뭐하는 거예요?"

"저리 비켜요! 비키라니까!!"

처음에 난 녀석이 장난을 하는 건가 싶었다.

그래서 얼굴을 더 들이대고 흔들며 장난을 쳐보았다.

그랬더니 이게 발길질을 하는 거였다.

그래서 얼굴을 피했더니 쫓아오며 발길질이었다.

하는 짓이 너무 웃겨 껄껄댔더니 이게 더욱 호령이다.

"하야버지! 정말 뭐하는 거야!"

"너 자꾸만 그럴래…! 이케 이케 맴매할래!"

녀석이 노해서 얼굴을 찌푸리고 주먹을 쥐고 성질이었다.

얼마나 웃기던지 내가 한참을 껄껄거렸다.

2004. 12. 4(토) 온종일 맑음

"노 하야버지 하늘나라에 가셨어요?"

아침 7시 반, 출근 길인데 집사람이 전화를 했다. "포이동 '큰사랑' 병원에서 전화가 왔는데 아버지가 위독하니 얼른 가 보라"는 것이다. 이 양반이 끝내 돌아가시려나 싶은 생각이 들었다. 아버지는 지난 1년 간 이 병원에 입원, 요양 중이셨다. 처음에는 세곡동 4거리 '큰사랑 요양원'에 계시다가 한 달 전 본원 서울 포이동 '큰사랑 병원'으로 옮겨 모셨다. 몸이 점점 쇠약해 지셔서다.

8시 경 병원에 도착해 보니 아버지는 운명 중이셨다. 맥박이 100. 80. 50으로 떨어지더니 이내 0이 되었다. 옆에서 지켜보던 의사가 하는 말이다.

"운명하셨습니다."

인생무상, 무와 공이 머리를 심하게 어지럽혔다.

당황하여 어리둥절하고 있는 중에도 혜리가 걱정이 되었다. 며칠 제 집에 가 있어야 하는데, 제 에미가 둘째를 낳은 지 얼마 되지 않아서다. 단 며칠간이라도 함므니와 떨어져 잘 지낼 수 있을까…, 불안이 몰려왔다.

전화를 했더니 녀석이 하는 소리이다.

"노 하야버지, 하늘나라에 가셨어요?"

"그래서 산으로 가야 해요?"

"땅 속에는 도깨비가 많아요?"

"그래서 기도해야 돼요?"

"나는 엄마네 집에 가야 해요?"

계속 듣고 있다가 "그렇다" 고 하였다.

잠시 뒤 병원으로 급히 달려 온 집사람이 하는 소리이다.

"혜리애비가 와서 혜리를 데리고 갔다" 는 것이다.

저녁 10시, 녀석과 통화를 했더니 잘 놀고 있었다.

2004. 12. 5(일) 아침부터 가랑비

녀석이 제 에미와 장래식장엘 왔다.

저녁 8시, 혜리가 제 에미와 장례식장, 분당 제생병원엘 왔다. 녀석이 나를 보자 놀라는 표정이었다. 안으려고 하자 얼굴을 돌리고 눈길을 주지 않았다. 내 행색이며 모습이 이상하게 보였던 모양이다.

나는 상복을 입고 있었다. 까만 양복에 머리에는 굴건을 쓰고, 팔에는 상장을, 다리에는 행전(行纏)을 차고 있었다. 잠을 자지 못해 눈이 충혈되고 모습이 초라해 보였다. 녀석이 이런 나를 피하고 있는 것이다.

내가 녀석을 번쩍 안아들고 귓속말을 하였다. "노 할아버지가 돌아가셔서 옷을 이렇게 입었다" 고 하였다. 내 말을 알아들었는지 녀석이 계속 어리둥절한 표정이었다. 얼른 보내야 되겠다 싶어 제 삼촌을 시켜 제 집으로 보내 주었다. 한참 뒤 전화를 걸어 보니 녀석이 잘 놀고 있었다. 나보고 "도깨비에 물려가지 말고 잘 자라" 고 하였다.

2004. 12. 6(월) 포근하고 맑은 하루

녀석을 제 집에서 데리고 왔다.

아버지를 산으로 모시는 날이다. 오전 9시 장례식장을 떠나, 당신이 나고 사시던 복우물 고향집에 들러 노제를 올리고, 용인 양지 주북리로 떠났다. 선산에는 11시에 도착하여 30분에 하관하고, 평토제와 가족회의를 마치고 나니 오후 3시였다. 아버지의 영정은 오후 5시, 집에 돌아 와 성남 봉국사(奉國寺)에 모셨다.

오후 8시, 목욕을 마치고 집사람과 녀석을 데리러 제 집으로 갔다. 현관에 나와 기다리고 있던 녀석이 함므니를 보자 좋아서 펄쩍펄쩍 뛰며 어쩔 줄 몰랐다. 상복을 벗은 나를 보고는 "왜, 이케 이케 된 거 벗었느냐" 고 하였다. 굴건과 상장, 행전을 하지 않은 내 모습이 이상하다는 표정이다.

2004. 12. 24(금) 흐리고 눈이 올 것 같은 날씨

교회로 녀석을 데려다 달라고 한다.

오후 2시, 한참 근무 중인데, 혜리에미에게서 전화가 왔다. 혜리를 오후 5시까지 분당 '새벽월드교회'로 데려다 달라는 것이다. 크리스마스 저녁 행사가 있어서라고 한다. 저는 피아노 학원 때문에 시간이 없다면서다.

녀석은 이틀 전 제 에미가 데리고 갔다. 가지 않겠다는걸 살살 달래서 앞세우고서다. 그러니 어쩌겠는가. 데려다 줄 수밖에…. 평소 보다 일찍 퇴근하여 광주 제 집엘 갔더니, 녀석이 그렇게 좋아할 수 없다.

광주 태전리 녀석의 집에서 분당 새벽교회까지는 대충 30리 길, 이 거리를 어린 녀석을 태우고 운전을 하자니 진땀이 났다. 녀석이 차만 타면 졸기 때문이다. 아직은 나이가 어려서 차의 움직임에 따라 몸이 이리 저리 흔들리고, 고개가 외로 갔다 바로 갔다 하였다.

보기에 여간 불안한 게 아니다. 차를 세워 자세를 바로 한 다음 다시 출발을 해 보지만 녀석의 자세는 이내 불안해진다. 억지로 깨워 소릴 질러 보지만 바른 자세는 그 때뿐이다. 차들은 쌩쌩 달리고, 바람은 윙윙거리고…, 정신이 오싹오싹하였다.

5시가 조금 지나 교회에 도착하니, 어린이 프로그램이 벌써 시작되었다. 자는 녀석을 들춰 안고 교회로 들어가니 여자 선생님이 녀석을 반겼다. 프로그램은 이로부터 20분간 더 진행되었다.

의식을 마치고 집으로 돌아오는데, 녀석이 제 집엘 가지 않겠다고 한다. 되도록 데려다 주었으면 싶은데, 녀석이 통 말을 듣질 않으니…. 우선 함든

네 집으로 데리고 갔다가 뒤에 어찌어찌 할 수밖에….

그런데, 집에 도착한 녀석이 옷을 훌훌 벗어 던지고, 콧노래를 부르며, 겅중거리고 이리저리 뛰어 다니는 거였다.

보기에 그렇게 좋을 수 없었다.

2004. 12. 26(일) 따뜻하고 맑음

동짓달 보름날, 내 생일이다.

오늘이 내 생일날이다. 동짓달 보름날, 그래서 식구들이 저녁에 조촐한 모임을 가졌다. 분당 서현동 '먹자골목' 에서다. 마침 둘째 딸 혜영이도 미국에서 와 있다.

저녁시간, 분당 서현동 '한우리 생고기 전문점', 예정대로 식구들이 모두 한 자리에 모였다. 혜리에미, 애비, 혜리, 혜준이, 집사람, 나, 제 삼촌, 그리고 둘째 딸과 아들 인후, 이렇게 모두 아홉 명이다.

'한우리 생고기 전문점'은 음식이 깔끔하고 고기 맛이 좋다. 그래서인지, 손님들이 홀 안에 가득하다. 오래 간만에 식구들이 모두 모이니 기분이 그렇게 좋다. 모처럼 모두 푸근한 마음으로 저녁 식사를 즐겼다.

식사 자리에서다. 며칠만에 제 식구를 만난 혜리 녀석, 제 동생 감싸기에 여념이 없다. 동생 혜준이가 다칠세라 그냥 안절부절이다. 누군가 그 주위에 조금만 얼씬거려도 팔을 벌려 가로막고 난리이다. 녀석의 이런 행동은 헤어질 때까지 계속되었다. 이런 구석이 녀석에게 있었나 싶었다.

2004. 12. 31(금) 따뜻하고 온종일 맑음

제 집에 가지 않겠다고 방패막이다.

저녁을 먹고 한참이 지나서다. 제 에미가 전화를 했는데, 녀석이 제 집에 가지 않겠다고 방패막이다.

"함므니! 나 엄마 집에 안 갈래요. 함므니하고 있을래요."

제 에미 애비가 오기도 전에 이러니 이를 어쩌나 싶었다.

제 집에 가지 않겠다는 소리는 제 에미가 도착해서도 마찬가지였다. 이를 두고 제 에미 애비가 실실 웃으며 하는 소리이다.

"혜리야! 밖에 나갔다가 너 여기 다시 데려다 주고 갈게…. 혜준이를 여기 두고 나갔다가…! 그럼 되지?"

그래도 녀석은 믿으려 하지를 않았다.

"정말이야 엄마! 정말이에요?"

제 에미 손에 이끌려 나가면서도 녀석은 함므니에게 눈길을 주었다.

내가 도와주어야 되겠다 싶어 짐짓 화난 척 소릴 질렀다.

"너희들 이따가 혜리 여기 데려다 놓고 가!

"알았지?"

" 아니면 혼날 줄 알어…."

그랬더니 제 애비가 하는 말이다.

"네…! 알겠습니다."

내가 녀석을 바라보며 말했다.

"그것 봐, 혜리야! 데려다 준대지!!"

녀석이 안심이 된다는 듯 고개를 끄덕였다.

녀석은 밤 12시가 지나서 제 애비 등에 업혀 잠이 든 채 돌아왔다.

분당 서현동 '훼밀리 하우스' 에서 저녁 만찬을 즐기고, 노래방까지 다녀왔다는 것이다. 녀석이 길게 팔을 늘어트리고 잠이 들어 있었다.

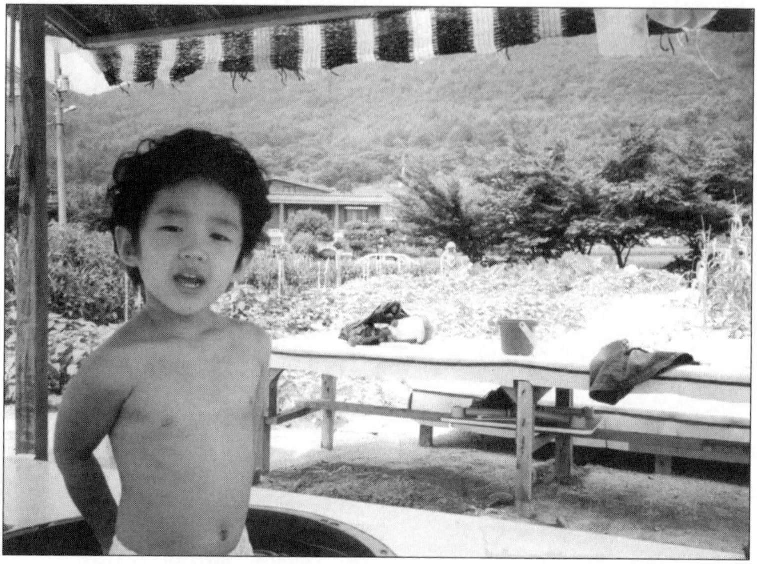

2004. 7. 27. 녀석이 원두막 물통에서 목욕을….

녀석이 네 살 때, 삼복더위 한여름….
함므니, 녀석, 나 셋이서 곤지암 밭엘 다녀왔다.
고추, 옥수수, 토마토, 푸성귀… 등 밭일 때문이다.
그런데 녀석이 해 달라는 게 그리도 많다.
텐트를 쳐 달라, 장난감을 갖다 달라, 목욕을 시켜 달라…,
그러니 어디 일을 제대로 할 수 있겠는가!
함므닌 일을 안 한다고 난리이고, 녀석은 자꾸만 보채고,
허둥대다 냇가에서 물을 길어 통에 부어 주고는
밭일을 할 수밖에….

3

2005. 1 ~
2005. 12

2005. 1. 3(월) 온종일 바람, 쌀쌀

"그거 찾아줘! 찾아달라구!!"

저녁나절이다. 거실에서 놀던 녀석이 갑자기 "이모부가 사다 준 연필을 찾아달라" 고 한다.

"이모부가 사다 준 연필이라니…?"

알 수 없어 벙벙해 하고 있는데, 녀석의 성화가 불같다.

"찾아줘! 찾아달라구…! 미국 이모부가 사다 준 연필 말이야…!"

도대체 무슨 연필인지 알아야 찾아주던지 말던지 하지.

함므니도 나도 알지를 못하니….

그래서 필통에서 아무거나 하나 집어 주었더니 이게 더욱 성화다.

"찾아줘! 찾아달라구!"

얼굴을 찌푸리고 소리소리 지르더니 나중엔 막말까지 했다.

"너, 안 찾아줄래! 정말 이럴 거야! 맴매할래!!"

너무 웃겨서 껄껄댔더니, 녀석의 행동이 거칠어졌다.

거실에 널려 있는 여러가지 플라스틱 장난감으로 해코지를 하였다. 기타를 들고 툭툭 치더니, 호크로 쿡쿡 찌르고…. 안 되겠다 싶어, 야단을 치고 빌라고 했더니 듣지를 않는다. 그래서 모르는 체 내버려두기로 하였다. 이른바 무시소멸행동이다. 모르는 체 내버려두면 제풀에 꺾인다는 생각이다. 그랬더니 한참 뒤 녀석이 하는 행동이다. 장롱의 내 이부자리를 낑낑거리고 들고 와 거실에 놓았다.

그리고는 헐레벌떡 몹시 힘든 표정을 지었다.

녀석이 제 잘못을 이렇게 빌고 있구나 싶었다. 속으로 웃음이 터져 나왔다. '톰과 제리' 를 보고 싶지만 틀어달라는 소리를 하지 못했다.

내 눈치를 살피며 컴퓨터를 만지작거리기만 하였다.

"톰과 제리 보고 싶어?" 했더니 녀석이 "엉…!" 하였다.

내가 얼른 틀어주면서 녀석을 덥석 안아주었다.

2005. 1. 12(수) −8℃ 종일 바람, 몹시 쌀쌀

"하부지! 어디 갔다 오는 거예요?"

3일 간의 금강산 여행을 마치고 오늘 돌아왔다. 저녁 9시, 광주종고에 세워 두었던 차를 몰고 집에 돌아오니 10시를 지나고 있었다. 현관문을 들어서려는데, 녀석이 달려나와 눈웃음을 치고 새새거리며 인사를 했다.

"하부지! 난 벌써 하부지인 줄 알았어요. 어디 갔다 오는 거예요?"

"으응…. 하부지 저기 금강산에…. 왜? 하부지 보고 싶었어?"

"네…! 얼마나 보고 싶었다구요. 그렇지 않아요, 하야버지?"

그러면서 녀석이 내가 들고 있는 물건에 깊은 관심을 보였다. 사진첩 '세계의 명승 금강산', 몇 장의 두루마리 사진, 그리고 지팡이다. 두루마리 사진 '금강산' 은 '현대아산' 에서 기념품이라며 준 것이고, 사진첩 '금강산' 과, 다래나무 지팡이는 현지 상점에서 직접 구입한 것이다.

녀석은 다섯 장의 두루마리 사진을 보면서 놀라서 어쩔 줄을 몰랐다.

외금강의 절경, '구룡폭포', '비봉폭포', '상팔담', '만폭동', '만물상' 등

이었다. 녀석이 이걸 보면서 비명에 가까운 소리를 질렀다.

"멋지다! 멋져…!! 하야버지! 그렇지 않아요?"

녀석은 사진첩 '금상산' 을 몇 번씩이나 넘기면서 눈을 떼지 못했다.

모두 215쪽으로 '내금강', '외금강', '해금강' 을 망라하고 있다. 녀석이 좋아하는 걸 보니 참으로 잘 사왔다는 생각이 들었다. 녀석과 내가 벌써 몇 시간 동안 이걸 들여다보고 있다.

2005. 1. 23(일) −6℃ 영하인데도 비교적 따뜻

녀석과 탄천 썰매장엘 다녀왔다

녀석과 탄천(炭川) 썰매장엘 다녀왔다. 언젠가에 이어 벌써 세 번째다. 성남시에서 방학 중 어린이들을 위해 만든 시설이다. 입장료도 없고, 썰매까지 공짜로 빌려준다. 태평역 서쪽 탄천 둔치, 어린 아이들이 연을 날리며 즐거운 비명을 지르기도 한다.

썰매를 하나씩 빌려 타고 썰매장엘 들어가니 빙판이 녹아 눈싸래기이다. 달려 보니 썰매 날이 눈싸래기에 묻혔다. 넘어지기라도 하는 날에는 옷이 온통 젖을 판이다. 그래서 태워 주려는데 이게 "내가…, 내가…" 하며 꼬챙이를 뺐는다. 내가 뺏기지 않고 녀석을 썰매 앞에 앉히고 이리저리 얼음판을 돌아다녔다. 어릴 적 동네 앞 논에서 썰매 타던 기억이 새로웠다.

녀석은 근처에서 연을 날리는 아이들에게도 관심을 보였다. "당장 사다가 날리자"는 것이다. 그런데 근처에는 연을 파는 곳이 없다. 어쩔 수 없이

아이들에게 하나를 빌려 연을 날렸다. 얼레를 잡고 실을 당겼다 놓았다 하면서 연의 움직임을 살펴보았다. 잡고 있는 연이 하늘 높이 오르자 녀석이 그렇게 좋아할 수 없다. 얼마쯤을 놀았을까. 녀석이 갑자기 기침을 하고 콧물을 흘려 얼른 데리고 집으로 돌아왔다. 오후 4시경이다.

2005. 2. 14(월) −10℃ 맑고 바람이 쌀쌀

"함므니는 어디 있어요… 보고 싶었어요!"

며칠 전 제 집에 갔던 혜리가 오후 5시 경 돌아왔다.

초인종이 울려 나가 보니 녀석이 제 에미와 현관 앞에 서 있었다. 날이 몹시 추워 두툼한 털모자를 쓰고 있다. 반가워 덥석 안으며 말을 걸었다.

"아유, 우리 혜리 왔네! 추워! 얼른 들어와, 얼른…!"

그런데 녀석이 전혀 움직이지 않고 그 자리에 그냥 서 있다.

그러더니 이내 왈칵 울음을 터트렸다. 지금까지 꾹꾹 눌러 참았던 그런 울음이다. 내가 깜짝 놀라 얼른 녀석을 달랬다.

"혜리야! 왜…! 왜 그래…?" 그래도 녀석은 계속 울기만 하였다. 아무리 달래도 소용이 없다. 그러더니 드디어 하는 말이다.

"함므니…! 함므니는 어디 갔어요?"

비로소 녀석이 우는 이유를 알 수 있었다. 내가 소리쳐 함므니를 불렀다.

"함므니! 얼른 나와! 뭐하고 있어? 혜리 왔어, 혜리!"

이윽고 할머니가 달려나와 녀석을 덥석 안으며 말했다.

"으응…. 혜리 왔어, 혜리! 얼른 들어와, 얼른! 추워!!"

그러자 녀석이 비로소 함므니 손을 잡고 발걸음을 떼기 시작하였다.

슬피 울던 울음도 이내 그쳤다.

녀석이 거실에 들어와 함므니 품에 안기며 하는 말이다.

"함므니! 보고 싶었어요. 나, 정말이에요…."

겉으로는 멀쩡한 것 같은데 속으로는 아니었던 모양이다.

그러면 그렇지…, 하는 생각이 들었다.

녀석은 지금껏 함므니와 같이 살았으니까 말이다.

2005. 2. 16(수) -6℃ 쌀쌀, 한낮 포근

내가 정년퇴임을 하는 날이다.

내가 정년퇴임을 하는 날이다. 조촐하게 갖기로 하였다. 벌써부터 마음에 두어 왔던 것이다. 공로패나 주고받는 의례적인 행사는 피하기로 하였다. 대신에 평소에 마음에 새겨 두었던 일들을 '고별강연' 형식을 취해 이야기하기로 하였다. 학교 관계자 외 외부인사는 초청하지 않기로 하였다. 가족은 집사람과 아들, 그리고 혜리만 오도록 하였다.

내가 '고별강연'을 시작할 때다. 혜리가 준비해 온 꽃다발을 들고 나와 내게 건네주었다. 녀석이 내게 뽀뽀를 하며, "하야버지, 축하해요!"하였다. 장내 선생님들의 박수소리가 들려 왔다. 나도 꽃다발을 받으며 녀석에게 뽀뽀를 해 주었다. 순간 코끝이 찡하고 눈물이 핑 돌았다.

'고별강연' 에서다, 나는 교직을 시작하게 된 동기에서부터 정년에 이르기까지의 모든 과정을 차분한 어조로 잔잔히 소개했다. 새 교육 물결이 들어온 이래 반세기가 넘도록 변해야 될 것들이 변하지 않고 있는 것들에 대해서도 평소의 소신을 피력하였다. 교육의 핵심은 수업의 질이며, 질적 개선을 위한 각고의 노력이 있어야 함을 요모조모 짚어 보았다.

의례적인 수업연구, 보여주기 위한 수업연구, 인위적 · 조작적 차원의 수업연구는 지양돼야 함을 누누이 강조하였다. 평소의 수업도 학업성취를 위한 교육방법 개선에 스스로 부단한 노력을 경주해야 한다고 하였다. 교육의 혁신은 뜻 있는 사람만이 할 수 있으며, 성장하기 위해서는 평소 교육의 전문직적 소양을 쌓는 데 게으르지 말아야 함을 되뇌어 강조하였다.

두 시간에 걸친 '고별강연' 을 녀석이 흐트러짐 없이 잘 참아주었다. 화장실을 다녀오기도 했어야 할 텐데, 녀석은 끝내 의젓한 태도로 말이 없었다. 아마도 긴장이 지나친 것이 아니었나 싶었다.

식사 때도 녀석은 계속 의젓함을 보였다. 아름답고 멋지게 주위 선생님들의 시선을 의식하며, 예쁘게 밥을 먹고 행동하였다. 선생님들이 녀석의 말과 행동, 모습이 예쁘다며 칭찬이 대단하였다.

2005. 2. 25(금) −7℃ 쌀쌀

녀석이 다닐 유치원을 살펴보았다.

녀석이 다닐 유치원 몇 곳을 돌아보았다. 오는 3월로 녀석이 만 4세가 되기 때문이다. 집 나이로는 벌써 다섯 살이 된다. 돌아본 곳은 집 근처 공립초등학교 두 곳, 사립유치원 세 곳이었다.

돌아보니, 공립초등학교에는 4살짜리가 들어갈 수 있는 유치원이 없었다. 병설유치원이 있기는 하지만 여기는 7세가 되어야 입학이 가능하다. 그러니 초등학교에는 4살짜리가 들어갈 수 있는 곳이 없는 셈이다.

집 근처 사립유치원 몇 곳을 더 다녀 보았으나 신통한 곳이 보이지 않았다. 용인교육청 김 장학사의 소개로 집 근처 '나리유치원'을 찾아갔더니, 시설과 환경이 깨끗하고 종사자들의 인상도 그럴싸하였다.

집에 돌아와 함므니와 유치원에 대한 이런저런 이야기를 나누었다. 옆에서 듣고 있던 혜리가 "유치원에 갔다가 함믄네 집으로 다시 오겠다"고 목소릴 높였다. 아마도 유치원을 마치고 제 집으로 가는 것으로 알았던 모양이다. 아닌데 말이다.

2005. 3. 4(금) −6℃ 바람이 세차고 쌀쌀

집 근처 유치원을 더 다녀 보았다.

혜리에미와 집 근처 유치원 몇 곳을 더 다녀 보았다. 녀석이 다닐 유치원을 최종 선택하기 위해서였다. 여러 가지 정황으로 미루어, 그래도 '나리유치원'이 가장 좋겠다는 생각이 들었다. 시설과 환경, 놀이공간과 종사자들이 비교적 마음에 들고, 집에서도 거리가 가까워서다.

집에 돌아와 입학에 필요한 물건들을 살펴 보니 없는 것이 너무 많았다.

가방, 트레이닝복, 실내화, 손수건 같은 것들이다. 혜리에미와 내일 백화점엘 들러 구입하기로 하였다. 유치원을 결정하고 나니 마음이 한가하였다.

2005. 3. 6(일) −3℃ 쌀쌀하고 바람

"하야버지… 임새끼 하지 말아요!"

녀석의 유치원 입학문제로 제 에미가 또 왔다. 혜리 동생 혜준이를 데리고서다. 녀석은 오래 간만에 보는 제 동생이 그렇게 끔찍한 모양이다. 누가 만질세라 두 팔을 벌려 가로막으면서 누구의 접근도 허락하지 않았다. 그 모습이 너무 웃겨서 내가 장난을 쳐보았다.

"혜준이 계집애! 너…, 임새끼! 왜 우리 집에 왔어?"

그랬더니 녀석이 냅다 달려와 하는 소리이다.

"하야버지!! 임새끼 하지 말아요. 귀엽다…, 그래야지요! 그게 뭐 하는 짓이에요?"

글쎄, 이게 뭘 알고 그러나 싶어 내가 다시 장난을 쳐 보았다.

"혜준이, 임새끼…! 너…."

그랬더니, 이게 또 다시 달려와 하는 소리다.

"하야버지! 그러지 말라니까요!"

녀석의 눈초리가 왔다갔다하더니, 입이 비죽비죽하였다.

이걸 본 함므니가 녀석을 놀렸다.

"어이구! 우리 혜리 눈이 뱁새눈이 됐네!!"

그러자 녀석이 속이 상하는지 고개를 외로 꼬고, 팔짱을 낀 채, 깊은 한숨을 몰아쉬었다. 몹시 안타깝고 속이 상한다는 표정이다. 그러던 녀석이 저녁나절에는 제 에미가 사다 준 노란 가방을 메고 신바람이 났다. 함므니에게 달려가 등을 보이며 "짜잔…!" 하더니, 뒤이어 내게도, 삼촌에게도 그랬다. 기분이 좋은 모양이다. 이를 본 함므니가 하는 소리이다.

"우리 혜리 정말 멋지네…! 내일 유치원에 메고 가면 좋겠네…!"

2005. 3. 7(월) 10℃ 화창하고 포근

유치원 입학식 날, 귀고리를 하겠단다.

녀석이 유치원 입학식에 가는 날이다. 그런데 굳이 귀고리를 하고 가겠다고 난리이다. 아무리 말려도 소용이 없다. 호통을 쳤더니, 울먹이며 눈물을 글썽였다. 함므니가 녀석을 달래느라 한참 애를 먹었다.

"혜리야! 귀고리는 안 돼…, 놀러 갈 때나 하는 거야!"

그런데 녀석이 심통을 부리며 들으려 하지 않았다.

"그럼 이거 버려! 부러뜨려!!"

그러더니 제 에미에게로 다가가 담판을 지으려는 태도이다.

"엄마, 이거 안 돼?"

녀석의 태도와 속셈은 된다는 말을 들었으면 하는 눈치였다.

어쩔 수 없는지 제 에미가 된다고 하니까, 이게 비로소 안심하는 눈치였다. 그런데 옷을 차려입고 가방을 챙기는 과정에서 녀석이 그렇게 하고 가겠다고 우겨대던 귀고리를 까맣게 잊고 말았다.

아침 10시 반, 입학식에서 내가 꽃다발을 녀석에게 안겨주었다. 녀석이 기뻐서 어쩔 줄 모르는 눈치이다. 미소를 지으며 쑥스러운 표정이었다.

입학식은 1시간 정도 걸려서 끝이 났다.

학교 소개, 담임 소개, 교육내용 소개, 교실에 입실, 담임선생님과의 대화, 11시경 마무리 되었다. 교실로 들어간 지 10여 분이 지나서 녀석이 담임 손에 이끌려 밖으로 나왔다. 우리는 기념사진을 몇 장 찍고 집으로 돌아왔다. 단 하루 사이, 녀석이 사뭇 자란 듯 하였다.

2005. 3. 10(목) 3~5℃ 맑고 비교적 따뜻

녀석이 요즘 많이 자란 것 같다.

녀석이 요 며칠 유치원엘 다니더니 심신이 많이 자란 것 같다. 그렇게 생떼를 쓰더니 요즘은 아니다. 오히려 하나 하나 살펴가며 행동을 한다.

"함므니, 다녀오세요! 나는 하야버지 하고 놀 거예요!"

녀석의 이런 행동은 얼마 전까지만 해도 어림도 없는 소리였다.

그러다가 가끔은 엉뚱한 떼를 쓰기도 한다. 지가 마룻바닥의 신문지를 밟아 넘어지고는 내게 화풀이다.

"하야버지가 치우지 않아서 그렇잖아! 너 정말 자꾸만 이럴 거야!!"

내가 함므니하고 싸울 땐 뜯어말리느라 무진 애를 쓴다.

"그만 해! 그만 하라니까!!" 온 몸에 힘을 주고, 얼굴이 벌개지면서 골이 나서 하는 소리이다. 이러다 애 성질 버리겠구나 싶어 얼른 싸움을 멈춰야 한다. 비로소 녀석이 '톰과 제리'를 보았다.

2005. 3. 21(월) 5~6℃ 맑고 따뜻

녀석이 심한 감기에 걸렸다.

녀석이 심한 감기에 걸렸다. 어제 제 에미와 외출을 하고 나서다.

아침, 잠에서 깼는데 심한 기침에 목소리까지 갈라졌다. 보기에 여간 딱한 게 아니다. 데리고 나가기만 하면 이 모양을 만들어 놓으니…. 오늘은 유치원엘 보내지 말아야 되겠다. 녀석은 아침밥도 잘 먹지를 않았다. 간신히 물만 몇 모금 마셨다. 그것도 짜증을 부리면서….

오후에는 녀석을 데리고 함므니와 함께 광주 제 집엘 다녀왔다. 혜리에미가 피아노 학원엘 나가야 하기 때문에, 집도 보고 혜리 동생 혜준이도 봐주어야 해서다. 녀석과 함므니 나, 셋이서는 그곳에서 7시까지 있다가, 9시경 집으로 돌아왔다.

돌아오는 길에 분당 서현동 '생고기 전문점'에 들러 갈매깃살로 저녁을 맛있게 먹었다. 감기로 먹지 못하던 녀석도 고기 맛이 좋은지 꽤 많이 먹었다. 녀석이 기분이 좋아 홀 안을 경중거리며 돌아다녔다.

2005. 3. 23(화) 5~12℃ 따뜻한 봄 날씨

도너츠며 튀긴 닭다리를 사오란다.

수내동 '롯데백화점' 에 나와 있는데, 함므니가 찹쌀 도너츠며 튀긴 닭다리를 사오라고 한다. 혜리가 먹고 싶다고 해서라면서다. 그래서 사들고 들어왔더니 녀석이 깊은 잠에 빠져 있었다. 아뿔싸…, 이것들이 식으면 뻣뻣할 텐데…, 깨우려고 흔들어 보았으나 요지부동이었다. 아직 감기 기운이 있어서 그런지 온 몸이 땀으로 흠뻑 젖어 있었다.

이로부터 한 시간쯤이 지났을까. 녀석이 잠에서 깨어서는 공연한 심통을 부렸다. 아무리 달래도 소용이 없다. 이유 없이 생떼를 부리고 있는 것이다. 그래서 튀긴 닭다리며 찹쌀 도너츠를 보여주었다. 녀석이 성질을 멈출지도 모른다는 생각에서다. 그런데 먼저 먹던 도너츠가 아니라며 눈물을 글썽이며 더욱 심통이었다. 선잠에서 깨어서인지 모르겠다.

어쩔 수 없이 녀석을 달래기로 하였다. 있는 것 없는 것 다 사주겠다고 하고서야 간신히 마음을 돌릴 수 있었다. 생떼를 부리기 시작한 지 1시간이 지나서다. 아주 혼쭐이 난 하루였다.

2005. 3. 30(수) 12~13℃ 바람이 쌀쌀

감기로 유치원엘 보내지 않았다.

오늘 녀석을 유치원에 보내지 않았다. 지난 금요일에 걸린 감기가 너무 심해서다.

아침에 일어났는데, 목소리가 갈라지고 쉔 기침소리를 하였다.

아침 9시, 녀석을 데리고 함므니와 분당 '제생병원'을 찾았더니, 진찰을 마친 여자 의사선생님이 하는 말이다.

"심한 편은 아니네요. 다소 춥더라도 실내 온도를 내리고, 가습기를 틀어주고, 좀 편히 쉬도록 하시지요."

아마도 유치원 다니는 것이 어려워서 생긴 병이 아닌지 모르겠다. 집으로 돌아오는 길에 함므니와 가락동 농수산물 시장을 둘러보기로 하였다. 어패류를 사야 한다고 해서다.

녀석은 이마트나 하나로 시장을 고집하였다. 나는 그런다고 하고서는 차를 가락동으로 돌렸다. 그러다가 얼마 안 가서 이내 들켜 버리고 말았다. 녀석의 길눈이 워낙에 밝아서다. 그러자 녀석이 짜증을 부리며 하는 소리이다.

"함므니, 어디로 가는 거예요! 난 안 갈 거예요!"

그런데 가락동시장에 대한 녀석의 반응은 아주 딴판이었다. 이곳 저곳을 돌아보면서 꽤나 놀라는 표정이었다. 시장의 규모와 쌓인 물건들에 어안이 벙벙한 모습이다.

함므니와 여기서 구입한 것들은 어패류들이다. 대합, 민둥 큰 조개, 모시

조개, 꼬막, 그리고 명란젓과 창란젓 같은 것들이다.

그런데 이게 어찌된 일인가. 저녁에 이것들을 굽고 끓였는데, 글쎄 녀석이 먹지 않겠다는 것이다. 입맛을 돋우려고 사 왔는데….

감기 때문인 듯하였다. 내일 다시 먹여 보아야겠다.

2005. 4. 3(일) 7~18℃ 흐리고 따뜻

"네가 삼촌이야! 응…, 하야버지지."

저녁을 먹기 전 식탁에 앉아 있을 때다. 녀석이 심심한지 생글생글 웃으며 내게 다가와 하는 소리이다.

"삼촌, 삼촌!"

갑자기 웬 삼촌인가 싶어 멀뚱하니 쳐다만 보고 있었더니, 녀석이 대바쳐 하는 소리이다.

"응…, 해야지!"

"응…," 했더니 이게 또 하는 소리이다.

"네가 삼촌이야, 하야버지지…!"

무척 심심해서 그러는구나 싶었다.

녀석은 그러고도 몇 번을 더 그런 짓을 하였다. 내가 얼른 안아 뽀뽀를 하며 눈을 맞춰 주었다.

녀석이 요즘엔 유치원에 가지 않겠다는 소릴 자주 한다. 함므니가 보고 싶어서라고 하면서다.

"할부지!
놀이터 가자!!"

밤 11시, 녀석이 함므니에게 다가가 하는 소리이다.

"함므니, 나 내일 유치원에 안 갈래요. 함므니가 없으니까 보고 싶어요. 눈물이 날 것 같아요."

언젠가도 그러더니 오늘도 또 그런다.

함므니가 그렇게 그리운 모양이다.

2005. 4. 4(월) 17~18℃ 따뜻, 화창

녀석이 좋아할 먹거리를 사왔다.

저녁나절, 외출에서 돌아오면서 녀석이 좋아할 먹거리 몇 가지를 샀다. '하나로 클럽' 에서 오뎅, 새우깡, 오징어 튀김, 호떡 그런 것들이다. 시장 문을 나서면서 방금 옮겨 심었을 법한 빨간 장미꽃 화분 하나를 더 샀다. 녀석이 좋아할 거라는 생각을 하면서다.

자랑을 해야 되겠다 싶어 잰걸음으로 집엘 돌아왔더니, 녀석이 자고 있었다. 함므니에게 물어보니 1시간 전부터 자고 있다는 것이다. 설레발을 떨면서 자랑을 하고 싶었는데…. 그렇다고 억지로 깨워서 자랑을 할 수도 없고….

한참 뒤 잠에서 깨어난 녀석에게 빨간 장미꽃 화분을 내밀었다. 좋아할 거라는 생각을 하면서…. 그런데 이상한 일이다. 녀석이 이걸 물끄러미 바라보다가, 그냥 돌아누웠다. 뭘 잘못 보았나 싶어 다시 내밀어 봐도 마찬가지이다. 이상하다 싶어, 사 가지고 온 선물을 차례로 내보이며 설레발을 떨었다.

"혜리씨, 이거 어때요? 혜리 주려고 할아버지가 사왔는데…!!"

그래도 반응이 없다. 그냥 돌아누웠다.

이상하다. 무슨 언짢은 일이 있었나!

2005. 4. 5(화) 21℃ 계속 덥고 따뜻

생고기 전문점에서 외식을 했다.

모처럼 온 식구가 저녁 외식을 했다. 서현동 먹자골목 '한우리' 생고기 전문점에서다. 이곳은 소고기 등심이며, 돼지 갈비맛이 일품이어서 녀석이 아주 좋아하는 곳이다.

식사를 마치고 돌아오는 길에 녀석이 자꾸만 분당 '이마트' 엘 들르자고 한다. 뭔가 살 게 있다고 하면서다.

백화점에만 들르면 아무거나 마구 집어대는 녀석의 습관 때문에 함므니가 거짓말을 늘어놓았다.

"백화점…? 벌써 문 닫았어! 사람들이 없어! 가도 소용없어…!"

그래도 녀석은 꼭 가 보자고 한다.

그래서, 녀석의 눈을 속여야 되겠다 싶어 내가 '이마트' 앞을 속력을 내 지나치려 하였다. 그랬더니 녀석이 어느새 알고 비명에 가까운 소리였다.

"할아버지, 저것 봐! 사람들이 있지! 문 안 닫았어!!"

어쩔 수 없이 우리는 '이마트' 안으로 들어가야 했다.

그랬더니 녀석이 그 예의 마구잡이식 쇼핑을 시작하였다. 녀석은 눈에 띄는, 마음에 드는 모든 걸 집어들었다. 양말, 구두, 모자, 티셔츠, 바지…. 끝내 함므니가 소리를 질러 녀석의 쇼핑을 막았다.

이렇게 쇼핑을 마치고 거의 집에 도착했을 때다. 녀석이 갑자기 '신데렐라 팬티'를 사지 않았다고 징징거렸다. 그러니 "얼른 다시 가 사야 한다"는 것이다. 내일 사 주기로 하고 간신히 생각을 돌릴 수 있었다.

2005. 4. 7(목)27~28℃ 초여름 날씨

"하야버지, 유치원에 안 갈래요."

녀석이 어제 오늘 유치원에 가지 않았다. 입학한 지 한 달쯤 됐는데 벌써 그런다. 녀석이 유치원에 가지 않겠다는 이유이다.

"성빈이가 못살게 굴어서, 국에 국물이 많아서, 김치가 너무 매워서…."

녀석이 오늘도 벌써 몇 번째 하는 말이다.

"오늘두 안 가구, 내일두 안 가구, 또 오늘두 안 가구…!!"

어쨌거나 가지 않겠다는 것이다. 글쎄…, 왜 그러는지, 이유를 알아야 되겠다. 지금이 밤 11시, 녀석이 거실의 내게 와 하는 소리이다.

"하야버지, 나 내일 유치원에 안 갈래요."

잠시 뒤 제 함므니에게 가서도 같은 소리를 하였다.

글쎄 이유가 뭔지 알아보아야겠다.

2005. 4. 8(금) 26~28℃ 초여름 날씨

"하야버지! 우리 엄마 아빠 놀이하자!"

오후 3시, 녀석과 야탑동에 있는 '리틀짐' 엘 다녀왔다.

혜리의 성장발육을 위해 제 에미가 두 달 전부터 시키고 있는 운동이다. 놀이의 종류는 구르기, 건너뛰기, 높이뛰기, 다리 건너기, 도움닫고 뛰어넘기, 매달리기 등이다.

저녁에는 녀석과 '엄마 아빠놀이' 를 하였다. 녀석이 이걸 하자고 자꾸만 졸라서다. '엄마 아빠놀이' 가 무언지도 모르고 대답을 했더니, 녀석이 지가 엄마, 나보고는 아빠를 하라며 하는 소리이다.

"여보! 회사에 다녀오세요. 나는 시장에 갔다 올게요."

녀석이 계속해서 하는 말이다.

"회사에 다녀와서 문 열어 줘…, 하세요! 그럼 열어 줄게요."

옆에서 보고 있자니 이건 영락없는 '엄마 아빠놀이' 이다.

누구를 보고 배웠는지, 그 모습이 아주 진지하고 엄숙하다. 웃음이 터져 나오는 걸 간신히 참았다.

한참 뒤, '엄마 아빠놀이' 가 재미없어 우리는 밖에 나가 테니스 놀이를 하였다. 차 트렁크 속에서 라켓과 공을 꺼내 얼마동안 공을 툭툭 치고 놀다가 집으로 들어왔다.

테니스 놀이를 마치고 녀석이 헐떡이며 하는 소리이다.

"하야버지, 우리 재미있게 놀았지?"

그러면서 이마를 짚어보라고 한다. 만져보니 땀이 흠뻑 젖어 있었다.

2005. 4. 9(토) 12~16℃ 비, 쌀쌀

"함므닌 나빠! 난 발레복 없단 말이야!!"

오전 10시, 녀석과 함므니, 나 셋이서 삼성동 봉은사엘 가다가 녀석이 '발레복' 이야기를 다시 꺼내 한바탕 소동이 벌어졌다. 발레복을 가지고 있으면서도 녀석은 벌써부터 하나를 더 사 달라고 하였다. 봉은사로 가는 차 속, 동서울대학을 막 지나고 있을 때 녀석이 하는 말이다.

"함므니, 나 발레복 사 주세요. 분홍색으로요!"

알았다고 하면 될 일을 함므니가 뒤뚱맞은 소리를 하였다.

"너는 왜 자꾸만 옷만 사 달라는 거야! 옷이 없어서 그래…!!"

이때부터 함므니와 녀석의 말싸움이 시작되었다.

"함므닌 나빠! 난 발레복 없단 말이야!"

"없긴 왜 없어! 엄마 집에 갖다 둔 거 있잖아!"

한참 이렇게 싸우던 녀석이 성질이 나는지 입을 닫아 버리고 말았다.

내가 함므니에게 버럭 소리를 질러 핀잔을 주었다.

"그냥 사 준다고 하면 될 거 아냐! 왜 자꾸만 말을 만들어!"

이렇게 해서 두 사람의 싸움이 마침내 세 사람의 싸움이 되고 말았다. 녀석이 이때부터 입을 닫아 버리고 아예 침묵시위로 들어갔다. 돌아오는 길에 우린 어쩔 수 없이 발레복 하나를 더 사야 했다. 분당 '이마트' 에 가서 가볍고 질 좋은 핑크색으로…. 이후 녀석은 기분이 좋은지 계속 흘가분한 행동이었다. 입어 보고, 이리저리 뛰어다니고, 거울을 보면서 싱글벙글이었다. 정말 웃기는 계집애다.

2005. 4. 11(월) 14~16℃ 쌀쌀, 종일 황사

영암 월출산 도압사(道押寺)를 다녀왔다.

함므니와 녀석, 나 셋이서 전남 영암 월출산 도압사를 다녀왔다. 함므니의 성지순례를 녀석과 내가 동행한 것이다. 잠실 롯데월드에서 아침 8시 반에 출발하여 밤 11시에 돌아왔으니 무려 15시간이 걸린 셈이다. 녀석은 이 긴 여행을 소리 없이 잘 따라 주었다.

오랜만의 나들이여서인지, 답답한 가슴이 시원하게 확 트였다. 경부고속도로와 서해고속도로를 따라 펼쳐지는 시골풍경이, 마치 고향동네를 지나는 한가함과 친근감을 더해 주었다. 녀석을 안고 함므니와 나란히 앉아 차창밖에 펼쳐지는 시골풍경을 보는 재미가 더 없이 한가하고 푸근하였다. 잘 정리된 논과 밭, 그 옆으로 길게 늘어선 높고 낮은 산들…, 그 모퉁이를 돌아드는 길고 굽어져 뻗은 오솔길이 향수를 가져다 주었다.

영암골로 들어서니 신작로 양편 활짝 핀 벚꽃들이 진한 향내를 풍겼다. 그 속을 뚫고 지나가자니 마치 신선의 세계로 빠져드는 양 환상에 젖어 들게 한다. 순례자들이 누가 먼저랄 것도 없이 박수와 탄성을 질러댔다.

영암의 월출산은 참으로 웅장하고 아름답다. 다가가며 보자니 마치 금강산의 어느 한 자락을 보는 듯하였다. 산자락에 발을 들여놓으니 금강산이 예가 아닌가 착각에 빠지게 된다.

함므니가 도압사 대웅보전에서 법회를 가지는 동안, 녀석과 난 그 뒤 한켠에서 장난질을 하였다. 할 일 없는 긴 시간, 무료함을 달래기 위해서였다. 법회 중 녀석과 내가 한 장난이다. 흩어진 돌을 모아 불탑을 쌓고, 함므

니가 어디 있는지 이리저리 살펴보고, 경내 이곳저곳을 생각 없이 돌아다니고, 경내 앞 골짜기 물에서 떼지어 노니는 산천어들을 살펴 보았다.

명경지수, 깨끗한 물을 헤엄쳐 다니는 물고기들이 정말 행복해 보였다. 녀석이 과자를 던져주자 물고기들이 이리저리 몰려다니며 먹이를 다퉜다.

녀석이 손뼉을 치고 깔깔대며 탄성을 질렀다.

오가는 차안에서 녀석이 주위 사람들의 귀여움을 독차지하였다.

"어쩌면 그렇게 예쁘냐! 어쩌면 그렇게 할머니 할아버지를 잘 따르느냐?" 보는 사람마다 칭찬과 먹을 걸 건네주는데, 녀석이 받지를 않았다.

법회를 마치고 우리 셋이서는 기념을 한다며 사진을 몇 장 찍어두었다. 돌아오는 길 내내 녀석이 함므니와 내 무릎에서 깊은 잠을 잤다. 차창 밖이 어두우니 내다봐야 할 일도 없다. 15시간의 긴 여행이었다.

2005. 4. 13(수) 12～14℃ 살랑살랑 봄바람

"함므니! 나 코 막혀요. 병원에 데려다 주세요!"

녀석이 종종 유치원에 가지 않겠다고 한다. 오늘 아침에도 그랬다. 잠에서 깨어나자마자 하는 소리이다.

"함므니! 나 코 막혀요. 병원에 데려다 주세요."

유치원엘 가지 않겠다는 소리이다. 그러자 함므니가 하는 소리이다.

"유치원에 갔다 와서 병원에 가야지!"

그런데 녀석이 고집을 꺾지 않는다. 먼저 병원을 데려다 달라고 하였다.

습관이 될지 몰라서 살살 다독여 보내기로 하였다.

녀석이 유치원에서 돌아왔을 때 내가 살살 물었다. 귓속말로…. 왜 유치원에 가지 않겠다고 하는지…? 그랬더니 녀석이 하는 말이다.

"유치원은 왜 국물을 그렇게 많이 줘요! 나는 매운 김치 먹기 싫은데…. 성빈이가 자꾸 귀찮게 굴어요. 쿡쿡 찌르고 밀치고 그래요."

녀석이 얼굴을 찡그리며 하는 말이다. 바로 이것이었구나…, 싶었다. 유치원에 가지 않겠다는 이유가…. 내가 녀석을 다독이며 말했다.

"혜리야! 할아버지가 내일 학교에 가서 선생님한테 말할게…."

"국에 국물이 많데요. 김치가 매워서 먹을 수가 없데요. 성빈이가 자꾸 못살게 군데요. 좀 타일러 주세요. 이렇게…, 알았지?"

녀석이 알아들었다는 듯 고개를 끄덕였다.

눈에는 눈물이 그렁그렁 맺혀 있었다.

2005. 4. 21(목) 8~15℃ 꽃샘추위

"윤영섭! 너 정말 이럴 거야!!"

녀석의 밥 먹는 습관이 말이 아니다. 함므니가 먹여주어야 간신히 받아 먹는다. 내버려두면 하루 종일 먹지를 않는다. 한두 번도 아니고 거의 매일 그런다. 녀석이 오늘 저녁 식탁에서도 또 그랬다. 먹이려는 함므니와 먹지 않으려는 녀석이 한참동안 줄다리기를 하였다. 함므니가 성질이 나 어쩔 줄 모르다가, 패스트푸드 '우동' 을 끓여서 대령하였다.

이걸 한 젓갈 먹어보던 녀석이 또 불평이다.

"이 우동은 왜 이렇게 파가 많아요!"

내가 얼른 대들어 파를 골라 주었다.

그런데도 녀석이 이걸 뒤적이며 또 불평이다.

"아직 파가 많잖아요! 하야버지는 그것도 몰라요!!"

내가 속이 상해 젓가락을 식탁에 놓으며 말했다.

"그래, 난 몰라! 네가 알아서 먹어…!!"

그리고는 내 방으로 들어가 버렸다.

그랬더니 녀석이 목청을 높여 소리를 질렀다.

"윤영섭! 너 어디 가, 정말 이럴 거야…!!"

난 웃음이 터져 나오는 걸 간신히 참았다.

2005. 4. 22(금) 7~18℃ 황사, 심한 바람

"왜 엄마는 내 머리를 안 길러줘요?"

녀석이 종종 제 에미에 대한 불만을 털어 놓고 있다. 밤 10시, 녀석이 거실에서 TV를 보는 함므니에게 따지듯 하는 말이다.

"왜 엄마는 나 머리두 안 길러주면서 여기 자꾸만 오는 거예요!"

녀석의 손에는 머리를 졸라매는 '머리띠' 가 들려 있었다. 이것으로 머리를 묶으려는데 짧아서 묶어지지 않자 이것이 짜증을 내고 있는 것이다. 그간 제 에미는 녀석을 자주 미용실에 데리고 갔으나 길러주지는 않고 손질

만 해 주었다.

제 에미가 어이가 없다는 듯 녀석을 바라보며 하는 말이다.

"그래, 그럼 혜리 너 어떻게 해 줄까?"

그러자 녀석이 늘어진 제 머리를 만지는 시늉을 하면서 하는 말이다.

"이렇게 '나푼젤' 처럼…."

그러자 제 에미가 화가 난 말투로 하는 말이다.

"그래, 그럼 너 앞으로 미용실 가지 말자…!!"

그랬더니 이번엔 녀석이 또 다시 짜증이다.

"아이 참, 너…, 정말 자꾸만 이럴래…!!"

네 살짜리 녀석과 제 에미가 다투는 모습이 여간 웃기는 게 아니다.

2005. 4. 24(일) 8~18℃ 아침 쌀쌀, 오후 풀림

"함므니! 이 절은 왜 이렇게 커요?"

녀석이 가끔 엉뚱한 말을 해서 나를 놀라게 한다. 오늘도 몇 번을 그랬다. 함므니, 녀석, 나 셋이서 단양 광덕사 상량식에 참석했을 때다. 쌀쌀한 날씨, 차가운 플라스틱 의자에 앉아 의식을 지켜보던 녀석이 하는 말이다.

"함므니! 이 절은 왜 이렇게 커요?"

순간 나는 내 귀를 의심하였다. 절이 크다니…. 내가 뭘 잘못 들었나?

"혜리야! 뭐…? 너 뭐라고 했어?"

그랬더니 녀석이 또 하는 말이다.

"할아버지! 이 절은 왜 이렇게 크냐고요?"

틀림이 없다. 녀석이 보기에 절이 너무 컸던 것이다.

아까부터 나도 그런 생각을 하고 있었다. 1천여 평 대지에 연면적 수천 평이라니…! 그것도 전통양식이 아닌, 콘크리트 현대식 건물로…!!

오늘 녀석이 두 번째로 나를 놀라게 한 일이다. 광덕사 근처 방곡사 뜰에서 '묘허' 큰스님의 법어를 듣고 있을 때다. 녀석이 저만치에서 서성이고 있는 상좌를 보면서 하는 말이다.

"할아버지! 왜 부처님들은 저렇게 머리가 없어요?"

내가 깜짝 놀랐다. 그 상좌, 바로 코앞에서 왔다 갔다 하고 있는데…. 그런데 그 스님이 녀석의 말을 벌써 알아들은 모양이다. 웃음을 참으며 녀석에게 다가와 볼을 만지고 머리를 쓰다듬으며 미소를 지었다.

이날 녀석이 나를 세 번째 놀라게 한 일이다. 귀가 길에 버스가 '남산 1호 터널'을 통과하여 '백병원' 앞을 지나고 있을 때다. 차창 밖을 내다보던 녀석이 깜짝 놀라며 하는 소리이다.

"할아버지! 저기 아웃 백, 스테이크 하우스!!"

무슨 소리인가 싶어 밖을 내다보니 길옆 건물에 '스테이크 하우스, 아웃 백'이라고 쓰여 있었다. 내가 깜짝 놀라 물었다.

"혜리야! 네가 저걸 어떻게 알어?"

그러자 녀석이 하는 말이다.

"내 생일날, 엄마하고 여기 같이 왔었어…!"

녀석이 언젠가 제 생일날의 추억을 아직 기억하고 있는 것이다. 내가 녀석의 기억력을 칭찬해 주었다.

"아유! 우리 혜리가 그걸 아직 기억하고 있네…. 엄마하고 같이 왔었구나!" 녀석이 내 칭찬에 어깨를 추스르며 으스대었다.

이날 녀석이 나를 놀라게 한 네 번째 일은, 버스가 종착지 광화문에 도착해서 우리가 차에서 내릴 때다. 녀석이 저만치 길가에 나부끼고 있는 홍보 깃발을 보면서 하는 소리다.

"할아버지! 나 저거 '헤라클레스' 보여 주세요!"

무슨 소리인가 싶어 녀석이 가리키는 곳을 쳐다봤더니 휘날리는 홍보용 깃발에 '헤라클레스 공연'이라는 글이 펄럭이고 있었다. 내가 너무 놀라 녀석에게 물었다.

"혜리야! 네가 저걸 어떻게 알어!!"

그랬더니 녀석이 하는 소리이다.

"할아버지! 나 저거 텔레비전에서 봤어요."

내가 녀석을 껴안으며 말했다.

"그래 다음에 할아버지하고 같이 와서 보자!!"

녀석이 기분이 좋은지 "네~" 하고 대답을 길게 뽑았다.

기분이 참으로 좋은 날이다.

2005. 4. 26(화) 22℃ 화창, 세찬 바람

"할아버지! 나 뺐정이라고 불러…!"

녀석이 내게 장난을 하고 싶은 모양이다. 저녁나절, 몇 번을 불러도 대답을 않더니, 이게 곁눈질로 흘깃 쳐다보면서 하는 말이다.

"할아버지! 나 뾰정이라고 불러 주세요."

'뾰정이라니…! 생전 처음 듣는 이름인데…, 그래서 내가 물었다.

"혜리야, 뭐…! 뾰정이…! 뾰정이가 뭔데?"

그랬더니 이게 하는 말이다.

"아이 몰라! 그냥 그렇게 불러!"

그런데 내가 녀석의 이름을 자꾸 혼동해서 불렀다. 어떤 땐 혜리, 어떤 땐 뾰정이라고 하였다. 이럴 때면 녀석이 어김없이 하는 말이다.

"혜리가 뭐야! 뾰정이라고 해야지…!"

그래서 내가 사정을 하였다.

"혜리야! 혜리라고 부르면 안 될까?"

그랬더니 녀석이 또 하는 말이다.

"할아버지! 그럼 섞어서 불러 주세요."

이것이 꽤나 심심한 모양이구나…, 싶었다.

2005. 4. 30(토) 28℃ 때 이른 여름 날씨

"나…, 방귀 뀌려고 그래요."

저녁 식사 뒤, 녀석이 베란다로 나가 쪼그리고 앉아 들어올 생각을 않는다. 그 행동이 너무 이상해 내가 물었더니 녀석이 하는 말이다.

"할아버지! 나 방귀 뀌려고 그래요. 할아버지한테 냄새 날까 봐…."

내가 파안대소하며 서둘러 들어올 것을 재촉하였다.

"혜리야! 괜찮아, 얼른 들어와 얼른…! 들어와서 방귀 뀌어!"
그래도 녀석이 얼굴을 찌푸리고 손사래를 치며 고집을 부렸다.
거실에서 TV를 보던 함므니와 삼촌이 부탁을 해도 막무가내였다.
"함므니! 아니야. 나 방귀 뀌려고 그러는 거야…."
안 되겠다 싶었던지 함므니가 녀석을 화장실로 데리고 가며 말했다.
"혜리야! 화장실 가서 앉아 있어야지…, 그래야 방귀가 나오지…!"
잠시 뒤 화장실에 앉아 있던 녀석이 소리를 질렀다.
"함므니! 이렇게 큰 게 나왔어요!"
녀석이 기뻐서 어쩔 줄 몰랐다. 녀석이 샤워를 하면서 하는 말이다.
"아이 시원해…! 함므니 이제 방귀가 안 나올 거 같애요!!"

2005. 5. 7(토) 20℃ 종일 서늘, 바람이 오락가락

"부처님! 우리 혜리, 건강하게 해 주세요!"

녀석, 함므니, 나 셋이서 충북 중원군 청계산 '봉은사 중창 대법회' 에 다녀왔다. 함므니 성지순례에 녀석과 내가 동행한 것이다. 하루 종일 녀석을 안고 돌아다니자니 오후에는 팔다리가 여리게 쑤셔 왔다.

법회에서의 일이다. 불심이 깊은 함므니는 법회에 참석하고, 녀석과 난 사찰을 돌며 꽃구경, 기념사진을 찍었다. 그러다가 녀석과 내가 대웅전에 들러 부처님께 삼배를 올리기로 하였다. 혹시 이 먼 곳까지 왔다가 그냥 돌아간다면 함므니한테 또 무슨 잔소릴 들을지 몰라서다.

그래서 대웅전으로 갔더니 함므니가 녀석에게 하는 소리이다.

"혜리야! 부처님한테 빌어! 건강하게 해 주세요. 그렇게…."

녀석이 그런 주문을 하며 절을 했는지는…, 난 모른다.

그런데 난 그런 주문을 하며 절을 해야 되겠다는 생각을 하였다.

내가 절을 올리며 마음 속으로 여러 번 되뇌어 본 말이다.

"부처님! 우리 가족, 특히 우리 혜리 건강하게 해 주십시오. 밥 잘 먹게 해 주십시오! 잘 놀게 해 주십시오."

이렇게 소원을 빌자니 보통 때의 절보다 훨씬 진지해지는 걸 느낄 수 있었다. 돌아오는 길, 남한강 상류 '달래내 강 중원탑공원' 의 경치가 너무 아름다웠다. 우리 셋이선 이곳 저곳을 돌며 기념사진을 찍었다. 주위의 여러 불자들이 우리의 이런 모습을 줄곧 지켜보고 있었다. 집에 돌아와 녀석에게 물어 보았다.

"혜리야! 너 부처님한테 절할 때 빌었어?"

그랬더니 녀석이 하는 말이다.

"응…! 함므니가 시킨 대로…, 건강하게 해달라고…."

속으로 여간 웃음이 나는 게 아니었다.

2005. 5. 9(월) 6~17℃ 심한 바람, 날씨 쌀쌀

"할아버지, 하늘에서 눈이 내려요!"

종일 녀석과 이런저런 일을 하며 시간을 보냈다. 아침을 먹고서다. 녀석

과 아파트 '어린이 놀이터'엘 갔다. 가끔 녀석이 가서 놀자고 조르는 곳이다. 놀이터에는 여러 가지 놀이기구들이 있다. 그네, 목마, 시소, 미끄럼틀, 흔들배…. 난 녀석과 늘 이런 것들을 함께 탄다. 그네와 목마는 가슴에 안고서, 흔들배는 앞에 세우고, 미끄럼틀은 가슴에 끌어안고 미끄러져 내렸다. 녀석과 놀이터엘 가면, 그래서 언제나 한 시간 이상이 걸린다.

놀이를 마치면 녀석이 늘 가자는 곳이 있다. 아파트 상가에 있는 수퍼마켓이다. 녀석은 이곳에만 가면 마음에 드는 모든 걸 집는다. 오늘은 미술용품과 과자를 골랐다. 크레파스, 빠레뜨, 스케치 북, 붓, 그리고 초콜릿과 고래밥 그런 것들이다.

마지막으로 집은 것은 핑크 색 잠자리채였다. 집으로 돌아오는 자전거 페달은 그래서 언제나 가볍다. 녀석이 콧노래를 부르며 자전거 페달을 밟았다. 힘이 들면 나더러 밀어달라고 소릴 질렀다. 집 앞에 와서는 나무 그늘에 자리를 펴고, 그림을 그리며 과자를 먹었다.

그늘 아래서 노는 것이 지치면 다른 걸 하자고 한다. 이즈음 녀석이 즐겨하는 놀이는 하얀 민들레 꽃을 꺾어 후후 불며 노는 거였다. 녀석이 하얀 꽃씨를 후후 불어 공중으로 날렸다. 민들레 꽃씨가 하늘을 나는 모습은 낙하산 부대가 하늘을 나는 것과 같다. 녀석은 날아다니는 꽃씨를 보며 손뼉을 치고 난리였다. 녀석이 종종 하늘을 나는 꽃씨를 보면서 외쳤다.

"할아버지! 하늘에서 눈이 내려요!!"

민들레 꽃씨가 하늘을 나는 모습은 비행기에서 낙하산이 떨어지는 것과 비슷하다. 녀석이 이걸 눈이 내린다고 소리치고 있는 것이다. 녀석은 이 놀이를 주위에 민들레 꽃씨가 없어질 때까지 계속 하였다.

저녁을 먹고는 자정까지 '한글 깨치기', '그림 그리기', '그림 색칠하기'

를 하며 시간을 보냈다. 재미도 있고 힘도 든 하루였다.

2005. 5. 10(화) 7~18℃ 바람이 불고 선선

녀석이 함므니와 내 싸움을 말렸다.

상림리 밭엘 갔다가 함므니와 싸움이 벌어졌다. 녀석이 보는 앞에서다. 일의 발단은 함므니의 잔소리에서 비롯되었다. 밭둑에 나무를 심기 전 주변정리를 하고 심으려는데, 함므니의 잔소리가 말이 아니다.

"왜, 그 일을 먼저 해! 나무를 먼저 심어야지…! 일의 순서도 몰라!!"

그런데 사실은 그렇지가 않다. 장마로 밭둑이 무너져 나무를 심으려면 흘러내린 토사를 먼저 정리해야 한다. 그래야만 정리된 둑에 나무를 심을 수 있다. 그런데도 함므니의 잔소리는 계속되었다. 나무는 '회양목'으로 생명력이 강해 며칠 뒤에 심어도 전혀 이상이 없다. 그래서 주변정리를 계속하려는데 함므니의 잔소리가 도를 넘고 있다.

드디어 큰 소리가 오가고 말았다. 그러자 옆에서 보고 있던 녀석이 위험을 느꼈는지 내게로 와 소릴 질렀다.

"할아버지! 이제 그만 좀 해…, 그만…."

녀석은 함므니에게도 쫓아가 같은 소릴 하였다. 그런데 함므니의 기세가 꺾일 기미가 없었다. 드디어 함므니의 성질이 폭발하였다.

"그래, 혼자 어디 잘 해봐! 난 버스 타고 집으로 먼저 갈 거야!!"

이 소리를 들은 녀석이 내게로 달려와 울고불고 애원이다.

"할아버지, 일하고 다른 데로 가지 마세요. 집으로 오세요. 약속해요!"

내가 녀석을 부둥켜안고 귓속말로 그렇게 하겠다고 속삭였다.

그래도 함므니의 고집은 계속되었다.

"혜리야! 너하고 나하고 네 엄마 집에 가서 살자! 얼른 버스 타고 가자!!"

그러자 녀석이 다시 내게로 달려와 하는 소리이다.

"할아버지! 일하고 엄마네 집으로 오세요. 다른 데로 가지 마세요. 약속해요, 할아버지!!"

어쩔 수 없이 내가 함므니에게 통사정을 하였다.

"선영이 엄마! 정말 이러는 거 아니다. 그래 내가 잘못 했어. 이제 그만해…." 잘못 한 것도 없으면서….

일을 마치고 돌아올 때, 녀석이 집으로 오는 내내 말이 없었다. 차창 밖을 계속 내다보고 있었다. 참으로 속이 상하는 날이었다.

2005. 5. 15(일) 12~21℃ 부처님 오신 날, 초여름 날씨

"함므니 나쁜 자식! 할아버지 나쁜 자식!"

아침 내내 녀석에게 잔뜩 욕을 먹었다. 아침 8시, 잠에서 깬 녀석이 함므니를 찾는데 봉은사엘 가고 없다고 했더니 이게 내게 성질을 부렸다. 오늘은 부처님 오신 날, 함므니는 아침 일찍 절엘 가고 집에 없었다. 함므니를 찾는 녀석에게 절엘 갔다고 하자, 녀석이 얼굴을 찌푸리며 하는 말이다.

"함므니, 나쁜 자식…!!"

그러더니 녀석이 그 화살을 식구들 모두에게 돌렸다.

"할아버지 나쁜 자식! 함므니 나쁜 자식…! 삼촌 나쁜 자식…!!"

녀석은 함므니가 저를 떼어놓고 갔기 때문이라며 울고불고 난리였다.

녀석은 함므니가 어떻게 올 것인지도 물었다. 걱정이 돼서 인 듯하였다.

"함므니는 버스 타고 올 거예요? 삼촌 차 타고 올 거예요?"

오전 10시, 녀석이 아침을 먹으면서도 계속 내 속을 끓였다.

계란탕과 김을 먹겠다고 해서 끓이고 구워 주었더니 먹지를 않고, 시간을 질질 끌며 심술이었다. 텔레비전을 보다가, 그림을 그리다가, 잔소리를 하다가, 제멋대로이다. 식사 뒤, 치카치카며 세수, 머리손질을 하려는 데도 말썽이다. 지가 하겠다고 고집을 부리고 있는 것이다. 내가 고집을 피우자 녀석이 또 하는 소리이다.

"그래, 네가 해라…!!" 허허…, 이거 웃기는 녀석이 아닌가!

2005. 5. 23(월) 16~25℃ 초여름 날씨

이마를 짚어 보니 열이 펄펄 난다.

새벽녘, 훌쩍거리는 소리에 놀라 깨어 보니 녀석이 하는 소리이다.

"할아버지, 나 코 막혀요. 목두 아퍼요!"

벌떡 일어나 이마를 짚어 보니 불덩어리이다. 여기저기 만져 보니 몸 전체가 화끈거렸다. 함므니가 깜짝 놀라 일어나서는 안절부절 응급조치를 하였다. 물을 먹인다, 해열제를 먹인다, 옷을 벗겨 열을 식힌다, 야단법석이었다. 기침에다 코를 훌쩍이며 눈물을 글썽이고 있는 녀석을 보고 있자니 등에 식은땀이 흘렀다. 녀석이 계속 땀을 흘리고, 충혈된 눈을 굴리며, 혼미한 표정을 짓고 있는데, 보기에 여간 딱한 게 아니다.

아침 10시, 서둘러 병원을 찾았더니 의사가 하는 말이다.

"유행성 감기네요. 별로 신경 쓸 일은 아닙니다."

다행이라는 생각이 들었다. 쌓였던 스트레스가 확 풀리는 듯하였다.

의사가 3일치 약 처방을 내주며 하는 말이다.

"찬물을 먹이지 말고, 실온(實溫)의 물을 먹이세요. 열이 오르면 해열제를 먹이고요…."

그나마 참으로 다행이라는 생각이 들었다. 집에 돌아온 함므니가 단단히 조치를 취했다. 간단히 밥을 먹이고, 약을 먹인 다음, 잠을 재웠다. 자는 것이 약이라면서…. 녀석은 이후 여러가지가 원활하지 못했다. 먹는 것, 노는 것, 자는 것, 모두가…. 녀석은 종일 먹는 둥 마는 둥, 자는 둥 마는 둥, 짜증을 부리며 시간을 보냈다. 보다 못한 함므니가 위협을 했다.

"너 그러면 함므니 도망 갈 거야!"

비로소 녀석이 밥 먹는 시늉을 하였다.

2005. 5. 24(화) 15~24℃ 구름이 많고, 산들산들

녀석의 감기가 오늘도 계속되었다.

녀석의 감기가 오늘도 계속되었다. 좋아지는 듯하다가 나빠지기를 종일

반복하였다. 그런데 녀석이 먹지를 않는 것이 문제다. 밥을 먹지 않으니 약을 먹일 수 없다. 몇 번이고 종주먹을 대야 간신히 한 순갈 받아 먹는다. 속이 상해 소릴 지르고 싶은데, 놀랄까 봐 그러지도 못한다. 진땀이 나고 울화가 치민다. 밥을 먹이려는 함므니의 노력은 점심에도 계속되었다. 함므니가 녀석에 가까이 다가가 애원하듯 하는 소리이다.

"혜리야…! 고기 구워 줄까? 시금치국에 말아 줄까? 계란찜 해 줄까?"

그런데 녀석은 고개를 가로 저으며 칭얼대기만 하였다.

"입천장이 아파서 먹지를 못하겠다"는 것이다.

결국 함므니가 다시 한 번 엄포를 놓았다.

"그럼 너, 함므니 도망 갈 거야! 할아버지두…. 너 혼자 살 거야!!"

그랬더니 녀석이 손을 들어 보이며 "요만큼만 먹겠다"고 하였다.

함므니가 간신히 밥과 약을 먹여 토닥거려 잠을 재웠다.

얼른 나아야 마음이 편할 텐데….

2005. 5. 31(월) 17~26℃ 찌는 더위, 여름 날씨

"할아버지! 나 안 울었어요! 밥두 잘 먹었어요!"

이른 아침…. 용인 백암에서 물을 긷고, 곤지암 상림리 밭에 가서 일을 하고 돌아오려고 녀석에게 메모를 남기고 집을 나섰다.

"혜리야, 잘 잤어?

할아버지야!
함므니하고 물 길러 갔다가
밭으로 해서 올 거야!
삼촌하고 잘 놀아!
밥 잘 먹고, 울지 말고…!
우리 혜리 사랑해!!"

할아버지

녀석이 잠에서 깨어 놀라 울까 봐 상황을 메모로 남긴 것이다.

물을 길어 상림리 밭에 도착하니 오전 11시, 전화를 걸어 보니 녀석이 아무것도 먹지 않았다는 것이다. 닭백숙을 먹이도록 이르고는 일을 시작하는데, 밭일이 생각보다 꽤 많았다.

깨 모판을 만들고, 비료를 주고, 물을 뿌리고, 호박 모를 이리저리 옮겨 심고, 고추 · 오이 · 가지 · 토마토 모종을 하고, 버팀목을 세우고…. 그러자니 시간이 여간 걸리는 게 아니다. 한두 시간이면 끝이 나리라던 것이 오후 4시가 돼서야 간신히 끝이 났다. 무려 5시간이나 걸린 셈이다. 녀석이 걱정이 돼 서둘러 돌아왔더니, 이것이 생글거리며 하는 소리이다.

"할아버지, 나 안 울었어요! 밥두 잘 먹었어요! 삼촌하고 잘 놀았어요! 나 착하지요!!"

녀석은 함므니 할아버지가 없는데 하루를 보낸 것이 무척 자랑스러운 모양이다. 함므니와 나를 번갈아 쫓아다니며 조잘조잘 자랑이었다.

2004. 12. 13. 왕관을 쓴 녀석의 모습이….

녀석은 소꿉놀이, 병원놀이, 그림 그리기를
그렇게 좋아한다.
콩순이 냉장고를 열고 그 안의 모든 걸 먹어야 하고,
청진기를 귀에 꽂고 여기저기 짚으며 진찰을 하고,
주사를 놓고, 처방을 해 주고, 다시 오라고 하고…,
왕관을 쓰고 지가 '신데렐라' 라며 으스대기도 한다.
왕관을 쓴 녀석의 모습이 해맑고 예뻐 보인다.

2005. 6. 4(토) 18~26℃ 여름 날씨, 후텁지근

"할아버지, 미안해! 잘못 했어…."

밤 11시, 녀석이 컴퓨터를 하고 있는 내 등 뒤로 와 나를 안으며 하는 소리이다.

"할아버지, 미안해! 아까 내가 잘못 했어!!"

내가 돌아서 녀석을 안으며 말했다.

"혜리야! 아까 할아버지가 화내서 미안해! 색연필을 그렇게 뜯어 버리는 게 어디 있어! 다신 그러지 마…!!"

녀석과 난 조금 전의 일을 이렇게 주고받았다. 녀석이 색연필 껍데기를 마구 벗겨 버려 내가 화를 낸 것이다. 녀석은 다시는 그러지 않겠다고 다짐을 하였다. 이즈음 내가 울적한 마음을 달래려고 책상 위의 담배를 만지작거리자, 이걸 본 녀석이 기겁을 하며 하는 소리이다.

"할아버지, 피우지 마! 그 안에 벌레가 득실득실 있어! 내가 망원경으로 봤어! 그래서 일찍 죽어…! 죽으면 혜리 보구 싶어서 할아버지 울어! 그리구 다시는 안 살아나! 난 할아버지 보고 싶어! 담배 피우지 마! 아얏지…!!" 가슴이 덜컥 하였다. 참으로 예쁜 말이 아닌가!!

잠시 멈칫하고 있던 녀석이 다시 말을 이었다.

"할아버지! 속상해두 피우지 마! 일찍 늙어, 일찍 죽어!! 할아버지 아직 안 늙었어…!!" 녀석이 진짜 속마음을 보여주고 있었다. 귀여운 녀석하고 오래 살려면 다시는 담배를 피우지 말아야 되겠다. 조잘거리는 녀석이 천사처럼 보였다. 내가 녀석을 끌어 안으며 귓속말을 하였다.

"그래, 할아버지 이제부터 담배 피우지 않을게…! 정말 끊을 게…!!"

그러자 녀석이 갑자기 손을 내밀며 하는 소리이다.

"할아버지, 약속!! 도장…! 복사…!!"

이런 것이 행복이 아닌가…, 하는 생각이 들었다.

2005. 6. 7(수) 15~26℃ 흐리고 덥고, 바람이 불고

"할아버지, 난 머리 안 길렀잖아!"

오후 2시, 세 발 자전거를 타고 놀이터엘 가는데, 놀이터를 저만치에 두고 녀석이 멈칫멈칫 뒷걸음질을 치며 하는 소리이다.

"할아버지, 우리 얼른 집으로 가자! 얼른…!"

그럴 이유가 없는데…. 이상하다 싶어 내가 귓속말로 물어보았다.

"혜리야! 왜 그래…? 무슨 일이 있어?" 그랬더니 녀석이 하는 말이다.

"할아버지, 나는 머리 안 길렀잖아!"

그래서 살펴 보니 놀이터의 여자 애들이 모두 머리를 길렀다.

저는 머리를 기르지 않았으니 들어가지 않겠다는 것이다.

그게 무슨 상관이랴 싶어 그네에 태웠더니, 이게 자꾸 옆 아이들의 그네 타는 모습에 시선을 뺏겼다. 머리에 신경이 쓰이는 모양이로구나 싶었다.

저녁에 제 에미를 본 녀석이 제 머리에 대한 불평을 쏟아냈다.

"엄마는 왜 머리도 안 길러주면서 함믄네 집에 자꾸만 오는 거예요?"

"엄마는 왜 미용실에 가서 내 머리를 이렇게 깎아주는 거예요?"

끝내는 녀석이 롯데월드에 가서 가발을 사 달라고 칭얼거렸다.

“엄마! 나 롯데월드에 가서 나푼젤 가발 사 주세요!”

그래야 그걸 쓰고 밖엘 나갈 수 있다는 것이다.

내가 얼른 그렇게 하겠다고 다짐을 하였다.

2005. 6. 8(수) 17~26℃ 무덥고 답답

“우리 다래성 가서 우동 먹어요!”

땅거미가 내릴 무렵, 녀석이 서현동 '다래성'에 가서 우동을 먹자고 한다. '다래성'은 집에서 약 10km로 오가는데에만 1시간 정도가 걸린다. 갑자기 식구들이 다 모일 수도 없고, 그래서 내가 거짓말을 하였다.

“혜리야, 다래성 오늘 문 닫았어. 우리 내일 가자!”

그랬더니 녀석이 대뜸 하는 말이다.

“그럼 우리 하나로 클럽에 가자. 거기서 오뎅 먹자!”

하나로 클럽은 집 근처에 있는 대형 마트로 달리 거짓말을 할 수가 없어, 함므니와 함께 셋이서 길을 나섰다.

그런데 하나로 클럽에 도착한 녀석이 오뎅은 거들떠 보지도 않고, 장난감 코너 앞에만 서서 움직이질 않는다. 내가 녀석에게 눈총을 주었다.

“혜리야, 여기가 오뎅 가게야? 저쪽이잖아!”

그래도 녀석은 들은 척도 하지 않았다. 그러더니 녀석이 그 앞에 버티고 서서 팔짱을 낀 채 침묵이었다.

녀석은 여기서 '그림딱지', '지우개', '풀', '색연필', 그런 걸 샀다. 다행이다 싶었다. 인형세트며 대형 조립식 장난감을 고르면 어쩌나 했는데…. 값만 비싸고, 부피가 커서 보관할 곳도 마땅치 않고…. 녀석은 '그림딱지'를 고른 뒤 비로소 '오뎅' 가게 앞을 서성거렸다.

2005. 6. 11(토) 17~27℃ 간밤에 비, 상쾌한 아침

"함므니, 다녀 오세요. 난 집에 있을 거예요."

하루 종일 녀석과 집에서 지냈다. 함므니가 대구 선산으로 '성지순례'를 떠나서다. 늘 따라다니던 녀석이 오늘은 하부지와 함께 집에 있겠다고 한다. 그간 함므니를 따라다니던 성지순례가 힘이 들었던 모양이다.

녀석은 어젯밤 함므니에게 미리 인사를 해 두었다. 지가 내일 아침 늦게 일어나면 함므니를 볼 수 없기 때문이다.

"함므니, 다녀 오세요. 난 할아버지하고 집에 있을 거예요."

정말이냐고 했더니, 그렇다고 한다. 얼른 믿어지지가 않았다.

녀석과 함께 종일 집에 있어 보니, 이게 보통 일이 아니다. 해야 할 일이 너무 많다. 특히 아침이 바쁘고 귀찮다. 깨우고, 이를 닦기고, 세수를 시키고, 밥을 먹여야 하는데, 이게 그렇게 힘이 든다. 말을 잘 듣지 않아서다.

깨워도 잘 일어나지 않고, 이 닦기며 세수를 하지 않을 뿐더러, 무엇보다 밥을 잘 먹지 않는다. 밥 한 숟갈 먹이려면 온갖 아양을 떨어야 하고, 밥그릇을 들고 좇아다니며 먹여야 한다. 속이 상해 소릴 지르고 짜증을 내 보지

만 소용이 없다. 넌 그래라 난 듣겠다 하는 식이다. 녀석은 계란탕과 소고기 등심구이를 해서 밥을 좀 먹었다. 그나마 다행이라는 생각이 들었다. 저녁나절에는 세발자전거를 태우고 집 주위며 놀이터를 돌아다니다 늦게 돌아와 목욕을 시켰다.

2005. 6. 16(목) 20~29℃ 여름 날씨, 찌는 더위

"할아버지! 나 밥 많이 먹었어요!"

녀석이 아침 10시부터 오후 7시까지 낮 시간을 제 집에서 보냈다. 그 시간 함므니와 난 용인 백암에 가서 물을 긷고 상림리 밭에서 일을 하다가 돌아오는 길에 녀석을 데리고 집으로 왔다. 오전 10시에 녀석을 제 집에 맡겼다가 오후 7시에 데리고 함께 돌아온 것이다. 얼마 전까지만 해도 이런 일은 어림도 없었다. 녀석은 늘 함므니 할아버지를 따라다녔다.

그런데 햇살이 따가워 밭에서 하루 종일 지내기가 어려웠던 모양이다. 밭엘 가야 하는 날에는 그래서, 녀석이 제 집에 가서 제 에미와 함께 있겠다고 한다. 여간 반갑고 대견한 일이 아니다. 밭에서 일을 하다가 궁금해 전화를 걸어 보니, 녀석이 받아서 자랑이 이만저만이 아니다.

"할아버지, 나 밥 많이 먹었어요! 엄마가 해 준 매운 김치찌개 이만큼 먹었어요! 하나도 맵지 않았어요!"

숨을 몰아 쉬며 설명을 늘어 놓았다. 울지 않고 매운 김치찌개를 먹은 게 대견한 모양이다. 왜 아니랴 싶었다.

"할부지!
놀이터 가자!!"

2005. 6. 17(금) 15~26℃ 구름이 많음, 선들선들

"할아버지, 나 서서 그네 탈 거예요."

저녁을 먹고 놀이터엘 갔는데, 녀석이 갑자기 그네를 서서 타겠다고 한다. 위험한데…! 지금까진 늘 앉아서 탔는데…! 그러다 떨어지기라도 하는 날에는…!! 그래서 내가 말렸다.

"혜리야, 안 돼! 넌 아직 어려! 그러다 떨어지면 어떡해…. 학생 언니 되면 서서 타, 알았지?"

그런데 녀석이 들으려 하지를 않는다. 꼭 서서 타야 하겠다는 것이다. 더 이상 말릴 수 없어 내버려두기로 하였다. 그런데 얼마를 서서 타던 녀석이 잠시 뒤 앉아서 타겠다고 한다. 아마도 안 되겠다는 생각이 들었던 모양이다. 여간 다행한 일이 아니다. 저보다 어린 사내 녀석들이 서서 타는 걸 보아서 그랬던 모양이다.

얼마 뒤 집으로 돌아오는데, 녀석이 이번엔 문구점엘 들르자고 한다. 또 쓸데없는 일을 벌이려는구나 싶어 내가 으름장을 놓았다.

"안 돼! 너 그럼 함므니한테 야단 맞어! 혼날 거야!!"

그랬더니 이게 떨떠름한 표정을 지으며 하는 소리이다.

"함므니한테 거짓말 하면 될 거 아니야…!!"

얼마나 우스운지 내가 한참을 껄껄거렸다.

2005. 6. 21(화) 18~29℃ 덥고 후텁지근

늦은 밤 '톰과 제리' 를 보겠다고 한다.

새벽 1시가 넘었는데 녀석이 '톰과 제리' 를 보겠다고 한다. "이제 그만 자라" 고 해도 말을 듣지 않는다.

그러자 안방에서 잠을 자던 함므니가 달려나와 나무라기 시작하였다.

"이게 뭐 하는 짓이야! 지금 몇 시인데 그래…! 1시가 넘었잖아, 얼른 들어가 자!!"

그래도 녀석이 말을 듣지 않자, 함므니가 더 이상 참지 못하고 최후의 카드를 꺼내 들었다.

"그럼 함므니 도망 갈 거야! 네 마음대로 해! 그래도 괜찮아! 함므니 지금 나갈 거야!!"

이러면서 나가려는 시늉을 하자 녀석이 비로소 손을 들었다. 녀석이 함므니 손에 이끌려 방으로 들어가면서 징징거렸다.

잠시 뒤 안방으로 들어간 녀석이 분한 모양이다. 함므니에게 대들며 투정을 부리기 시작하였다.

"함므닌 나빠! 나 '톰과 제리' 도 못 보게 하구! 난 오늘 한 번도 못 봤단 말야! 함므니만 혼자서 마음대로 해!!"

사실 오늘밤은 나도 TV를 봐야 한다. 세계 청소년 축구, 아르헨티나와 독일 경기가 잠시 뒤 벌어지기 때문이다. 그런데 녀석을 쫓아내고 나 혼자서 어떻게 본단 말인가? 어쩔 수 없이 잠을 자야 했다.

2005. 6. 22(수) 22~32℃ 무덥고 끈적끈적

녀석 여권 때문에 미 대사관엘 갔다.

오전 10시, 녀석을 데리고 광주 제 집에 들러 제 에미 애비 동생 혜준이와 함께 광화문 미 대사관으로 녀석의 여권발급을 받으러 갔다. 오는 여름방학 녀석, 함므니, 나 셋이서 미국 둘째네 집을 다녀오기 위해서다. 제 에미 애비가 서둘렀더라면 내가 가지 않아도 될 일을 오늘 내가 하고 있는 것이다.

녀석의 여권은 제 에미 애비만 따라가면 된다. 나는 사실상 별 볼일이 없다. 그런데 녀석이 내가 따라가야 한다고 울고불고 난리를 쳐서 내가 가게 된 것이다. 녀석은 내가 가지 않으면 일이 끝난 뒤, 제 에미 애비가 저를 제 집으로 데려갈 것이 염려되었던 모양이다.

오후 7시, 집으로 돌아올 때까지 난 녀석을 늘 안고 다녔다. 차를 타고 내릴 때, 길을 걸을 때, 밥을 먹으러 갈 때, 화장실을 갈 때…, 늘 그랬다.

미 대사관 앞은 인터뷰 1시간 전에 도착했는데도, 신청자들이 300m 이상 길게 늘어서 있었다. 날씨는 푹푹 찌고, 햇살은 뜨겁고, 숨은 턱에 차고, 줄에 서 있자니 고역이 말이 아니다. 혜리 혜준이 녀석, 견디기 어려웠던지 가끔 칭얼거렸다. 무더위 속에서 어렵게 보낸 하루였다.

2005. 6. 30(목) 19~28℃ 비가 오락가락, 후텁지근

밭엘 갔다가 종일 시중만 들었다.

일을 하려고 밭엘 갔다가 종일 녀석 시중만 들었다. 녀석, 함므니, 나 셋이서 곤지암 상림리 밭엘 갔다가 생긴 일이다. 우리가 밭에 도착한 것은 아침 10시, 녀석은 이 때부터 돌아올 때까지 계속 여러 가지 주문을 쏟아냈다. 첫 번째 주문은 '새우탕면' 을 끓여 달라는 거였다.

아침을 먹은 지 얼마 되지 않은 시간인데…. 그러니 어쩌겠는가…, 끓여 줄 수밖에…. 면을 다 먹은 녀석이 이번엔 공부할 준비를 해 달라고 한다.

"열심히 공부해서 이담에 함므니 할아버지 맛있는 거 많이 사 드릴 거" 라고 하면서다. 어쩔 수 없이 준비해 간 연필이며, 크레파스, 스케치북을 가져다 주었다. 그리고 얼마 지나지 않아서다. 이것이 또 불러 가보니, 이번엔 "쉬가 마렵다" 고 한다. 이러니 어디 일을 할 수 있겠는가?

이젠 일을 해도 되겠다 싶어 밭으로 들어가려는데, 녀석이 또 불렀다. 원두막 옆에서 흙장난을 하고 놀 준비를 해 달라는 것이다. 얼른 자동차 트렁크에서 여러 가지 장난감을 가져다 주었다. 꽃삽, 조루, 물통, 플라스틱 양동이, 소꿉놀이 장난감 플라스틱 그릇들…. 밭에만 오면 녀석이 종종 찾아 벌써 준비해 둔 것이다.

그러고 나서 좀 일을 하려는데, 녀석이 또 불렀다.

"더워서 땀이 난다" 며, "냇가에 가서 물놀이를 하자" 는 것이다. 이러니 어디 일을 할 수 있겠는가! 함므니 눈치가 보여 진땀이 흘러내렸다.

난 어쩔 수 없이 물을 길어다 큰 통에 부어 녀석이 목욕을 하도록 했다.

하루 종일 이러자니 일을 할 수가 없다. 옆에서 일을 하는 함므니가 얄미워 내가 소릴 질렀다.

"그러게 내가 뭐라고 했어! 데려오지 말자고 했지! 어디 일을 할 수 있어야지!!"

그랬더니 이번엔 함므니가 되레 내게 짜증이다.

"그럼 나더러 어떻게 하란 말야! 오겠다는데…."

이러는 중에 시간이 나서 일을 하다가…, 이번엔 되레 내가 녀석을 불렀다. 눈에 보이지 않으니, 이게 어떻게 된 건지 궁금해서다.

"혜리야! 혜리야…!! 뭐 해! 왜 대답을 안 해…?"

그래도 대답이 없어 내가 녀석에게로 달려가 보았다. 녀석이 물통에서 목욕을 하느라 여념이 없었다. 내가 녀석에게 호통을 쳤다.

"임 새끼! 왜 대답을 안 해! 할아버지가 놀라서 뛰어 왔잖아!!"

이러니 종일 무슨 일을 하겠는가. 그냥 허송세월이다. 밭일은 그냥 내버려 둘 수밖에….

하루 종일 이렇게 불러대고도 녀석은 녀석대로 또 불평이다.

"할아버지, 왜 나하고 놀지도 않으면서 여기 데리고 왔어? 왜…!!"

가만히 생각해 보니 오늘은 한 일이 하나도 없는 것 같다.

하루 종일 녀석과 이러쿵저러쿵 말씨름한 것 밖에는….

2005. 7. 1(금) 22~32℃ 비가 오락가락, 후텁지근

녀석의 걸음걸이가 빨라졌다.

녀석의 걸음걸이가 요즘 꽤 빨라졌다. 어쩌다 그러는 것이 아니라 늘 그렇다. 함께 밖엘 나가 보면 녀석이 어느새 저만치에 가 있다. 그러다 뒤를 돌아보며 얼른 오라고 손짓을 한다. 다칠세라 조심스레 쫓아가 보면, 녀석이 어느새 또 저만치에 가 있다.

그러고 보니 녀석의 나이 어느새 4년 3개월이 된다. 녀석의 이런 걸음은 얼마 전까지만 해도 없던 일이다. 그런데 요즈음엔 밖엘 나가기만 하면 늘 그렇게 걷는다. 녀석이 빨리 걷다가 숨을 몰아쉬며 내게 하는 소리이다.

"어휴, 힘들어! 할아버지, 가슴이 펑펑 뛰어요!!"

저녁나절, 산책을 하다가 녀석이 제 에미에게 짜증을 부렸다.

"엄마는 왜 이렇게 못 따라 오는 거예요? 그렇지요 하야버지!"

제 에미는 아직도 저 뒤에 떨어져서 걸어오고 있다.

2005. 7. 2(토) 23~31℃ 종일 흐리고, 후텁지근

"하야버지, 멋져요! 어떻게 그렇게 잘 잡아요?"

입하(立夏)가 지나고, 한두 차례 비가 오더니 잠자리들이 떼지어 날아다니고 있다. 고추잠자리 된장잠자리들이다. 이맘 때 하늘을 휘젓고 다니는

잠자리들을 보는 건 그 자체가 낭만이다. 저녁나절 이걸 잡으러 녀석과 함께 밖으로 나갔다. 잠자리채와 플라스틱 박스를 들고서다.

나가 보니 잠자리들이 아파트 펜스를 넘나들며 떼지어 날고 있었다.

머리를 이리 돌렸다 저리 돌렸다, 높낮이를 높였다 낮췄다, 직선 곡선 커브를 그리며 신나게 날고 있다. 이런 녀석들을 잡는 건 그리 어려운 일이 아니다. 잠자리가 날아오는 방향으로 채를 정확히 맞추어 휘두르면, 녀석이 영락없이 그 속으로 빨려 들어간다. 안으로 들어간 녀석은 날개를 펴지 못하고 누워 있다가, 손으로 잡으려고 해야 비로소 날개를 퍼득인다.

혜리 녀석, 내가 잠자리를 잡는 걸 보면서 좋아서 어쩔 줄 모른다.

"하야버지, 멋져요! 어떻게 그렇게 잘 잡아요! 날아다니는 걸…!!"

녀석이 이걸 받아 조심스레 플라스틱 통 안에 넣으며, 푸드득거리는 녀석에게서 눈을 떼지 못한다. 녀석은 잠자리를 잡을 때마다 이걸 통 안에 넣으며 신바람이다. 어떤 땐 잠자리 꼬리를 잡고 있다가 이놈이 푸드득거리는 바람에 놓쳐 버리고는 고갯짓을 하며 가슴을 쓸어내렸다.

이렇게 한참을 잡다 보니 녀석들이 플라스틱 통 안에 그득하였다. 고추잠자리, 된장잠자리…. 녀석이 이걸 들여다보며 좋아서 어쩔 줄 모른다.

한참을 놀다가 집에 들어오니 함므니가 소릴 질렀다. 잠자리를 얼른 놓아주라는 것이다. 생명은 미물이라도 소중히 여겨야 하기 때문이란다. 녀석이 아쉬워하면서 잠자리를 한 마리씩 베란다 밖으로 날려보냈다.

2005. 7. 5(화) 20~29℃ 후텁지근, 옷이 후즐근

"하야버지, 그 노래 부르지 마…!"

오전 10시. 녀석, 함므니, 나 셋이서 용인 백암으로 물을 길러 갈 때다. 녀석이 차안에서 졸 것 같아 내가 노래를 하자고 하였다. 무슨 노래를 할 거냐고 했더니 대답이 없어 무심코 '자장가' 를 부르기 시작하였다.

"엄마가 섬 그늘에 굴 따러 가면, 아기가 혼자 남아 집을 보다가…."

이 때였다. 녀석이 갑자기 노래를 중단시키며 하는 말이다.

"하야버지! 그 노래 부르지 마! 나 슬퍼…!!"

내가 깜짝 놀랐다. 녀석이 평소에 잘 듣던 노래이기 때문이다.

녀석이 잠들지 못하고 뒤척일 때, 함므니가 늘 이 노래를 불러 주었다. 그래서 난 녀석이 이 노래를 좋아하는 줄 알았다. 그런데 아니지 않은가!

녀석이 잠들지 못할 때마다 함므니가 하던 소리이다.

"혜리야! 함므니가 자장가 불러줄까?"

그 때 녀석이 늘 고개를 끄덕였다. 함므니의 구성진 노래가 시작되면 녀석이 어느새 잠이 들었다. 그러던 녀석이 오늘은 못하게 한다. 슬픔을 느꼈던 모양이다. 안쓰러운 생각이 들었다. 녀석의 이런 생각은 저녁에도 볼 수 있었다. MBC TV에서 '꼭 한 번 만나고 싶다' 는 프로가 진행중일 때다. 물끄러미 바라보던 녀석이 하는 소리이다.

"하야버지, 나 저거 보기 싫어! 꺼…!!" 하는 거였다. 이 프로는 불가피하게 헤어진 가족이 20~30년 뒤 서로를 애타게 찾는 애절한 내용을 담고 있었다. 녀석의 감정이 꽤 여리고 섬세하구나 싶었다. 마음이 착하고 고운 녀

석…, 잘 키워야 되겠다는 생각이 들었다.

2005. 7. 8(금) 18~29℃ 후텁지근, 한밤중 비

"내가 함므니 재웠단 말이야!"

늦은 밤 11시, 녀석이 안방에서 걸어나오며 입에다 손을 대고 조용히 하라는 시늉을 하였다. 왜 그러냐고 했더니…, 자기가 함므니를 재웠다는 것이다. 그러니 함므니가 깨지 않도록 조용히 하라는 것이다.

함므니를 어떻게 재웠는지…, 녀석과 내가 소곤소곤 말을 주고받았다.

"어떻게 재웠어?"

"자장가 불렀어!"

"어디 한 번 해 봐!"

얼마를 머뭇거리던 녀석이 조용히 부르기 시작하였다.

"엄마가 섬 그늘에 굴 따러 가면…."

그랬더니 함므니가 잠이 들었다는 것이다. 녀석은 마치 무슨 큰 일이라도 해낸 듯 가슴을 들먹이며 뻐겼다.

녀석의 말과 행동이 너무 웃겨서 나도 노래를 불러 달라고 치근거렸다.

그랬더니 얼마를 사양하던 녀석이 드디어 노래를 부르기 시작하였다.

"엄마가 섬 그늘에 굴 따러 가면~ 하야버지가 혼자 남아 집을 보다가…."

녀석이 노랫말을 바꿔서 불렀다.

내친김에 내가 머리를 녀석의 무릎 위에 들이대고 더 불러 달라고 졸랐다. 그랬더니 녀석이 무릎을 빼고, 내 머리를 밀치면서 하는 소리이다.

"하야버지, 이러지 마! 나 너무 무거워!!"

녀석은 잠시 뒤 '톰과 제리' 를 보겠다며 컴퓨터를 켰다.

시간이 밤 12시를 지나고 있었다.

2005. 7. 10(일) 18~30℃ 종일 흐리고 후텁지근

벌에 쏘인 녀석이 엉엉 울었다.

녀석을 데리고 함므니와 도척면 상림리 밭엘 다녀왔다. 당초엔 장마에 뭐 손 볼 일이 없나 해서 다녀오기로 한 것인데, 내친김에 녀석의 추억거리를 만들어 준다며 물놀이 기구 여럿을 가지고 갔다. 수영복, 모자, 물안경, 비닐 튜브, 비닐 보트, 캠핑용 텐트, 그런 것들이다.

밭에 가서 난 먼저 녀석의 놀 자리를 만들기로 하였다. 원두막을 정리하고, 텐트를 치고, 비닐 보트와 튜브에 바람을 넣고…, 그런 일들이다. 그런데 밭에서 일을 하던 함므니가 냅다 소릴 질렀다.

"아니, 여기 뭐 놀러 왔어! 먼저 일을 해야지…, 일을!"

그러니 어쩌겠는가. 하던 일인데…, 계속할 수밖에….

이러는 중에 오후 2시, 혜리네 식구들이 놀러 왔다. 제 에미 애비, 혜준이…. 기회는 이 때다. 내가 혜리애비와 혜리를 데리고 물놀이를 한다며 냇가로 갔다. 비닐 튜브, 비닐 보트, 두 개의 노를 들고서…. 냇물은 장마 끝이

라서 물이 부쩍 불어나 있었다. 보트를 타기에 안성맞춤이었다. 물도 맑고 차갑고, 그 속을 구르는 모래알이 훤히 들여다보였다.

내가 보트에 로프를 단단히 묶고, 이걸 흐르는 냇물에 당겼다 놓았다를 반복하였다. 녀석이 좋아서 괴성을 지르고, 손뼉을 치며 깔깔거렸다.

이로부터 한 시간쯤이 지났을까, 밭을 매고 있는데 녀석이 갑작스레 목 놓아 우는 소리가 들렸다. 허겁지겁 달려가 보니 벌에 쏘였다는 것이다. 제 에미 애비 얼굴이 사색이 되어 있었다. 파리채로 벌을 잡아 애비에게 보여 준다며 들고 오다가 꿈틀대는 녀석에게 쏘였다는 것이다. 그나마 꿀벌이라니 다행이다 싶었다. 녀석이 눈물로 뒤범벅이 되어 얼굴이 벌겋고, 엉엉 울면서 두 손으로 무릎을 감싸쥐고 있었다. 벌에 쏘인 자리인 모양이다.

안 되겠다 싶어 내가 녀석을 들쳐 업고 냇가로 달려가 녀석의 정신을 다른 데로 돌리기로 하였다. 냇가를 거니는 백로를 보면서 내가 소릴 질렀다.

"혜리야, 저거 봐! 백로야! 참 예쁘지…!!"

"저 새가 고기를 잡아 먹으려고 저러는 거야! 살살 걸어가지?"

"왜 고기를 잡아먹어?"

"배가 고파서…."

"왜 배가 고파…? 난 안 고픈데…."

드디어 정신을 뺏겼구나 싶은데, 녀석이 또 하는 소리이다.

"하아버지, 나 아직두 엄청 아퍼! 어떡하지 …?"

그래서 내가 말했다.

"혜리야, 이따 저녁 땐 다 나! 할아버지가 다 알어!"

"정말! 저녁 때 다 나! 안 아퍼?"

땅거미가 질 무렵 집에 돌아와 저녁 식사 뒤 내가 물었다.

"혜리야, 아직두 아퍼?"

"아니, 안 아퍼…!"

정말 다행이라는 생각이 들었다.

2005. 7. 13(수) 17~28℃ 종일 구름, 한 때 소나기

"혜리야, 감기 들어…! 옷 입어…!!"

밤 11시, 녀석이 팬티 바람으로 '톰과 제리' 를 보고 있다. 그 모습이 꼭 감기가 들 것 같아 내가 잔소릴 하였다.

"혜리야, 너 감기 들어! 옷 입어…!!"

그랬더니 녀석이 하는 소리이다.

"그런데 하야버지는 왜 벗었어?"

"나는 잘 때 이불을 잘 덮고 자니까 괜찮지…!"

"그럼 나도 덮고 자면 될 거 아냐?"

그런데 말뿐이지 녀석은 절대로 잘 덮고 자지를 않는다. 그래서 내가 짐짓 엄포를 놓았다.

"너 그러면 할아버지 도망 갈 거야!"

내가 일어나 밖으로 나가려는 시늉을 하였다. 그랬더니 이게 벌떡 일어나 내 허리를 잡으며 하는 소리이다.

"안 돼! 도망 가지 마! 나 옷 입을 거야!!"

그리고 나서도 녀석은 계속 '톰과 제리' 를 보았다.

내가 안 되겠다 싶어 녀석을 안방으로 데리고 가 억지로 재웠다.

그리고 나도 자리를 보고, 불을 끈 뒤 잠을 자려 하였다. 이 때 녀석이 살그머니 일어나더니 삼촌 방으로 가는 거였다. 허리를 굽히고, 살금살금 까치걸음을 하고서…. 내가 모르는 척 내버려두었다.

2005. 7. 18(월) 22~32℃ 종일 짙은 구름, 후텁지근

함므니 등에 엎드려 잠을 잤다.

밤 11시, 자다가 일어난 녀석이 여기저기 함므니를 찾더니, 벌써부터 안방에서 자고 있는 함므니를 찾아가, 그 등에 엎드려 다시 자고 있다. 거실 소파에서 TV를 보고 있는 나는 거들떠보지도 않고서다. 녀석이 들어간 방을 들여다보니, 이게 어느새 함므니 등에서 깊은 잠에 빠져 있었다.

함므니 등에서 자고 있는 녀석의 모습이다. 깊은 잠에 빠져 있는 함므니를 감싸안은 모습이 한가하기만 하다. 잠을 고쳐 줄까 싶었으나 공연히 단잠을 깨울 것 같아 내버려두었다.

그로부터 얼마의 시간이 흐른 뒤다. 녀석이 궁금해서 방안을 들여다봤더니, 이것이 아직 함므니 등에서 자고 있었다. 살펴보니 그 자세가 불안하여 살며시 끌어내려 베개를 고쳐주고 이불을 덮어 주었다.

녀석과 함므니의 모습이 편안해 보였다.

2005. 7. 21(목) 23~32℃ 종일 후텁지근, 열대야

"하야버지! 왜 빨리 안 와요?"

녀석을 광주 제 집에 데려다 놓고 백암에서 물을 긷고 밭엘 다녀왔다. 함께 가야 하는데, 녀석이 "밭엘 가지 않고 엄마네 집에 있겠다" 고 해서다.

여름 밭에는 할 일이 늘 그렇게 많다. 함므니와 난 종일 여러 가지 일을 했다. 가지, 오이, 강낭콩을 따고, 고구마 순을 뒤집어 주고, 장마로 무너진 밭둑을 삽으로 긁어 올려 주고…. 그러자니 어느새 저녁놀이 지고 있었다. 그런데 일을 하면서도 마음은 언제나 녀석의 주변을 맴돌고 있다.

그래서 전화를 걸었더니 이게 하는 소리이다.

"하야버지! 왜 빨리 안 와요? 아직 안 끝났어요?"

너무 오래 기다렸다는 볼멘 소리이다.

"이제 다 끝났어!! 금방 갈께…!"

해가 질 무렵 저녁 8시, 서둘러 일을 마치고 제 집엘 갔더니 녀석이 집에 없다. 얼마 뒤 제 에미가 혜리 혜준이를 데리고 왔는데, 우리가 늦을 것 같아 공원을 한 바퀴 돌고 왔다는 것이다.

우린 혜리네 식구와 근처 '마포 갈비집' 에서 저녁을 먹고 늦게 집으로 돌아왔다. 돌아오는 차안인데, 녀석이 어느새 코를 골고 있다.

"할부지!
놀이터 가자!!"

2005. 7. 23(토) 22~33℃ 종일 후텁지근

녀석과 상림리 밭엘 다녀왔다.

혜리와 함께 상림리 밭엘 다녀왔다. 그런데 녀석과 밭엘 가면 일을 할 수가 없다. 녀석이 요구하는 이런저런 시중을 들어주어야 하기 때문이다.

오늘도 그랬다. 녀석은 밭엘 가자마자 먹을 걸 사 달라고 하였다. 동네 구멍 가게는 밭에서 300m 쯤 저만치에 있다. 나중에 가자고 했더니 발을 구르고 난리이다. 날씨는 뜨겁고 후텁지근한데, 가게까지 업고 가라고 성화다. 업고 가다 땀이 흘러 내려놓으니, 이게 그 자리에 주저앉아 턱을 고이고 딴전을 부리고 있다. 그러니 이걸 어쩌겠는가. 다시 업고 갈 수밖에….

가게에 갔다 와서는 냇가에서 물을 길어 통에 부어 달라고 한다. 물을 길어다 통에 부어주니 이번엔 장난감을 갖다 달라고 한다. 물통 속에서 놀다가 '쉬'가 마렵다고 냅다 소리를 지르기도 한다. 이러니 무슨 일을 하겠는가? 그러자 함므니가 내게 신신당부를 하였다.

"차라리 혜리를 데리고 어디에 가서 놀다가 오라"는 것이다.

이 시간 이후 난 녀석과 함께 종일 냇가에서 물놀이를 하였다.

비닐 보트에 로프를 묶어 흐르는 물에 놓았다 당겼다를 반복하고…, 때로 녀석과 물에 들어가 물장구를 치며 깔깔거렸다. 녀석은 물놀이가 무척 재미있는 모양이다. 밭엘 오지 않겠다더니 오늘은 전혀 다른 소리이다.

"다음에 꼭 다시 오겠다"는 것이다. 원두막에서 밥을 해 먹고, 냇가에서 물놀이를 하고…, 그런 게 재미가 있었던 모양이다.

녀석이 커서 오늘을 기억할 수 있을지 모르겠다.

2005. 7. 24(일) 23~31℃ 끈적끈적, 찌는 더위

어린이 여름성경학교에 다녀왔다.

녀석이 방학중 교회에서 운영하는 '어린이 여름성경학교'에 다녀왔다. 오늘이 첫째 날, 내일 모레까지 3일 간 계속된다.

정자동 탄천변에 위치한 분당 '새벽월드교회', 매일 아침 10시부터 오후 1시까지 3시간 동안 프로가 진행된다. 아이들이 하는 일은 '찬양과 예배', '인형극', '특별활동', '센터학습' 등 여러 가지이다.

나는 녀석을 교회에 맡겨놓고 탄천변 산책길에 나섰다. 교회에서 딱히 할 일이 없어서다. 그 뒤 얼마의 산책을 한 뒤다. 핸드폰을 열어보니 꺼져 있었다. 아차 하는 생각이 들었다. 녀석이 그동안 전화를 했을 수도 있어서다. 그래서 급히 교회로 갔더니 녀석이 선생님 말을 잘 듣고 있었다. 그러더니 갑자기 어리둥절한 표정을 지으며, '쉬'가 마렵다고 한다.

잠시 뒤 점심시간, 녀석이 탁자 위 접시의 바나나를 가리키며 먹어도 되느냐고 물었다. 다른 아이들은 서슴없이 가져다 먹는데…. 그러자 옆에서 보고 있던 교회 선생님이 하는 말이다.

"혜리는 참 착한 애로구나! 그럼, 먹어도 되지…! 얼른 먹어!!"

녀석이 얼굴이 빨개 가지고 멈칫멈칫하였다.

참으로 순진하고 착한 녀석이 아닌가!

2004. 12. 29. 녀석이 면사포를 쓰고 있다.

서너 살 때, 녀석이 가끔 하던 놀이이다.
면사포를 쓰고서 짠짜자잔…, 색시걸음이다.
멋을 부리고 싶었는지 면사포 위에 리본을 달고,
목에는 머리띠를 둘러 포인트를 주고 있다.
하부지가 예쁘다며 설레발을 떨자,
녀석이 쑥스러운지 혀를 내밀고 있다.

2005. 7. 25(월) 21~32℃ 구름 오락가락, 후텁지근

여름성경학교 둘째 날…, 김치가 매워서….

'여름성경학교' 둘째 날이다. 아침 9시에 서둘러 갔더니, 교회가 너무 한산하다. 서너 명 아이들이 엄마 손에 이끌려 이곳저곳을 서성일 뿐…, 내가 너무 일찍 간 모양이다. 둘째 날이어서 프로그램은 낯설지 않았다.

어제의 실수를 반복하지 않으려고, 내가 녀석에게 몇 가지 단도리를 해 두었다. 화장실을 다녀오고, 손을 깨끗이 씻기고, 머리핀을 고쳐 준 뒤, "할아버지가 교회 근처에 있을 테니 무슨 일이 있으면 선생님한테 불러달라" 하라고 이르고는 탄천 산책길에 나섰다. 탄천엔 팔뚝만한 잉어들이 떼지어 노닐고 있었다. 어릴 적 탄천의 정경이 영상처럼 머리를 스쳤다. 참으로 맑고, 수목이 우거지고, 온갖 고기들이 떼지어 놀던 곳이다. 이렇게 걷자니 옛날 그 모습이 어른거려 시간 가는 줄 몰랐다.

한참을 거닐다 녀석이 있는 곳으로 갔더니, 보이지 않는 곳으로 가라고 손짓을 하였다. 아이들과 놀며 공부하는 모습이 어제보다 상당히 안정된 모습이다.

얼마 뒤 점심시간, 멀리서 바라보니 녀석이 밥을 먹지 않고 머뭇거리고 있었다. 가까이 다가가 보니 눈물을 흘리고 있다. 이유를 물으니, "김치가 매워서…"라는 것이다. "매우면 먹지 않아도 된다"고 귓속말을 해 주었더니 비로소 울음을 멈췄다. 너무 순진한 녀석이 아닌지 모르겠다.

밥 먹는 태도는 먹기 싫은 걸 억지로 먹는 듯한 모습이다. 함므니가 해 준 밥과는 맛이 달라서 그런 모양이다. 집으로 돌아오는 차안에서 녀석과

난 여러 가지 동요를 불렀다. '퐁당퐁당 돌을 던지자…, 산골짝에 다람쥐…" 녀석이 기분이 좋은지 싱글벙글하였다.

2005. 7. 26(화) 32℃ 후텁지근, 열대야

여름성경학교 마지막 날, 물놀이 피날레….

여름성경학교 마지막 날이다. 오늘은 물놀이가 들어 있어서 아침에 물안경, 수영복, 여벌옷 한 벌, 그리고 비닐 튜브를 준비하였다. 수영장은 교회 앞 넓은 마당에 비닐로 임시로 만들었다.

낮 12시, 기다리던 물놀이가 시작되었다. 아이들이 제 세상을 만난 듯 펄쩍거리며 좋아서 어쩔 줄 몰랐다. 선생님들은 고무 호스로 물을 뿌려 소나기를 만들어 주고, 비닐 보트에 아이들을 태워 이리저리 끌고 다녔다.

그러다 선생님으로부터 물총을 하나씩 받아 든 녀석들이 서로에게 물을 쏘아대느라 여념이 없었다. 쫓아다니며 쏘고, 넘어지고, 깔깔거리고…. 어떤 녀석은 쫓겨다니다 넘어져 엉엉 울고…. 혜리 녀석도 나에게 물총을 쏘아대며 좋아서 어쩔 줄 몰랐다. 나도 대거리를 하느라 손바닥으로 물을 세게 밀어 녀석에게 뿌렸다. 그랬더니 녀석이 등을 돌리고 푸푸거리며 깔깔거렸다.

수영을 마치고 집으로 오는데 녀석이 기분이 흘가분한 모양이다. "내일은 성경학교에 가지 않아도 된다"며 싱글벙글이었다.

2005. 7. 30(토) 32℃ 계속되는 찜통더위

'진천수양관' 으로 물놀이를 다녀왔다.

녀석이 충북 '진천수양관' 으로 물놀이를 다녀왔다. 제 에미 애비 혜준이까지 제 식구 넷이 함께다. 며칠 전 '여름성경학교' 에 이어 '새벽월드교회' 에서 두 번째로 마련한 여름 이벤트엘 다녀온 것이다.

오전 10시, 버스가 진천으로 떠나려는데, 녀석이 자꾸만 떼를 썼다.

"하야버지도 같이 가자!!" 는 것이다.

나도 가고는 싶은데, 제 에미 애비가 따라가는데 내가…, 하는 생각이 들어 그만두기로 하였다.

그런데도 자꾸만 우겨 내가 녀석의 귀를 잡고 귓속말을 하였다.

"혜리야! 엄마 아빠하고 다녀와!! 할아버지는 집에서 기다릴게…!!"

그랬더니 녀석이 비로소 고집을 접었다.

오후 3시, 녀석이 궁금해서 전화를 걸었더니 녀석이 하는 말이다.

"하야버지! 나 안 울었어요! 잘 놀았어요! 금방 갈 거예요!"

울지 않고 하루를 보낸 게 무척 자랑스러운 모양이다.

오후 5시 30분 녀석이 돌아왔다. 제 애비가 전화를 해서 주차장으로 내려가 보니 녀석이 깊은 잠에 빠져 있었다. 얼른 안고 현관을 들어서는데, 함므니 목소리가 들리자 녀석이 도망치듯 내게서 빠져 함므니에게로 갔다. 잠시 뒤 함므니한테 안겨 있던 녀석이 소파에 앉으며 하는 말이다.

"하야버지! 나 이담에 커서 시집가면 함므니하고 못 살면 어떡해!!"

녀석의 눈에 어느새 눈물이 그렁그렁하였다.

나들이를 하면서 함므니가 너무 그리웠던 모양이다.

2005. 8. 3(수) 28℃ 종일 비가 오락가락

종일 녀석 시중으로 너무 바빴다.

하루 종일 녀석의 시중을 드느라 너무 바빴다. 아침에는 밥을 해 먹이느라 눈코 뜰 새 없이 바빴고…, 함므니가 어제 '제생병원' 에 입원을 해서다.

아침을 먹고는 녀석을 데리고 병원을 찾았다. 그런데 있어야 할 함므니가 없다. 벌써 퇴원을 했다는 것이다. 가벼운 몸살이었던 모양이다.

병원을 다녀온 뒤 함므니가 계속 누워 있자, 녀석이 답답했던지 내 손을 잡아끌고 밖으로 나가자고 졸랐다. 언제나 그랬듯이 우린 잠자리채를 들고 밖으로 나갔다. 아파트와 그 주위에는 잠자리들이 떼지어 날고 있었다. 고추잠자리, 된장잠자리, 밀잠자리, 좁쌀잠자리…. 아파트 펜스와 그 너머 밭들의 작물을 오가면서….

잠자리를 잡을 때마다 녀석이 하는 행동이다. 망사자루에 넣겠다고 "내가, 내가…!"하며 소리를 지른다. 그러다 놓치고는 하늘을 쳐다보며 허탈한 표정을 짓는다. 어떤 땐 잠자리를 내 팔에 몰래 갖다 대고는 놀라는 내 표정을 보면서 깔깔거렸다. 놀라는 내 모습이 그렇게 웃기는 모양이다. 머리와 허리를 뒤로 제끼고 깔깔대면서 파안대소다. 잠자리를 잡으러 왔다 갔다 하다 보면 어느새 몸에 땀이 흠뻑 젖는다. 우린 집에 들어와 샤워를 해야 한다.

녀석의 입맛은 누굴 닮았는지 늘 그렇게 까다롭다. 점심을 먹이는데 오늘 따라 시간이 많이 걸렸다. 줄잡아 두어 시간이 걸린 듯하다. 등허리에 진땀이 날 지경이다. 이렇게 녀석과 씨름을 하다 보면 어느새 저녁시간, 그래서 청소를 하려는데 이게 또 말썽이다. 청소기와 걸레를 빼앗아 멋대로 끌고, 휘젓고…, 도대체 그냥 놔두질 않는다. 그러면서 그렇게 하는 게 할아버지를 돕는 거라고 동의를 구한다.

"그지…, 하야버지!!"

저녁나절엔 어김없이 '톰과 제리' 를 보여달라고 한다. 이걸 보다가도 종종 또 불러댄다. 모르는 게 있어서라고 한다. 영어로 자막이 나와도 불러댄다. "무슨 뜻인지 모르겠다!" 고 하면서다.

저녁을 먹고서는 '책방놀이' 를 하자고 조르고, 밤이 깊어서는 저를 내 발 위에 올려놓고 '떴다떴다 비행기…,' 이렇게 비행기 놀이를 해달라고 조른다. 그러니 어디 한시 반시 쉴 틈이 있겠는가? 종일 너무 바쁘다.

2005. 8. 4(목) 33℃ 흐렸다 개었다, 후텁지근

늦은 밤인데, 톰과 제리를 보겠단다.

녀석을 제 집에 두고 밭엘 다녀왔다. 꾀가 나는지 이게 가지 않겠다고 해서 우리만 다녀온 것이다. 거의 일주일 만인데, 밭에는 해야 할 일이 너무 많았다. 옥수수를 따는 일, 고구마 순을 치는 일, 밭을 매 주는 일….

옥수수는 거의 한 가마니를 땄다. 이걸 손질하자니 시간이 많이 걸렸다.

돌아오는 길에 녀석의 집에 들러 로스구이로 저녁을 먹고, 밤 10시를 넘겨 집으로 돌아왔다. 돌아오는 차안인데, 녀석이 제 집에서 있었던 이런 저런 일들을 재잘거렸다. 집에 돌아와서는 마술을 보여준다며 나를 소파에 앉혀 놓고 꼼짝을 못하게 하였다. 몸이 끈적거려 샤워를 해야 하는데, 녀석이 같이 하겠다고 졸라 어쩔 수 없이 뒤로 미뤄야 했다.

밤 11시, 이제 자야 할 시간인데, 녀석이 자꾸만 '톰과 제리' 를 보겠다고 한다. 잠시 뒤 보여주겠다며 시간을 끌었더니, 이게 어느새 잠이 들어 버렸다. 미안해서 깨워 보여주려는데 일어나질 않는다.

2005. 8. 5(금) 32℃ 찌는 더위, 열대야

제 에미와 백화점에서 쇼핑을 했다.

저녁시간, 녀석이 제 에미와 백화점에 들러 여러 가지 물건을 사가지고 들어왔다. 살펴보니 인라인 스케이트, 헬멧, 무릎 · 팔꿈치 보호대, 그리고 야외용 대형 '비닐수영장' 이었다. 라벨을 보니 '예쁜이 궁전 수영풀장' 이라고 쓰여 있었다. 실 · 내외에서 간편하게 사용할 수 있는 간이 풀장이다.

밭에 갈 때 냇물을 길어다 원두막에서 목욕을 하면 좋겠다 싶어 샀다는 것이다. 저녁 식사 뒤 혜리애비가 여기에 바람을 넣어 거실에 펴 주었다.

활짝 펴진 '궁전풀장' 을 살펴보니, 바닥은 무르팍 쯤 물이 차도록 되어 있고, 머리 위로는 세 개의 원뿔 기둥이 길게 뻗은 위에 둥근 지붕이 얹혀 있어서 햇빛이 내려쪼여도 그늘이 지도록 되어 있었다. 그 모습이 마치 동화 속의 궁전 같이 보였다.

풀장이 완성되자 녀석이 그 속을 풀방개처럼 들락거렸다. 그러더니 함므니더러 물을 가져다 부어달라고 하였다. 함므니가 냅다 소릴 질렀다.

"이놈의 계집애…! 못하는 짓이 없어!"

녀석이 찔끔해서 물러섰다. 세 개의 원뿔 기둥에는 표어가 하나 붙어 있었다. '개구쟁이들은 들어오지 마시오!' '돈 캄인 가이스' 라고 쓰여 있었다. 그게 뭐냐고 해서 알려 주었더니, 녀석이 이걸 떼어내더니 얼른 그림을 하나 그려다 그 자리에 붙였다. 살펴보니 구름 밑에 사내아이를 하나 그려 넣고 그 옆에 동그라미를 그려 놓았다. 사내 녀석들이 들어와도 괜찮다는 뜻이다. 그리고는 할아버지, 삼촌, 제 애비를 차례로 불러들였다.

아이디어가 얼마나 그럴싸한지 내가 한참을 웃었다. 잠시 뒤 녀석이 그 그림을 떼어내더니, 무언가를 써다가 다시 그 자리에 붙였다. '아름다운 여자들은 들어오세요!"라고 쓰여 있었다. 그러더니 함므니, 제 에미, 혜준이를 차례로 불러들였다. 이거 정말 웃기는 계집애가 아닌가!

2005. 8. 14(일) 31℃ 계속되는 무더위

상림리 밭에서 텐트를 치고 즐거운 캠핑….

혜리네 식구들과 곤지암 상림리 밭으로 놀이를 다녀왔다. 가볍게 시작한다는 것이 준비를 하다 보니 물건이 자동차 트렁크에 한 가득이었다.

밭에 도착해서다. 놀이를 위해 할 일이 너무 많았다. 냇가에 텐트를 치고, 엊그제 구입한 '예쁜이 궁전 풀장' 에 바람을 넣고, 풍로에 숯을 피워 고기 구울 준비를 하고…, 이러는 데 어느덧 시간이 정오를 넘고 있었다.

서둘러 밥과 찌개를 끓이고, 등심을 구워 점심을 먹는데 땀이 비 오듯 하였다. 그런데, 혜리가 견디기 어려웠던 모양이다. 자꾸만 칭얼거렸다. 안 되겠다 싶어 서둘러 식사를 마치고 보트를 들춰 메고 녀석과 냇가로 갔다.

냇물에 보트를 띄우고 노를 저으며 바람을 쏘이니 비로소 더위가 물러섰다. 녀석과 난 거의 두 시간을 물에서 보냈다. 이리저리 노를 젓다가, 보트에서 내려 물에 들어갔다가, 녀석을 보트에 태우고 로프를 당겼다 놓았다 하다가…. 녀석이 기분이 좋은지 괴성을 지르고 난리였다.

우리가 보트를 타고 있을 때다. 주위에서 놀던 아이들이 몰려들었다. 보트놀이가 재미있게 보였던 모양이다. 그러더니 보트에 올라탄 녀석들이 노를 저어 앞으로 나간다며 야단법석을 떨었다. 어떤 녀석들은 보트에서 물로 뛰어들어 마음을 졸이게 했다. 이걸 본 혜리 녀석, 저도 뛰어들겠다고 고집을 피어서 애를 먹었다.

시간 가는 줄 모르고 놀다가 녀석의 등을 보니 벌겋게 달아 있었다. 큰일 나겠다 싶어 서둘러 물 밖으로 나와 겉옷을 입히고, '궁전 풀장' 으로 들여보냈다. 녀석이 해질 무렵까지 이 '궁전풀장' 에서 시간 가는 줄 몰랐다. 기분이 좋은지 녀석이 "다음에도 또 오자!" 고 한다.

2005. 8. 16(화) 31℃ 종일 후텁지근, 열대야

내 목욕을 시켜 주겠다고 난리이다.

날씨가 너무 덥다. 아침부터 푹푹 찐다. 그래서 샤워를 하려는데, 이게 지가 시켜 주겠다고 난리이다. 다섯 살짜리 어린 것이…, 될 일이 아닌데…. 그래서 내가 사정을 하였다.

"혜리야! 안 돼…! 넌 아직 어려, 못 해!"

그랬더니 이게 질색 팔색을 하며 소리 소릴 질렀다.

"아냐! 할 수 있어! 난 진짜루 할 수 있단 말이야!!"

어쩔 수 없이 얼른 머리를 감고, 그 머리를 녀석에게 들이대었다. 그랬더니 이게 머리 감기기를 시작하였다. 금방 감은 머리인데 다시 비누칠을 하더니, 빡빡 문지르기 시작하였다. 그 앙증맞은 손으로…. 전혀 못 할 거라고 생각을 했는데, 그게 아니다. 각죽각죽 머리를 긁는데 아주 시원하였다. 내가 머리를 이리저리 돌려대며 녀석의 수고를 도왔다.

이제 그만하면 다 됐다 싶은데, 녀석이 계속 고집이다.

"하야버지! 등도 닦아줄 거야, 이리 돌아앉어!"

어쩔 수 없이 수건에 비누칠을 해서 넘겨주었더니, 이게 등허리며, 팔 · 다리를 모두 씻겨주는 거였다. 참으로 시원하지 않은가! 이 다음에 내가 더 늙어서도 녀석이 이렇게 해 줄지 모르겠다.

"할부지!
놀이터 가자!!"

2005. 8. 18(금) 29℃ 종일 먹구름, 비가 오락가락

"하야버지, 우리 여보 놀이하자!!"

저녁을 먹고 났는데, 녀석이 '여보 놀이'를 하자고 한다. "할아버지하고 무슨 여보 놀이를 하느냐"고 해도, 꼭 그렇게 해야 한다는 것이다. 어쩔 수 없이 허락을 했더니, 이것이 "먼저 결혼식부터 올려야 한다"며 나를 식장으로 끌고 갔다. 안방에서 화장실로 통하는 긴 복도, 여기서 녀석과 난 팔짱을 끼고 '짠짜자잔'을 부르며 식을 올렸다. 그러고 났더니 녀석이 하는 소리이다.

"여보! 회사에 다녀오세요! 나는 장보고, 밥하고, 빨래할 거예요."

"갔다 와서 엘리베이터를 타고 올라오세요. 올라와서 딩동댕하세요!"

이게 여보 소리를 아주 천연덕스럽게 한다. 겸연쩍어하는 기색은 어디에도 없다.

회사엘 다녀왔더니, 밥을 챙겨주고, 과일도 내다주면서 하는 소리이다.

"여보! 맛있지!!"

저녁을 먹고서는 시장을 보러 가자고 한다. 다녀와서는 냉장고 정리를 하잖다. 이제 그만 했으면 하는데, 이게 계속 떼를 쓴다.

2005. 8. 22(월) 28℃ 종일 구름, 선들선들

종일 녀석과 집에 있었다.

어느새 가을 문턱이다. 조석으로 선들바람이 분다. 그제까지만 해도 찜통더위, 열대야로 잠을 못 이루었는데…. 내일이 벌써 처서, 세월이 참 빠르다. 오늘은 종일 녀석과 집에 있었다. 함므니가 병원엘 가서다. 오는 9월, 미국 뉴저지의 둘째 혜영이네를 다녀온다며…, 가기 전 주사도 맞고 보약도 먹어둔다며 병원과 한방을 함께 찾은 것이다.

오후 2시, 집을 지키는데 녀석이 심심한지 산책을 하자고 한다. 그래서 우린 자전거를 타고 동네를 한 바퀴 돌았다.

녀석과 둘이 집에 있을 때의 문제다. 무엇보다 먹는 게 큰 걱정이다. 무슨 반찬을 어떻게 해 먹여야 할지…. 오늘은 계란탕을 해서 아침 점심을 먹였다. 그런데 잘 먹지를 않는다. 신경이 쓰인다.

오후에는 제 에미를 따라 제 집으로 가겠다고 한다. 내일 데리러 가겠다는 말에 마음이 움직인 모양이다. 차츰 제 집에 정을 붙였으면 좋겠다.

2005. 8. 24(수) 27℃ 파란하늘, 전형적인 가을날씨

"하야버지, 우리 비누방울 놀이하자!"

녀석이 종일 심심했던 모양이다. 저녁 7시 외출에서 돌아오니 녀석이 현

관까지 달려나와 덥석 안겼다. 종일 헤어져 있자니 너무 심심했던 모양이다. 성남문화원에서 '내 고장 문화유산 발간 협의회' 가 있어, 여기에 참석하고 저녁식사를 하고 들어오니 시간이 그렇게 늦어졌다.

땅거미가 내릴 무렵이다. 녀석이 비누방울 놀이를 하자며 밖으로 나가자고 한다. 종일 함므니하고만 지내기가 지루했던 모양이다. 벌써 몇 번을 조르는 걸 들어주지 못했다며 함므니가 얼른 다녀오라고 한다.

녀석은 둥둥 떠다니는 비누방울이 그렇게 신기한 모양이다. 이리저리 날아다니는 걸 잡으려고 두 손을 허우적댔다. 손에 묻으면 지저분할 것 같아 말렸더니 듣지를 않는다. 계속 쫓아다니며 경중대고 허우적거렸다.

그러던 녀석이 내게 장난을 치고 싶었던 모양이다. 비누방울을 내 얼굴에 훅훅 불어대는 거였다. 내가 화들짝 놀라는 것이 그렇게 재미있는 모양이다. 허리를 펴지 못하고 고개를 젖히고 깔깔거렸다.

얼마를 이렇게 놀던 녀석이 이번엔 달리기를 하자고 한다. 날은 벌써 어두웠는데…, 위험할 것 같아 그만두자고 해도 듣질 않는다. 어쩔 수 없이 달리기를 시작하였다. 주차장의 하얀 선을 밟고서…, '요이 땅' 을 하였다.

이때 녀석이 하는 짓이다. 내가 가는 길을 막으려고 지그재그로 뛰는 거였다. 내가 저보다 앞서 가면 안 된다는 것이다. 그리고 저쪽 끝에 가서는 지가 이겼다고 가슴을 내밀고 으스대었다. 여간 웃기는 계집애가 아니다.

2005. 8. 31(수) 찌고 무덥고, 열대야

저녁을 먹고 산책을 하다가, 운동을 하다가….

벌써 8월이 지나가고 있다. 찜통더위와 열대야는 아직 계속되고 있는데…. 저녁을 먹은 뒤, 땅거미가 내릴 무렵이다. 거실에서 TV를 보던 녀석이 밖으로 나가자고 조른다. 종일 놀아주지 않아 심심했던 모양이다.

녀석의 손을 잡고 밖으로 나갔더니 날씨가 너무 무덥다. 거실이나 밖이나 후텁지근하기는 마찬가지이다. 벌써 며칠째 이렇게 열대야가 계속되고 있다.

둘이서는 할 일 없이 아파트 주변를 이리저리 돌아다녔다. 동요를 부르며…. '퐁당퐁당', '산골짝에 다람쥐', '아빠하고 나하고' …, 그러다 운동을 하자며 배드민턴과 테니스 놀이를 하였다. 자동차 트렁크 속에서 라켓과 공을 꺼내서다.

그러다가 우린 달리기를 시작하였다. 30m 거리를 뛰어갔다 돌아오기이다. 그런데 녀석이 자꾸만 내 앞을 가로막는다. 지그재그로…, 그러다 내가 조금만 앞으로 나가면 땅바닥에 펄썩 주저앉는다. 결승점에 먼저 도착해서는 가슴을 내밀고 뻐기며 으스댄다. 지가 1등을 했다고 좋아하는 것이다. 이때다. 맞장구를 쳐주어야지 아니면 이게 골을 부린다.

이렇게 한참을 노는데, 이것이 지치는 모양이다. 두 팔을 벌려 안아 달라고 한다. 그래서 안았더니 녀석이 장난을 친다. 지 얼굴을 내 뺨에 막 문질러 대는 거였다. 그러면서 깔깔거렸다. 할아버지가 사랑스러운 모양이다.

한참을 노는데 온 몸에 땀이 흘렀다. 얼른 집으로 들어가 샤워를 하려는데 이게 욕실로 따라 들어오는 거였다. 목욕을 시켜 주겠다면서다. 될 일이 아닌데 떼를 부리니 내버려 둘 수밖에….

그런데 녀석의 닦는 솜씨가 보통이 아니다. 수건에 비누를 묻혀 문질러 대는데, 무아지경이다. 한참을 닦던 녀석이 하는 소리이다.

"하야버지, 이제 시원하지!"

어느새 녀석이 이렇게 컸구나 싶었다.

2005. 9. 6(화) 태풍 '나비'로 선들선들

"함므니, 하야버지 싸우면 나 속상해…"

오전 10시, 함므니, 녀석, 나 셋이서 하나로 시장엘 다녀왔다. 미국 뉴저지 둘째 혜영이네 집에 가져갈 김치거리를 사기 위해서다.

우리가 주차장에 차를 대고 시장으로 걸어갈 때다. 함므니와 내 사이에 끼어 함므니와 내 손 하나씩을 잡고 앵금발로 걷던 녀석이, 갑자기 우리 두 손을 포개더니 함므니와 내 얼굴을 번갈아 쳐다보는 거였다. 쑥스러운 생각이 드는데…, 이걸 본 함므니가 겸연쩍어 하면서 하는 소리이다.

"아니…, 여보! 이것 좀 봐! 혜리가 이렇게 했네…!!"

함므니가 의외라는 듯 멋쩍은 웃음을 지었다. 나도 덩달아 웃었다. 그러면서 갖게 된 생각이다. 우리가 녀석이 보는 앞에서 자꾸만 싸워서 그러는 것이 아닌가…? 언젠가 녀석과 같이 곤지암 상림리 밭에 갔을 때다. 함므니와 내가 심하게 다툰 적이 있었다. 사소한 의견 차이 때문이다.

결과는 큰 싸움이 되고 말았다. 이날 녀석과 난 마음고생이 정말 심했다. 녀석이 이걸 연상해서였는지 모르겠다. 다시는 싸우지 말아야겠다.

내가 함므니에게 일렀다.

"혜리가 우리보고 싸우지 말라는 거야!"

이 말을 들은 녀석이 하는 소리이다.

"함므니, 하야버지 싸우면 나 속상해…! 정말이야!!"

역시 그랬구나 싶었다. 녀석 앞에서 다시는 다투지 말아야겠다.

2005. 9. 7(수) 29℃ 태풍 '나비', 심한 바람

혜리가 오후에 제 집으로 갔다.

혜리가 오후에 광주 제 집으로 갔다. 함므니가 3주 예정으로 미국 둘째네 집엘 다녀와야 하기 때문이다. 둘째가 곧 아이를 낳을 모양이다.

오전 10시, 거실에서 TV를 보던 녀석이 문방구점엘 가자고 한다. 사야 할 장난감이 있다면서다. 오후에는 제 집으로 갈 것이고…, 그러면 한참 동안 보지 못할 테고…, 그래서 선뜻 길을 나섰다. 녀석이 세발자전거를 타고, 내가 뒤에서 밀고…. 문구점엘 다녀오다가 내가 녀석에게 몇 가지 귀띔을 해 두었다. 나중에 있을 수 있는 충격을 줄이기 위해서다.

"혜리야! 함므니가 내일 미국으로 가거든…, 이모네 집에 말이야! 거기서 이렇게 자고 올 거야…, 그래도 혜리 울지 마!! 알았지…?"

그랬더니 녀석이 무언가 한참을 생각하더니 하는 말이다.

"할부지!
놀이터 가자!!"

"아얏어, 하야버지!"

비교적 현실을 쉽게 받아들이는 구나 싶었다. 누군가 이미 얘기를 해 둔 듯하였다. 내친김에 몇 가지를 더 일러두었다.

"혜리야! 엄마네 집에 가 있을 때, 함믄네 집에 오고 싶으면 엄마한테 이렇게 말해. 엄마! 나 함믄네 집에 가고 싶어. 할아버지한테 전화해 줘! 이렇게 말이야. 알았지!"

그러자 녀석이 하는 말이다.

"그래도 안 보내주면…?"

"그럼 엉엉 울어! 그리고 전화해 달라고 막 떼를 써!! 어디 한 번 해 봐?"

그랬더니 녀석이 얼굴을 잔뜩 찡그리고 엉엉 우는 시늉을 하였다.

그러면서 나를 흘금 올려다보며 하는 말이다.

"이렇게!!"

내가 녀석을 번쩍 안아 볼을 비비며 방법을 더 일러 주었다.

"그래, 그렇게! 그런데 혜리야! 더 크게 울어…, 엉엉…, 그렇게 말이야!"

그랬더니 녀석이 하는 말이다.

"그럼 엄마가 할 수 없지 뭐…, 아얏어!! 그렇게 말해…?"

"그럼…!!" 내가 확신을 주었다.

녀석이 제 집으로 떠날 때쯤 난 아예 집을 비웠다.

녀석을 데리고 가며 제 에미가 했다는 말이다.

"일주일에 4일은 여기에 데려다줄 거예요."

그 정도면 그래도 참을 수 있을 것같다.

2005. 9. 10(토) 25~29℃ 태풍 '나비' 끝자락, 맑고 푸르고

제 집에 간 지 3일째…, 전화가 없다.

녀석이 제 집으로 간 지 3일이 지났다. 그런데 몇 달이 지난 것 같다. 우리는 지금껏 이렇게 오래 떨어져 본 적이 별로 없다. 궁금해서 못 견디겠는데, 소식이 없으니 그냥 답답하기만 하다.

제 에미에게 떼를 쓰라고…, 엉엉 울라고…, 그렇게 일렀는데…, 녀석이 이걸 못하고 있는 모양이다. 아무리 졸라도 제 에미가 들어주지 않으면 어쩔 수 없기는 하지만…. 그런데 보고 싶으니 정말 미칠 지경이다.

함므니는 그저께 8일, 미국으로 떠났다. 외출에서 돌아와 혜리의 안부를 물으니, 아직 전화가 없다는 제 삼촌의 말이다. 이것이 제 집에서 잘 노는지, 울고불고 난리를 치는 건 아닌지…! 머리가 어지럽고 정신이 하나도 없다. 뿐만 아니다. 저녁 내내 일이 손에 잡히질 않는다. TV에 시선을 주고 있지만 머리에 남는 건 아무것도 없다. 그냥 보고 있을 뿐이다. 시간도 가 주질 않는다. 움직이기조차 싫다. 무기력증이 아닌지 모르겠다.

2005. 9. 11(일) 28℃ 한낮 무더위, 아침저녁 선들

녀석이 오후 5시에 돌아왔다.

오늘이 녀석이 오기로 한 날이다. 제 에미가 분당 교회엘 왔다가 두고 가

기로 해서다. 내가 외출을 하면서 제 삼촌에게 "녀석이 교회를 마치면, 가서 데리고 오라" 고 단단히 일러두었다. 제 에미가 말을 듣지 않으면 "조금씩, 천천히 데려가라고 핀잔을 주라" 고 하였다.

외출 중 제 삼촌에게 여러 차례 전화를 해보았으나, 녀석이 아직 오지 않았다고 한다. 교회를 마치고 제 에미와 이마트를 돌아다니고 있다는 것이다. 쇼핑을 하는 모양이다.

혜리는 오후 5시가 다 되어서 돌아왔다. 제 삼촌 품에 안겨서…, 현관을 들어서는데, 표정이 밝아 보인다. 보기에 여간 좋은 게 아니다. 그간의 조바심, 답답함이 눈 녹듯하였다. 얼른 녀석을 받아 안았다.

이 때 녀석이 나를 은근히 밀치며 자랑을 늘어놓았다.

"하야버지, 이거 보세요. 이거 선글라스예요, 이건 저고리고요, 엄마가 사 주었어요. 짜장면도 먹었어요, 엄청 맛있었어요!!"

제 에미가 환심을 사려고 여러 가지 일을 했구나 싶었다.

내가 지난 삼일 간 어떻게 지냈는지 물어 보았다.

"혜리야, 엄마 집에서 잘 놀았어? 밥두 잘 먹구? 울지 않았어?"

"그런데, 혜리야! 함믄네 집에 간다고 엉엉 울라고 그랬잖어! 왜 안 했어?" 그랬더니 녀석이 하는 말이다.

"엄마가 보내줄 것 같지 않아서요…."

속이 멀쩡하구나 싶었다. 녀석은 함믄네 집에 온 것이 신이 나는 모양이다. 옷을 훌훌 벗어 던지고 이리저리 막 겅중거렸다.

오늘 저녁은 잠이 잘 오겠구나 싶었다.

2005. 9. 15(목) 27~30℃ 한낮 해가 따가움

"하야버지, 나 졸려…, 더 잘 거야!"

녀석이 오늘 제 집으로 가는 날이다. 사실은 어제였는데, 하루를 미뤄 오늘 가기로 하였다.

제 집엘 보내려면 깨워서 밥을 먹여야 하는데, 이게 통 일어날 생각을 않는다. 졸려서 더 자야 한다면서다.

"하야버지, 나 졸려워…, 더 잘 거야!" 돌아누우며 하는 소리이다. 요리조리 이유를 대는 것이 가기가 싫은 모양이다.

시간은 10시를 지나고, 제 집에는 보내야 하고…, 일어나지는 않고…, 제 에미는 성화를 부릴 테고…, 조바심이 나 얼른 깨워 밥을 먹이려는데, 이게 잘 먹지를 않는다. 내가 성질을 부리며 엄포를 놓았다.

"너 그러면 하야버지 도망갈 거야!!"

내가 도망가려는 시늉을 하였다. 그랬더니 이게 벌떡 일어나 내 허리를 꽉 잡았다. 얼른 먹을 테니 도망가지 말라는 것이다. 내가 사정을 하였다.

"혜리야, 얼른 먹어! 그래야 갈 거 아냐? 아니면 엄마한테 혼나…, 너 지난번에 봤잖아!! 그럼 하야버지 속상해…!!"

시간이 어느새 11시를 지나고 있었다. 서둘러야 한다. 녀석을 들춰 업고 밖으로 나갔다. 밥은 제 집에 가 먹이기로 하였다. 이 때다. 녀석이 두 손을 들어 펼쳐 보이며 하는 소리이다.

"하야버지! 엄마 집에서는 이렇게 잘 거예요. 그리고 하야버지 집에서는 이렇게 잘 거구요."

제 집에선 이틀을, 하야버지 집에서는 닷새를 자겠다는 것이다. 그러면서 서둘러 제 집엘 가자고 한다.

2005. 9. 17(토). 21~25℃ 종일 때 아닌 비

"하야버지, 나 제주도에 갔다 올 거예요."

오후 3시, 그제 제 집에 간 혜리가 전화를 했다. 이따가 오겠다는 줄 알았더니 엉뚱한 소리이다.

"하야버지, 나 엄마 아빠하고 제주도에 갔다 올 거예요. 하야버지는 집에 있을 거예요? 제사는 왜 지내지요? 누가 하늘나라에 가셨어요?"

할아버지와 같이 가자고 했다가, "할아버지는 제사를 지내야 한다"고 했더니 그런 말을 하였다. 추석 연휴를 맞아 식구들 모두가 제주도를 다녀온다니 참으로 좋지 않은가!

"갔다가 언제 올 거냐"고 했더니, "내일 온다"고 한다. 믿을 수 없어 아빠를 바꾸라고 했더니 샤워 중이라고 해서 내가 당부를 하였다.

"혜리야, 잘 다녀 와! 울지 말구…! 가서 맛있는 거 많이 먹어! 그리구 전화 자주 해…, 알았지?"

이로부터 한 시간쯤이 지났을까? 혜리애비가 전화를 했다.

"공항으로 가고 있는데, 한 이틀 밤 자고 모레 올 거"라고 하였다.

7시쯤 혜리가 또 전화를 했다.

"하야버지, 여기 김포공항이에요. 아직 비행기에 안 탔어요. 저녁 맛있

게 먹었어요. 제주도에 가서 또 전화할게요."

녀석이 내가 궁금해 하고 있다는 걸 아는 듯하였다.

8시, 혜리가 또 전화를 했다.

"하야버지, 여기 제주도 호텔이에요. 방이 아주 쪼그매요. 냉장고도 작고, 침대도 하나밖에 없어요."

여장을 풀었구나 싶었다. 내가 녀석에게 일렀다.

"혜리야, 잘 놀다 와! 내일 모레 하부지 집에서 만나! 알았지?"

2005. 9. 19(월) 28℃ 그제 비, 다소 쌀쌀

"하야버지, 여기 바다예요…!"

어제 추석날, 제주도에서 혜리가 전화를 했다.

"하야버지, 여기 바다예요. 나 하부지 보구 싶어요!"

목소리에 힘이 없다.

"혜리야, 조금만 더 놀다 와. 할아버지가 기다릴게. 알았지!!"

오늘은 녀석이 3번 전화를 했다. 오후 3시, 8시, 10시 이렇게….

오후 3시 때의 전화다.

"하야버지, 나 오늘 갈 거예요. 점심 먹었어요. 엄마하고 같이 있어요. 혜준이두요."

제 애비를 바꿨더니, 8시 반 비행기인데, 서울에 10시나 돼야 도착할 것이라고 한다. 두 번째 전화는 밤 8시, 비행기를 타기 직전이다.

"하야버지, 여기 공항이에요. 지금 가는 거예요. 또 전화할게요."

궁금증을 풀어주려는 듯 녀석이 계속 중계를 하였다.

밤 10시, 혜리의 세 번째 전화가 왔다.

"하야버지, 나 공항에 내렸어요. 금방 갈 거예요."

제 애비를 바꿨더니, 밤 11에 도착할 거라며 마중을 나왔으면 하였다.

밤 11시, 드디어 녀석이 집에 도착하였다. 현관을 들어서며 녀석이 팔을 벌리고 달려들었다. 꽤 보고 싶었던 모양이다. 배가 고프다기에 계란탕을 끓여 주었더니 밥 한 그릇을 뚝딱 비웠다. 식사를 마친 녀석이 배를 깔고 무엇인가를 그리기 시작하였다. 미국에 간 함므니는 찾지도 않았다.

2005. 9. 20(화) 25℃ 본격 가을, 선들선들

함므니가 없으니, 무얼 해 먹여야 할지….

함므니가 미국에 가고 없으니 녀석의 식사가 걱정이다. 무얼 어떻게 해 먹여야 할지 감이 잡히질 않는다. 문제는 녀석의 입이 아주 짧다는 것이다. 보통 때 먹는 일상적인 반찬을 녀석은 먹지를 않는다. 김치, 시금치, 콩나물, 두부, 된장찌개…, 맵거나 간간한 것, 어떤 것도 말이다. 그러니 식사 때만 되면 신경이 보통 쓰이는 게 아니다.

녀석이 가끔 먹는 것이 있기는 하다. 계란탕, 구운 김, 생새우 조림, 조개구이, 조개국…. 그런데 이것도 한두 번이지, 허구한 날 어떻게 이것만 먹이겠는가! 나중엔 녀석이 지쳐 아예 먹을 생각을 않는다. 먹다가 파나 양파

가 씹히면 당장 혀로 밀어내 끄집어내라고 난리다. 그러니 요리인들 마음대로 할 수 있겠는가!

오늘 아침이다. 무얼 해 먹일까 고민을 하다가, 소고기를 굽고, 계란탕을 끓이고, 구운 김을 내 주었다. 그런데 반기는 눈치가 아니다. 아무리 달래고 종주먹을 대도 먹을 생각을 않는다. 내가 엄포를 놓았다.

"너 그럼 하야버지 도망갈 거야!"

그랬더니 이게 눈물을 흘린다.

이러니 딱하지 않은가? 내가 눈물을 닦아주며 잘못을 빌었다.

2005. 9. 22(목) 25℃ 종일 구름, 쌀쌀

"하야버지, 나 금방 갔다 올게요."

녀석이 오늘 제 집으로 가는 날이다. '한글깨치기' 공부 때문이다. 제 에미는 11시 반까지 보내 달라고 했는데…, 녀석이 잘 일어나지를 않는다.

오전 10시, 자는 녀석을 간신히 깨워 준비를 시켰다. 치카치카며, 세수, 머리손질, 밥 먹기…, 녀석이 억지로 밥을 먹으며 하는 소리이다.

"하야버지, 나 엄마네 집에서 이렇게 자고 올 거예요. 함므니 집에서는 이렇게 잘 거구요." 녀석이 손가락 3개를 펴 보였다가, 나중엔 10개를 펴 보였다. 얼른 갔다가 오겠다는 소리를 이렇게 하고 있었다.

11시, 녀석이 제 삼촌 차를 타고 떠나며 하는 소리이다.

"하야버지, 나 금방 갔다 올게요."

제 집에서 이틀을 잘 텐데, 금방이란다.

그렇게 빨리 오고 싶은 모양이다.

2005. 9. 27(화) 15~2℃ 선들선들, 가을 날씨

죽전 이마트에서 외식을 하였다.

제 집에서 이틀을 보낸 녀석이 그제 돌아왔다. 그래서 오늘은 녀석, 삼촌, 나 셋이서 죽전 이마트에서 외식을 했다. 지난 9월 초 개장한 죽전점은 그 규모와 내용이 수준급이다. 식사류도 다양하고 고급스럽다. 혜리가 원해서 갔는데, 녀석은 우동, 제 삼촌은 새우야채 볶음밥, 나는 탕수육 짜장면 짬뽕을 곁들인 짜장 정식을 주문하였다.

셋이서는 저녁을 맛있게 먹었다. 특히 혜리가 우동을 맛있게 먹었다. 녀석은 오랜만에 먹는 중국음식이 맛이 있었던 모양이다. 제 것을 다 먹고도, 내 짬뽕을 더 가져다 먹었다. 그러면서 하는 말이다.

"하야버지, 우리 내일 여기 또 오자!"

저녁을 먹은 뒤 우리는 쇼핑을 했다. 녀석은 '가트' 기에 앉아 손짓으로 물건을 골랐다. 녀석이 실으라면 무조건 실어야 한다. 아니면 생떼를 부린다. 한참 시장을 보는데, 녀석이 갑자기 소릴 질렀다.

"하야버지! 저기 저 사랑에 베개…, 저거 사 주세요!!"

살펴보니 하트모양의 핑크빛 베개가 진열되어 있었다. 그런데 크기도 작고, 값도 비싸고…, 집에는 베개가 많아 "사지 말자"고 했더니, "하트베

개는 없다"고 소릴 질렀다. 어쩔 수 없이 사야 했다. 집에 돌아온 녀석이 베개를 내다 베고는 자는 척이다. 웃음이 터져 나왔다.

2005. 9. 28(수) 17~28℃ 높고 푸르고, 전형적 가을 날씨

녀석과 사우나를 다녀왔다.

녀석과 사우나를 다녀왔다. 집에서는 자칫 감기가 걸리기 쉽고, 가끔 놀아달라고 하는데, 마땅히 좋은 수가 없어 목욕을 다녀온 것이다.

오후 1시부터 5시까지 4시간의 목욕, 녀석은 목욕탕에만 가면 시간 가는 줄 모른다. 둘이서는 샤워를 하고 잠시 온탕에서 놀다가, 한참을 냉탕에서 덤벙대고 물놀이로 시간을 보냈다.

냉탕은 물이 깊다. 녀석이 까치발을 하고서 서 있으면 물이 목까지 차오른다. 녀석과 난 여기서 수영을 한다며 대부분의 시간을 보냈다.

우리가 목욕을 즐기는 모습이다. 녀석이 물에 엎드리고 내가 두 팔로 녀석을 받쳐 들고, 물을 이리저리 돌아다닌다. 녀석이 내 팔에 들려 수영하는 흉내를 낸다. 두 팔을 허우적대고 발로 물을 차고, 입으로 물을 푸푸한다. 가끔 저 혼자 수영을 하겠다는데, 위험해서 감히 내버려두지를 못한다.

녀석이 목욕을 하면서 배가 고프면 먹을 걸 사 달라고 한다. 치킨과 아이스크림, 찐 계란, 식혜…, 이런 걸 먹고 난 뒤에는 '불가마'와 '얼음방'을 들락거린다. 녀석은 이렇게 사우나에만 가면 시간 가는 줄 모른다.

저녁에는 제 집엘 가야 하는데, 탕에서 나올 생각을 않는다. 제 에미에게

또 욕을 먹을 모양이다.

2005. 9. 30(금) 15~22℃ 지적지적 종일 비

"하야버지, 어디야! 얼른 와서 데리고 가요!!"

녀석이 광주 제 집에 간 지 이틀이 지났다. 별일은 없는지, 잘 노는지, 보고 싶고 궁금하다. 예정대로라면 녀석이 내일 모레 일요일에 오는데, 그 동안이 너무 길고 지루하다. 간신히 참고, 곤지암 태화산에서 물을 긷고 밭엘 들러 오는데, 녀석이 전화를 했다. 얼른 와 데려가라는 것이다.

"하야버지, 어디야? 얼른 와서 데리고 가요!! 엄마한테 그렇게 말하세요."

전화를 바꿨더니 제 에미가 하는 말이다.

"오는 일요일에 보냈으면 하는데, 혜리가 갑자기 가고 싶어하니, 와서 데려가라"는 것이다. 쌓였던 피로와 스트레스가 확 풀리는 듯하였다.

서둘러 밭일을 마치고 녀석의 집으로 갔다. 현관 앞에서 기다리는데, 녀석이 우산을 받쳐 들고 밖으로 나왔다. 두 팔을 벌려 다가섰더니, 녀석이 와락 안기며 반가워 어쩔 줄 모른다.

광주에서 죽전 고개를 넘어 집으로 오는데, 어느새 땅거미가 지고 있다. 집엘 가면 저녁을 해 먹어야 하는데…, 귀찮고 복잡하고…, 그래서 녀석과 이마트에 들러 저녁을 먹었다. 나는 복음밥, 녀석은 우동을 시켰다. 집엘 돌아오니 9시가 지나가고 있었다.

2005. 10. 3(월) 22℃ 개천절, 낮은 구름, 선들선들

녀석과 잠실 롯데월드를 다녀왔다.

간밤에 악몽을 꾸었다. 아침에 일어났는데, 기분이 찌뿌드드하다.

꿈의 내용이다. 어딘가 길을 가다가, 소나기가 쏟아져 옷이 흠뻑 젖었다. 말려야 되겠다 싶어 벗어 놓고 일을 하다가 옷을 찾았더니 없다. 알몸으로 옷을 찾는데, 아는 사람들이 여기저기 눈에 띄었다. 창피해 몸둘 바를 모르다 화장실로 뛰어 들었는데, 지저분하기 이를 데 없었다. 오물이 발에 밟혀 질퍽거리고…, 어찌나 더러운지 몸서리가 쳐졌다. 이 때다. 어디선가 어린 꼬마 녀석이 화장실로 뛰어 들어오더니 내 종아리에 소·대변을 마구 보는 거였다. 아무리 피해도 쫓아다니며 행패를 부렸다.

그러다 어찌 어찌 잠에서 깼는데, 기분이 영 엉망이다. 잠이 오지 않아 일어나 앉아 이런 저런 생각을 하고 있는데, 혜리애비에게서 전화가 왔다.

"아버님! 혜리가 롯데월드에 가고 싶어 하는데, 같이 가시지요?"

새벽 꿈이 머리를 스쳤다. 오늘 하루 조심을 해야 하는데….

오전 11시, 서둘러 아침을 먹고 녀석의 집엘 갔더니, 녀석이 어느새 떠날 채비를 하고 현관에 나와 있었다. 청바지 저고리에 예쁜 가방을 들춰 메고, 모자를 쓰고서다. 기분이 들떠 보였다. 녀석이 나를 보자 달려들어 와락 안기며 하는 소리이다.

"하야버지, 나 하야버지 보고 싶었어요. 우리 롯데월드에 가요?"

녀석이 내 목에 매달려 뺨을 마구 비벼댔다.

롯데월드까지의 운전은 혜리에미가 했다. 혜리와 동생 혜준이, 혜리에

미, 나 이렇게 넷이서 탔다. 운전을 내가 할까 하다가 간밤 꿈 때문에….

롯데월드에는 12시에 도착, 오후 8시까지 자그마치 여덟 시간을 놀았다. 놀이의 내용이다. '바구니 타고 빙빙', '신밧드의 모험', '범퍼 카 놀이', '자동차운전', '모터보트여행', '마법의 성 연극', '동물극장', '모노레일', '목마 타기', '각국의 이색풍물 퍼레이드' 등 여러 가지이다.

혜리는 종일 즐거운 표정이었다. 그 많은 놀이를 즐기고, 맛있는 걸 먹고, 떼를 써도 좋을 할아버지까지 옆에 있으니, 왜 아니겠는가! 하루 종일 겅중거리고, 재잘대면서 함박웃음이었다.

밤 8시, '각국 풍물 퍼레이드'를 끝으로 집에 돌아올 시간, 녀석이 "하야버지 집으로 가겠다"고 떼를 쓰자 제 에미가 승낙을 하였다. 그래서 우린 먼저 제 집에 들러 세워 두었던 내 차를 바꿔 타고 집으로 돌아왔다.

밤 10시였다. 서둘러 밥을 짓고, 계란프라이, 생태찌개를 해서 저녁을 먹고 나니 11시였다. 밥을 먹으며 녀석이 떼를 부리지 않았다. 배가 너무 고팠던 모양이다.

이렇게 하루를 보내고 보니 간밤의 꿈이 길몽이 아니었나 싶었다. 하루를 잘 놀고, 잘 보내고, 녀석의 기분이 저렇게 좋으니 말이다.

2005. 10. 6(목) 15~25℃ 가을 날씨, 선들선들

녀석이 오늘 제 집에 가는 날이다.

녀석이 제 집에서 온 지 3일이 지났다. 오늘은 제 집으로 가는 날이다.

'한글 깨치기' 공부 때문이다. 제 에미는 11시까지 보내 달라고 했는데, 녀석이 10시가 지나도록 일어나지를 않는다.

"혜리야, 일어나야지! 오늘 '한글 깨치기' 하는 날이야. 엄마가 뭐라면 또 어쩔려고 그래…!!"

잔소리를 듣던 녀석이 휙 돌아누우며 하는 소리이다.

"싫어, 나 안 갈 거야!" 녀석이 이불을 뒤집어 쓰고 몸을 움추린다.

그러다 얼마 뒤 일어나서 하는 소리이다.

"하야버지! 우리 엄마네 집에 갔다가 얼른 돌아오자. '한글 깨치기' 만 하구서…. 아얏지?"

"그래 알았어. 그런데 네가 엄마한테 그렇게 말해. 그래야 보내줄 거 아냐!!"

그리고 아침을 먹는데, 이게 잘 먹지를 않는다. 잔소릴 늘어놓으며…, 한 입 받아 물고는 열나절을 오물거린다. 내가 소릴 질렀다.

"에이, 나쁜 계집애! 너 그러면 할아버지 도망 갈 거야!!"

녀석이 내 바지가랑이를 잡고 늘어졌다.

녀석을 제 집에 두고 나오려는데, 마음이 놓이질 않는다. 녀석이 마음이 상하면 어쩌나…, 걱정이 돼서다. 그래서 녀석을 데리고 제 집 주위 놀이터 이곳저곳을 돌아다녔다. 혜준이도 함께 데리고서다. 그런 뒤 제 집을 나서며 내가 작별인사를 했다.

"혜리야, 잘 놀아, 밥 많이 먹고…, 그리고 할아버지 보고 싶으면 전화해, 얼른 올게!!"

녀석이 손을 흔들어 주었다. 그래도 순순히 떨어져 주니 여간 다행한 일이 아니다. 제 집에 안 가겠다고 난리를 치더니…. 녀석은 오는 일요일, 3일 뒤, 제 에미가 교회에 갔다가 데려다 주기로 하였다.

시간이 어느새 오후 2시를 넘고 있었다.

2005. 10. 9(일) 15~22℃ 완연한 가을 날씨, 선들선들

녀석이 제 집에서 돌아왔다.

녀석이 오늘 오기로 한 날이다. 그런데 오후 3시가 넘도록 소식이 없다. 전화를 걸어도 받지를 않는다. 12시 교회에 갔다가 보내주기로 했는데…. 외출을 했다가 6시에 다시 전화를 해 보니 혜리애비가 받는데, '율동공원'이라며 곧 데리고 가겠다고 한다.

그래서 얼른 집으로 돌아와 30분을 기다리는데, 그래도 오지를 않는다. 이것들이 모습을 보인 건 밤 8시가 지나서였다. 혜리는 제 애비 품에 안겨 깊은 잠에 빠져서…, 얼른 받아 안방에 뉘이니 이것이 살며시 눈을 뜨는데 내가 귓속말을 해 주었다.

"혜리야, 여기 하부지 집이야, 더 자…!!"

녀석이 고개를 끄덕이며 베개를 고쳐 베었다. 마음이 놓이는 모양이다.

혜리 핸드폰을 잊어버려 일이 종일 엉망이 되었다는 제 에미의 설명이다. 승강이를 벌였는지 얼굴들이 긴장되어 있었다.

혜리네 식구 넷이 들이닥치니 집안이 시끌시끌하였다. 우리는 밤 9시가 지나서야 비로소 밥을 지어 저녁을 먹었다. 혜리도 깨어서 함께 먹었다. 혜리에미 애비는 녀석을 두고 밤 11시 제 집으로 돌아갔다.

2005. 10. 10(월) 15~21℃, 종일 선들선들

제 집에서 온 녀석이 설사를 한다.

어제 제 집에서 온 녀석이 자꾸 설사를 한다. 음식을 잘못 먹었거나, 뭔가 스트레스를 받은 듯하다. 아침 내내 견디다 더 이상 안 되겠다 싶어 병원을 찾았더니 의사가 하는 말이다.

"음식을 잘못 먹어서…, 아니면 스트레스를 받아서…."

내 생각과 비슷하였다.

3일치 처방을 내주며 우유를 먹이지 말라고 한다.

저녁나절이다. 녀석과 집 앞 주차장에서 자전거를 타고 노는데 녀석이 자꾸 하늘의 비행기를 쳐다보았다. 그러며 내게 다가와 하는 소리이다.

"하야버지, 함므니는 언제 와요?"

녀석이 하늘을 쳐다본 이유를 비로소 알 수 있었다.

그러고 보니 미국에 간 함므니가 돌아오는 날이 내일이다.

내가 녀석을 번쩍 안아 들고 말했다.

"혜리야! 함므니 보고 싶어? 함므니 내일 이맘 때 와."

"내일 이맘 때가 뭐예요?"

"내일 저녁이라는 뜻이야."

"그렇게 빨리요?"

녀석이 기뻐서 어쩔 줄을 몰랐다.

이리저리 겅중거리고 뛰어다녔다.

2005. 10. 11(화) 22℃ 조석으로 쌀쌀

미국에서 함므니가 오는 날이다.

새벽녘, 잠에서 깬 녀석이 아침부터 함므니 타령이다.

"하야버지! 함므니는 이따 저녁에 오세요? 저녁이 다섯 시예요?"

"그럼 난 이제 엄마네 집에 안 가도 돼요?"

"그럼…! 안 가도 되지!!"

그간 녀석은 일주일에 3일씩 제 집에 가 있었다. 함므니가 없어서다. 그런데 함므니가 오늘 온다. 그러니 녀석이 얼마나 좋겠는가! 녀석과 난 종일 저녁이 오기를 기다렸다. 함므니를 만나기 위해서다. 공항마중은 오후 3시, 제 삼촌이 나갔는데 5시가 되도록 소식이 없어 내가 전화를 걸었다.

"비행기는 이미 도착을 했는데, 어머니가 아직 밖으로 나오고 있지 않다"는 것이다. 내가 이걸 혜리에게 알렸다.

"혜리야! 함므니 오셨대…! 인천공항에…! 그러니까 곧 오실 거야 !!"

그러자 녀석이 헐레벌떡 삼촌을 바꿔달라고 하였다.

"삼촌…, 어디야! 함므니 오셨어? 어디 계셔…?" 이로부터 30분이 지났을 때다. 내가 궁금해서 다시 전화를 걸었다. 이번엔 함므니가 직접 받았다.

"응…, 방금 나왔는데, 이제 금방 갈 거야!"

옆에 있던 혜리가 전화를 뺏아서 소리소릴 질렀다.

"함므니! 금방 비행기에서 내린 거예요? 이모도 왔어요? 나 함므니 너무 보고 싶었어요. 그런데 함므니는 왜 이렇게 늦게 오는 거예요! 빨리 오세요. 함므니 사랑해요!!" 녀석이 정신나간 사람처럼 히죽히죽 웃으며 고개를 이리저리 흔들었다. 기분이 너무 좋은 모양이다.

녀석과 난 밖에서 계속 함므니를 기다렸다. 녀석은 자전거를 타고서…. 그런데 시간이 영 가질 않는다. 우린 자전거를 타고 아파트를 몇 바퀴 돌다가, 달리기를 하다가 하면서 시간을 보냈다.

또 30분이 지났을 때다. 오후 6시, 내가 다시 전화를 걸었다.

"공항에서 외곽순환도로를 탔는데, 이제 거의 판교근처"라는 것이다. 20분 뒤면 도착하겠구나 싶었다. 그런데 이번에도 혜리가 전화를 뺏었다.

"함므니! 어디라구요? 판교요? 빨리 오세요! 보고 싶어요!!"

녀석이 기뻐서 어쩔 줄 몰랐다. 이로부터 30분이 지나고 있는데도 함므니는 나타나질 않았다. 답답해서 내가 또 전화를 걸었다.

"응…! 이제 막 판교를 나왔어! 서현동으로 가고 있는 중이야!"

함므니는 저녁밥을 지어 놓고도 얼마를 지나서 들어왔다. 피곤하고 지친 모습이다. 15시간 비행기를 탔으니….

혜리가 팔을 벌리고 현관으로 달려가 안기며 소리를 질렀다.

"함므니! 나 함므니 엄청 기다렸어요! 얼마나 보고 싶었다구요!!"

녀석의 목소리에 생기가 돌았다. 한달 만의 해후인 것이다.

2005. 10. 12(수) 23℃ 푸른 하늘, 따가운 햇살

"하야버지! 나 지금 꿈을 꾸고 있는 거예요?"

녀석이 함므니가 돌아온 게 그렇게 좋은 모양이다. 온종일 싱글벙글 함

므니 곁을 떠나지 않는다. 내가 외출에서 돌아오니 녀석이 하는 말이다.

"하야버지, 나 지금 꿈을 꾸고 있는 거예요?"

무슨 말인지 몰라 내가 다시 물었다.

"아니, 혜리야! 그게 무슨 소리야? 꿈을 꾸다니…!"

"아니, 내가 지금 꿈을 꾸고 있는 거냐구요?"

녀석은 지금 함므니와 같이 있는 게 꿈만 같이 느껴지는 모양이다. 얼마나 좋으면 저럴까…? 내가 장난을 치고 싶어 녀석에게 이렇게 말했다.

"혜리야! 어디 한 번 꼬집어 봐! 네 얼굴…!"

그랬더니 이게 제 뺨을 꼬집으며 하는 말이다.

"아야, 꿈이 아니네요! 하야버지 꿈이 아니에요!"

옆에서 이를 지켜보던 함므니가 하는 소리이다.

"혜리가 오늘 하루 종일 저런데요…!"

도대체 얼마나 좋으면 저럴까….

2005. 10. 13(목) 22℃ 구름, 바람이 선들선들

녀석이 제 집에 잘 적응하고 있다.

녀석을 제 집에 두고 상림리 밭엘 다녀왔다. 참으로 오래 간만이다. 함므니가 미국에 가기 전 다녀오고 처음이니…, 한 달여 만이다.

요즘 아주 좋은 일이 하나 있다. 녀석이 제 집에 잘 적응을 하고 있다는 것이다. 얼마 전까지만 해도 어림도 없는 소리였다. 그런데 요샌 아니다.

일주일에 하루, 더러는 이삼일씩 제 집에 머물고 있다.

아침 10시, 녀석을 서둘러 깨웠다. 밭엘 가야 하고, 제 집에서 '한글 깨치기' 공부를 해야 하기 때문이다.

"혜리야, 얼른 일어나! 오늘 엄마네 집에 가야 돼. '한글 깨치기' 때문에…, 함므니 할아버지는 밭엘 가야 돼!!"

"그럼 나중에 데리러 올 거예요?"

"그럼…! 밭에 갔다 오다가…."

"엄마가 못 데리고 가게 하면…?"

"할아버지가 뺏어오면 되지!!"

그런데 밭일이 너무 오래 걸렸다. 오랜만에 가는 데다 일이 많이 쌓여서다. 혜리한테는 빨리 데리러 간다고 약속을 했는데….

해가 서산에 걸리고, 땅거미가 질 무렵 녀석에게서 전화가 왔다. 목소리에 골이 잔뜩 들어 있었다.

"하아버지! 왜 이렇게 안 오는 거예요?"

내가 함므니에게 소릴 질렀다.

"그것 봐! 혜리가 짜증을 부리잖아! 빨리 가! 나중에 하면 될 걸 왜 그래!!"

우리가 녀석의 집엘 들르니 저녁 7시이다. 집에 가서 저녁을 해 먹자면 늦은 시간이다. 그래서 외식을 하기로 하였다. 녀석의 집 근처 해물탕 집에서 '아귀탕' 으로 저녁을 먹었다. 혜리, 혜준이, 혜리에미, 함므니, 나, 이렇게 다섯이서다. 시간을 보니 벌써 9시가 지나고 있다.

집으로 오는 차안에서 녀석이 계속 콧노래를 불렀다.

2005. 4. 11. 전남 영암군 월출산 도압사(道押寺)

함므니가 도압사 대웅전에서 법회를 가지는 동안
녀석과 난 그 뒤 한적한 곳에서 장난질을 쳤다.
할 일 없는 긴 시간, 무료함을 달래기 위해서다.
흩어진 돌을 모아 불탑을 쌓고,
생각 없이 경내 이곳저곳을 돌아다니고,
골짜기 물에서 떼지어 노니는 산천어를 살펴보고,
명경지수 깨끗한 물…,
그 속을 구르는 모래알을 헤아려 보고….

2005. 10. 14(금) 18℃ 늦가을 날씨, 쌀쌀

편지를 써 놓고 밭엘 다녀왔다.

아침에 밭엘 가면서 내가 편지를 써서 녀석의 머리맡에 놓았다. 아니면 녀석이 또 울고불고 난리를 칠 것 같아서다.

'혜리야!
할아버지야!
함므니하고 밭에 갔다 올 거야.
삼촌하고 잘 놀아!
울지 말고!
밭에 가서 일을 하다가 전화할게.
혜리 사랑해…!!

할아버지

밭에는 할 일이 너무 많다.

팥과 녹두를 따고, 콩을 베고, 깨를 베어 털고, 고구마 · 토란을 캐야 한다. 무엇보다 깨를 베어 터는 일이 급하다. 때를 놓치면 알이 모두 땅바닥에 떨어지기 때문이다. 이런 일을 하자니 해가 어느덧 서산을 넘고 있다. 또 늦겠구나…, 불안해 하고 있는데, 녀석에게서 전화가 왔다.

"하야버지! 왜 이렇게 안 오는 거예요?"

성화였다. 주섬주섬 정리를 하고 출발을 하자니 시간이 어느새 6시를 넘

고 있었다. 서둘러 집에 도착하니 7시, 그런데 녀석이 팔짱을 끼고 고개를 외로 꼰 채 마루 끝에 앉아 말이 없었다. 골이 난 모양이다.

"혜리야, 왜…? 화났어?"

그런데 녀석이 '사우나'를 하고 싶다고 한다. 이 늦은 시간에…!! 내일 가자고 했더니, 눈물을 펑펑 쏟는다. 피곤하다고 해도 소용이 없다. 저녁을 먹고 나니 9시, '사우나'를 다녀오니 밤 12시였다.

직성이 풀려선지 녀석이 거실을 겅중거리고 있다.

2005. 10. 20(목) 19℃ 뭉게구름, 선들선들

녀석과 상림리 밭에서 고구마를 캤다.

녀석을 데리고 상림리 밭엘 갔는데, 일을 할 수가 없다. 녀석 때문에 할 일이 많아서다. 놀 자리 마련, 먹을 거 준비, 원두막 정리, 모기장 설치, 잠자리 마련…, 이런 걸 모두 해야 하기 때문이다.

일을 하면서도 한시 반시 눈을 뗄 수가 없다.

벌레들이 달려들지 않을까, 호미를 가지고 놀다 다치지 않을까, 무심코 냇가로 가지 않을까, 맨발로 돌아다니다 다치지 않을까…, 그런 걱정들이다. 가끔 "쉬가 마렵다. 응가가 마렵다. 놀아달라"고 해서 또 애를 먹인다. 그러니 어디 일을 제대로 할 수 있겠는가!

안 되겠다 싶어 내가 아예 녀석을 밭고랑으로 불러들였다.

"혜리야! 이리 와! 할아버지하고 고구마 같이 캐! 빨리 와!!"

잠시 뒤 곁으로 다가온 녀석이 커다란 고구마 하나를 집어 들고 눈이 휘둥그레져 소릴 질렀다.

"함므니, 이거 보세요! 내가 고구마 캤어요! 디따 커요!!"

허풍을 떠는 녀석을 보면서 함므니가 흥을 돋아주었다.

"알았어. 함므닌 벌써 봤어! 어서 많이 캐…!!"

그런데 녀석이 밭으로 들어온 게 또 문제다. 지가 모든 걸 다 하겠다고 난리를 치니, 도대체 일을 할 수가 없다.

"혜리야, 넌 고구마 캐지 말어! 다쳐…! 할아버지가 캔 거 담기나 해!!

그랬더니 이게 한 술 더 떠 하는 말이다.

"하야버지, 도와줘서 고맙지? 안 피곤하지!"

이게 갈수록 태산이다.

오늘은 서둘렀는데도, 별로 일을 많이 하지 못했다. 녀석 때문이다.

이담에 녀석이 오늘을 기억할 수 있을지 모르겠다.

2005. 10. 22(토) 17℃ 날씨가 갑자기 쌀쌀

녀석이 패션쇼를 벌였다.

오후 5시, 남한산성 산행에서 돌아오니 녀석이 거실에서 패션쇼를 벌이고 있다. 그 모습이 얼마나 예쁘고 깜찍하던지 내가 한참 정신을 빼앗겼다.

녀석이 패션쇼를 준비하는 모습이다. 두 개의 끈이 달린 원피스를 입고, 샌들 모양의 하이힐을 신고, 손목에는 알록달록 팔찌를 차고, 귀에는 황금

색 귀고리를 하고, 머리에는 무당벌레와 토끼문양의 머리핀을 꽂고, 댕기머리 끝에는 예쁜 장식이 달린 머리핀으로 머리를 틀어 단정히 묶었다.

녀석의 이런 모습을 보고 있자니, 차림과 모습이 참으로 예쁘고 멋지고 조화를 이루는구나 싶었다. 녀석이 이런 모습으로 두 팔을 들어 내 앞에서 한 바퀴 빙 돌았다. 그런데 그 모습이 마치 하늘의 선녀가 땅에 내려와 춤을 추듯 아름다워 보였다. 내가 녀석에게 찬사를 보냈다.

"어유! 우리 혜리 정말 예쁘네…!! 백설공주보다 훨씬 더 예뻐!!"

그러자 녀석이 머리를 흔들었다. 아니라는 것이다. 그런데 그 모습이 오히려 훨씬 더 아름답고 예뻐 보였다. 오후 7시에는 녀석이 술래잡기를 하자고 고집을 부렸다. 술래는 녀석과 내가 번갈아 하기로 하였다.

녀석이 술래가 되어 나를 숨으라며 하는 소리이다.

"무궁화 꽃이 피었습니다."

내가 숨을 곳을 찾아 이리저리 겅중거렸다. 거실의 커튼 뒤, 베란다 화분 뒤, 옷장 속 옷걸이 뒤, 식탁 밑, 그리고 문간 뒤…. 그런데 녀석이 여기저기 기웃거리다 나를 찾고는 좋아서 어쩔 줄을 모른다. 어쩌다 찾지 못하고는 겁에 질린 모습으로 울상이 되어 소리쳐 불렀다.

"하야버지…!!"

지가 숨을 때는 숨을 곳으로 살금살금 가면서 하는 소리이다.

"하야버지! 잠깐만요…, 하야버지 잠깐만요!!" 그러니 지가 숨는 곳을 다 알려주고 있다. 내가 짐짓 모르는 척 이곳저곳을 돌아다니며 찾는 시늉을 하였다. 그러다가 이렇게 소리를 질렀다.

"못 찾겠다 꾀꼬리…!!"

그러면 녀석이 이내 뛰어나오며 좋아서 깔깔거렸다.

2005. 10. 25(화) 21℃ 하루 종일 쌀쌀

녀석과 메뚜기를 잡고, 활을 만들고….

녀석과 상림리 밭엘 갔다가 하루 종일 놀기만 하였다. 녀석이 가로거쳐 일을 할 수 없어서다.

처음에는 원두막 근처에 놀 자리를 마련해 주고 일을 시작하였다. 그런데 일을 하다 보니 녀석이 보이질 않는다. 그래서 큰 소리로 부르는데 대답이 없다. 그러니 부리나케 달려가 볼 수밖에…. 녀석이 흙으로 소꿉놀이를 하느라 정신이 없는 거였다. 놀란 가슴을 쓸어내리며 내가 잔소릴 하였다.

"에이…, 이 계집애! 왜 대답을 안 해!!"

그랬더니 이게 대수롭지 않다는 듯 하는 대답이다.

"그냥요…!!"

일을 하다 보니 이런 일이 자꾸만 생긴다. 그래서 아예 옆에다 데려다 놓고 일을 하기로 하였다. 그런데 말썽거리가 자꾸 생긴다.

토란을 캐다가 지렁이가 나오자 녀석이 이걸 집어 달라고 조른다. 징그럽고 무섭다고 해도 막무가내다. 지푸라기로 간신히 집어주었더니 떨어트리고는 또 집어 달라고 한다. 이러니 어디 일을 할 수 있겠는가.

안 되겠다 싶어 메뚜기를 잡기로 하였다. 메뚜기는 논이며 밭, 풀 섶, 어디에나 지천이었다. 얼마를 잡자니 플라스틱 어항으로 한 그득이었다. 이걸 보고 녀석이 하는 소리이다.

"하야버지! 이거 구워 먹을 거야?"

이걸 먼발치서 바라보고 있던 함므니가 하는 잔소리이다.

"하부지!
놀이터 가자!!"

"아니, 도대체 그러고 무슨 놈의 일을 해…!! 풀 섶으로 다니다 다치기라도 하면 어쩔려구…!! 사람이 철이 있어야지…!"

메뚜기를 잡고 났더니, 녀석이 이번엔 활을 만들어 달라고 한다. 활 만들 재료는 지가 벌써 꺾어 놨다는 것이다. 원두막으로 가 보니, 깡마른 망초대와 비닐 끈이 놓여있었다. 활을 만들려고 녀석이 준비를 해 둔 것이다.

망초대는 힘이 없어 잘 부러졌다. 그래서 밭둑에서 싸리나무를 꺾어다 그럴싸하게 활을 만들어 주었다. 녀석이 좋아서 어쩔 줄을 몰랐다. 살도 끼워 보고 시위도 당겨 보고…, 그러다 흥분해서 소릴 질렀다.

"만세!! 우리 하야버지 만세!! 정말 잘 만들었어요!"

오늘 나는 거의 일을 하지 못했다. 함므니에게 눈총만 받았다.

메뚜기는 집에 돌아와 후라이팬에 볶아 먹었다.

녀석이 나보다 훨씬 많이 맛있게 먹었다.

2005. 10. 26(수)19℃ 전형적인 가을, 쌀쌀

치과, 이마트, 까르프를 돌아다녔다.

녀석, 함므니, 나 셋이서 종일 치과 이마트 까르프를 돌아다녔다. 녀석을 혼자 집에 둘 수 없어서다.

수내동 치과에 들렀을 때다. 녀석이 치료를 받고 있는 함므니를 직접 봐야 한다고 고집이다. 의사선생님이 함므니를 아프게 하는지 아닌지 살펴봐야 한다는 것이다. 기회는 이 때다…, 내가 은근히 압력을 가했다.

"혜리야! 너 이 잘 닦어! 아니면 함므니처럼 저렇게 썩어!!"

녀석이 손가락을 입에 문 채 고개를 끄덕였다. 겁이 나는 모양이다.

치과를 나와 우린 지하상가, 이마트, 아울렛 그런 곳을 돌아다녔다. 지하상가에서 녀석은 늘 그랬던 것처럼 튀긴 새우, 튀긴 오징어, 식혜, 그런 걸 먹었다. 이마트에서는 제 런닝셔츠 두 벌, 아울렛에서는 추리닝 두 벌을 샀다. 흰색 셔츠에 회색과 핑크빛 추리닝이다.

여기저기 다닐 때 난 녀석을 내 목 위에 올려놓고 돌아다녔다. 녀석이 걷지 않겠다고 떼를 써서다. 집에 돌아와 추리닝을 입어 보면서 녀석이 멋지다며 싱글벙글이었다. 기분이 좋은 모양이다.

2005. 10. 28(금) 17℃ 제법 쌀쌀, 한기

"그럼, 하야버지 내 쫓을 꺼다…."

밤 9시, 뉴스가 막 진행 중인데 녀석이 놀아달라고 한다. 뉴스를 봐야 하는데…, 그래서 놀아줄 수 없다고 했더니 이게 무력시위다. 녀석의 시위모습이다. 앙증맞은 두 손을 양 겨드랑이에 끼고, 가슴을 안으로 조금 웅크리고, 허리를 굽힌 상태로, 입을 옆으로 찡그려 악물고, 오른발을 앞으로 내밀고 토닥거리며, 째려보는 거였다. 그 모습이 너무 웃겨 내가 박장대소를 했더니, 이게 더욱 성난 척을 하며 하는 말이다.

"그럼 하야버지 내쫓을 거다. 알겠어!!"

기회는 이때다. 내가 밖으로 나가는 시늉을 하며 성난 척을 하였다.

"할부지!
놀이터 가자!!"

"그래, 할아버지 나갈 거야! 너 말리지 마!!"

그랬더니 이게 내 허리를 꽉 잡고 허둥대며 하는 말이다.

"안 돼! 안 돼! 하야버지 나가지 마!!" 녀석이 겁을 먹은 모양이다.

내가 마음을 돌린 척 돌아와서 녀석에게 사정을 하였다.

"혜리야! 할아버지 뉴스 조금만 더 보고 놀아줄게, 알았어?"

그랬더니 녀석이 이번엔 지가 되레 성난 척을 하였다.

"싫어! 나 나갈 거야! 나가서 혼자 놀 거야!!"

이게 현관으로 뛰어 나가면서 신발을 신는 척을 하였다.

내가 쫓아나가 녀석을 부둥켜안고 놀아주겠다고 하였다.

우리는 가위, 바위, 보를 하고서 술래잡기를 시작하였다.

2005. 10. 30(일) 17℃ 흐리고 비, 종일 쌀쌀

분당 '새벽월드교회' 를 다녀왔다.

오후 1시, 녀석과 분당 '새벽월드교회' 를 다녀왔다.

주말 성경학교 유치부에서 '놀이공부' 가 있어서다. 놀이공부를 마치고 우리는 롯데백화점 먹거리장터에서 점심으로 '우동' 을 먹었다.

그런데 녀석이 맛이 없다며 수저를 일찍 놓았다.

저녁 9시, 뉴스가 막 진행중인데, 녀석이 밖으로 놀러 나가자고 한다.

옆에서 지켜보던 함므니가 노발대발이다.

"아직 감기도 다 낫지 않았는데, 어딜 나가려고 그래…!"

"감기 약이 다 떨어져 먹을 것도 없는데…. 함므니 속 썩이려고 그래…!!"
그래도 녀석은 아랑곳하지 않았다. 계속 나가기를 고집하였다.
어쩔 수 없이 나갔더니 바람이 의외로 차가웠다.
녀석이 덜덜덜 떨면서 콧물을 흘리고, 기침을 하면서 난리였다.
얼른 집으로 들어왔더니, 함므니가 또 잔소리이다.
"감기가 심해지면 데리고 병원엘 갔다 오라"는 것이다.
녀석이 나오는 기침을 참으려고 손으로 입을 막았다.

2005. 10. 31(일) 15℃ 쌀쌀한 가을 날씨

아침에 먹은 음식을 모두 토했다.

용인 백암으로 물을 길러 가다가 녀석이 토하는 바람에 애를 먹었다.

오전 10시, 죽전 집을 떠나 구갈을 지나려는데 녀석이 심한 기침을 시작하였다. 그러다 말겠거니 했더니…, 아니다. 녀석이 아침에 먹은 음식을 모두 토하는 거였다. 감기 때문이라는 생각이 들었다. 난 갑자기 생긴 일이어서 정신을 차릴 수 없었다. 차를 길옆에 세우고 정리를 하였다.

함므니는 토하는 걸 두 손으로 받아내느라 정신이 없었다. 녀석이 토하기를 서너 번 반복하더니, 함므니 가슴에 기대어 정신을 차리지 못하고 기운이 없었다.

한참 정리를 하고 보리차를 몇 모금 마신 뒤에야 녀석이 정신을 차렸다. 그런데 백암 '원님샘물'에 가 보니 샘가에 '식용수 부적합' 팻말이 박혀 있었다. 검사결과 대장균이 기준치 이상으로 검출되었다는 것이다.

우리는 할 일 없이 곧 돌아와 병원을 찾았다. 진찰을 한 의사의 말이다.

"아직 감기가 다 낫지 않았습니다. 차에서 어지러워 토한 것 같습니다."

우리는 서현동 '다래성' 에 가서 점심을 먹었다.

녀석이 좋아하는 우동으로…, 참으로 긴 하루였다.

2005. 11. 2(화) 16℃ 구름이 끼고 선들선들

"하야버지, 어디 가! 나 심심하단 말야…!!"

낮 12시, 친구와 약속이 있어 나가려는데 녀석이 다가와 하는 소리이다.

"하야버지, 어디 가! 나하구 놀아주지 않고…! 나 심심하단 말이야!!"

그러니 어디 나갈 수 있겠는가. 자리에 앉을 수밖에…. 내가 녀석의 옆에 앉아 녀석을 다독였다.

"그래, 그럼 안 나가! 혜리하고 같이 놀 거야!!"

그랬더니 녀석이 계속해서 하는 말이다.

"하야버진 친구만 만나! 난 안 놀아주구…!"

내가 그렇지 않다고 변명을 해도 소용이 없다.

이 때 부엌에서 생채를 썰던 함므니가 나를 도와 주었다.

"아니, 12시에 만나기로 했다면서 왜 안 나가?"

내가 녀석의 엉덩이를 다독이며 사정을 하였다.

"혜리야! 할아버지 나가도 괜찮어? 그럼 갔다 올게!"

그랬더니 녀석이 하는 소리이다.

"아얏어!!"

내가 얼른 자리를 빠져 나갔다.

2005. 11. 3(수) 23℃ 가을답지 않은 따뜻한 날씨

'명문갈비' 집에서 점심을 먹었다.

광주 제 집에 가서 '한글 깨치기' 공부를 하고 돌아왔다. 녀석, 함므니, 나 셋이서다. 정오쯤 제 집엘 갔더니 두 살짜리 혜리 동생 혜준이가 반가워 어쩔 줄 모른다. 허겁지겁 기어나오며, 꽥꽥 소리를 지르고, 싱글벙글하였다. 내게 안긴 제 언니를 보고는 저도 안아 달라고 팔을 허우적거렸다.

우리 셋이는 돌아오는 길에 창곡동 '명문갈비' 집에서 점심을 먹었다. 갈비 맛이 워낙에 좋아서 그런지, 녀석이 맛있게 많이 먹었다.

새벽 1시, 벌써 자야 할 시간인데, 녀석이 잘 생각을 않는다. 텔레비전을 보다가, 컴퓨터에 들어있는 '톰과 제리' 를 보다가…, 그러다가 이 방 저 방을 돌아다니며 수선을 떨었다. 자고 있던 함므니가 깨어서는 어여 자라고 성화봉사였다.

정신 없이 돌아다니던 녀석이 일기를 쓰고 있는 내게 와 하는 소리이다.

"하야버지! 이게 뭐예요? 일기예요? 읽어 주세요!"

그래서 읽어 주었더니 녀석이 하는 소리이다.

"아~아, 그렇구나…!" 무언가 감이 잡히는지 녀석이 고개를 끄덕였다.

내친김에 내가 녀석에게 한 마디 더 귀띔을 해 주었다.

"혜리야! 이담에 커서 이거 읽어 봐! 재미있을 거야! 알았지!"

그랬더니 녀석이 고개를 끄덕이며 싱글벙글이었다.

언젠가 녀석이 이 글을 재미있게 읽었으면 좋겠다.

2005. 11. 4(목) 23℃ 가을 날씨, 따뜻

녀석을 제 집에 두고 밭엘 다녀왔다.

녀석을 제 집에 데려다 놓고 밭엘 다녀왔다. 콩을 털어 오기 위해서다.

밭에서 콩을 터는 데에는 시간이 많이 걸렸다. 전문 농기구가 없어서다. 옛날 같으면 기계와 도리깨로 쉽게 털었을 텐데…, 그런 것들이 없으니 일이 잘 될 리 없다. 궁리 끝에 산에서 싸리나무를 베어다 이걸로 콩을 털기로 하였다. 함므니와 난 종일 싸리나무로 콩 가지를 두드려 콩 타작을 하였다. 그래도 발로 밟아 비벼 터는 것보다는 훨씬 나았다. 털어 보니 의외로 수확이 많아 서너 말쯤 되었다. 함므니와 난, 해가 질 무렵까지 콩을 털었다. 돌아오는 길에 녀석의 집에 들렀더니, 이것이 얼른 가자고 재촉이다. 녀석의 말투는 제 집이 남의 집이고 함므네 집이 제 집이라는 식이다.

집에 돌아온 녀석, '톰과 제리' 를 보느라 여념이 없다.

2005. 11. 5(토) 23℃ 늦가을 날씨, 포근

며칠째 감기에 걸려 있다.

녀석이 며칠째 감기로 기침을 놓지 못하고 있다. 그래서 병원을 가려는데, 이게 옷에 지나치게 신경을 쓰고 있다. 옷을 있는 대로 방안 가득 펼쳐 놓고 입었다 벗었다를 반복하였다. 좋을 듯해서 골라주면 팽개치고 난리였다. 양말을 신을 때도 마찬가지이다. 색깔과 모양 디자인을 요모조모 따지며 유난을 떨었다. 그러면서 하는 말이다.

"하야버지, 나 자꾸만 남자처럼 만들려구 그래…!!"

끝내 이것이 지가 고른 옷과 양말을 신고서 길을 나섰다.

아직 5살도 안 된 녀석이 뭘 알고 그러나 싶었다. 오후 5시, 외출에서 돌아오니 찰흙으로 빚은 꽃 한 송이가 책상 위에 놓여 있었다. 혜리가 할아버지에게 선물을 한다며 만들었다는 것이다. 내가 녀석을 덥석 안아 엉덩이를 토닥거려 주었다. 밤 11시, 녀석이 함므니 젖을 먹겠다고 해서 다툼이 벌어졌다. 녀석은 먹겠다고 하고, 함므닌 주지 않겠다고 하고….

잠시 뒤 조용해서 방을 들여다보니 함므니와 녀석이 한 데 뒤엉켜 있다. 가까이 가서 보니 녀석이 젖을 물고 자고 있다. 녀석이 이겼구나 싶었다.

2005. 11. 6(일) 19℃ 늦가을 날씨, 쌀쌀

교회를 다녀오고, 자전거를 타고…

녀석과 종일 바쁘게 지냈다. 낮 12시에는 교회를 다녀오고, 오후에는 율동공원 사진 전문점 '앤하우스'에 가서 가족사진을 찍었다. 그 뒤에는 해가 넘어 갈 때까지 율동공원에서 자전거를 타며 시간을 보냈다.

새벽교회에서 율동공원으로 가는 중에 뒤차와 실랑이가 있었다. 건널목에서 차선을 바꿨다고 따라오며 경적을 울려대서다. 길을 건너자 갓길에 차들이 세워져 있어서 어쩔 수 없이 차선을 바꾼 것인데…. 뒷좌석에 녀석이 타고 있어 대충 다투다 자리를 떴다. 기분이 영 찜찜하였다. 어린 혜리가 뒤에 타고 있는데…, 미안한 생각이 들었다. 그런데 이날은 참 이상하다. 돌아올 때에도 뒤차와 실랑이가 있었다. 지하도를 진입하려는데 앞차가 서서 나도 섰더니, 뒤에서 경적을 울려대는 거였다. 어찌 할 수 있는 상황도 아닌데…. 내가 다투려는데 녀석이 말렸다.

"하야버지, 저 차가 갈 수 없으니까 그렇잖아요!"

"혜리야! 할아버지도 갈 수 없는데…!"

"그렇지만 싸우지는 말아야지요. 좋게 이야기해야지요!"

하기는 그렇다. 내가 더 이상 다투지 않고 물러서기로 하였다.

2005. 11. 7(월) 18℃ 어제에 이어 계속 쌀쌀

"하야버지는 나쁜 놈이야! 나만 안 놀아주구…."

자는 녀석을 혼자 두고 몰래 제 집엘 다녀왔다. 함므니와 함께, 혜리동생 혜준이를 데려와야 해서다. 제 에미가 피아노 학원엘 나가야 하기 때문이다. 다녀와 보니 혜리가 혼자 소파에 앉아 TV를 보고 있었다.

순간 가슴이 덜컹하고 아찔한 생각이 들었다. 아직 자고 있으려니 했는데…!

녀석들을 함께 데리고 있자니 이것들 시샘이 말이 아니다. 혜리를 안아주면 혜준이가 징징거리고, 혜준이를 안아주면 혜리가 징징거렸다. 노래를 부를 때에도, 무동을 태울 때에도 그랬다. 시샘이 너무 심해 눈치를 봐야 했다.

"하야버지는 나쁜 놈이야! 나만 안 놀아주구!" 혜리의 불평이었다.

녀석들은 저녁을 먹으면서도 시샘을 부렸다.

"혜리야, 이거 봐! 혜준이는 이렇게 밥을 잘 먹잖아!!"

그랬더니 녀석이 제 밥을 순갈로 푹푹 퍼먹는 거였다.

옆에서 보자니 목이 메일 것 같았다.

내가 얼른 혜리에게 칭찬을 해 주었다.

"어유, 우리 혜리 정말 잘 먹네! 착해라!"

2005. 11. 9(수) 18℃ 흐렸다 갰다, 선들선들

녀석을 데리고 제 집엘 다녀왔다.

혜리를 데리고 제 집엘 다녀왔다. 제 동생 혜준이를 데려오기 위해서다. 제 에미가 피아노 학원 일로 계속 바쁘기 때문이다.

그런데 이것들의 시샘이 오늘도 계속되었다. 내가 제 집에서 혜준이를 안고 나오려 하자, 혜리가 심술을 부렸다. 제 동생을 내 팔에서 막 밀쳐내면서다.

"혜리야! 이러다 혜준이 다쳐!! 할아버지가 어떻게 둘 다 안어!!"

"그래도 안아 줘! 안아 달라구…!!" 녀석이 짜증을 부렸다.

옆에서 지켜보던 함므니가 소릴 질렀다.

"그럼, 너…, 네 집에 떼어놓고 갈 거야!!" 녀석이 잠시 주춤거렸다.

녀석들의 시샘은 병원에 가서도 계속되었다.

며칠째 감기여서 병원엘 들렀는데, 이것들이 모두 내 팔에 안기겠다는 것이다. 혜리는 컸으니 혜준이를 안아야 한다고 했더니 녀석이 밖으로 나가 들어오지를 않는다. 얼른 나가 보니 녀석이 복도에서 왔다갔다 하였다. 내가 귀여워 얼른 부둥켜안고 복도를 겅중거렸다.

돌아오는 길에 상가엘 들렀더니 녀석이 이것저것 마구 집어 들었다.

찹쌀 도너츠, 튀김 오징어, 튀김 닭다리, 튀김 고구마…, 녀석은 그러고도 옆 가게로 가서 과자들을 더 집어 들었다. 그러면서 하는 말이다.

"쉿! 하야버지, 이건 함므니한테 말하지 마, 비밀이야!!"

계집앤 밤늦게까지 '신데렐라' 를 보면서 빈둥거렸다.

2005. 11. 10(목) 18℃ 비교적 포근, 종일 구름

감기 때문에 병원을 다녀왔다.

며칠째 감기인 녀석이 오늘은 참기 어려운 모양이다.

아침인데 몸이 쑤시고 아프다며 누워서 꼼짝을 하지 못했다. 어제 함므니와 샤워를 한 것이 증세를 더욱 악화시킨 모양이다.

오후인데 열이 오르고 두통이 심해 병원을 찾았다. 다녀와서는 약을 먹이고 진정을 시켰는데도 차도가 거의 없다. 녀석은 저녁도 먹지 못하고 계속 소파에 누워 있었다. 속이 상하고 머리가 지끈거렸다. 안타까워 녀석을 끌어안고 저녁 내내 소파에 누워 있었다.

아침 일찍 병원을 다녀올 걸 그랬나…, 하는 생각이 들었다.

2005. 11. 11(금) 18℃ 따뜻하고 종일 구름

하루 사이 감기가 다 나았다.

녀석이 오늘은 살 만한 모양이다. 새벽에 일어나 TV를 보며 재깔거리는데, 머리를 짚어 보니 열이 없다. 두통도 없는 듯 밝은 표정이다. 하도 신기해서 내가 물었다.

"혜리야! 어떻게 된 거야, 이제 안 아퍼?"

녀석이 웃으며 하는 말이다.

"네…! 하야버지, 나 이제 다 나았어요!!"

참으로 신기하다. 어제 저녁만 해도 두통에다 몸이 불덩어리 같더니….

아침 식사를 하며 내가 함므니에게 물었다.

"아니, 어떻게 된 거야? 어제 저녁만 해도 그렇게 심하더니…!!"

"내가 지어 온 약에다, 집에 있는 상비약을 섞어서 먹였어!"

아~! 그래서였구나 싶었다. 경험이 반 의사인 모양이다. 어쨌거나 녀석이 저렇게 잘 놀고 있으니 정말 다행이다.

2005. 11. 14(월) 15℃ 바람이 세고 쌀쌀

녀석이 폐렴에 걸렸다.

녀석이 폐렴에 걸렸다. 요 며칠 감기로 고열에 심한 기침을 해서 병원엘 갔더니 의사가 하는 말이다.

"폐렴기가 있네요. 감기가 아직 안 나았습니다. 입원을 시킬 수 있나요?"

입원은 시킬 수 없는 형편이다. 제 에미가 바빠서 혜리 동생 혜준이까지 봐 주어야 하기 때문이다. 의사가 계속 하는 말이다.

"혜리가 신경을 많이 쓰는 모양이네요. 폐렴으로 가는 걸 보니…."

제 동생이 와 있어서 함므니를 뺏길까 봐 시샘하느라 그러는 것 같다는 함므니의 설명이었다. 별것 아닌 걸 가지고도 가끔 신경질을 부린다고 하면서…. 의사가 녀석의 머리를 짚어보며 몇 가지 주의사항을 알려 주었다.

"예쁜 아가씨가 아파서 어떻게 해? 밥 많이 먹고, 잠 잘 자고, 잘 놀고, 물

많이 마시고…, 알았지?”

녀석이 고개를 끄덕였다. 빨리 나아야 할 텐데 걱정이다.

2005. 11. 15(화) 13℃ 제법 쌀쌀, 초겨울 날씨

함므니와 사우나를 다녀왔다.

아침 10시, 함므니가 녀석에게 물었다.

“혜리야! 이따가 함므니하고 사우나 갔다 올까?”

목욕을 하고 오면 감기가 빨리 나가지 않을까 해서다.

녀석이 기분이 좋은지 소릴 지르고 손뼉을 쳤다.

“그래요 함므니! 그거 참 좋은 생각이에요. 오케이예요.”

오후에 녀석이 함므니와 사우나를 다녀왔다. 난 집에서 혜준이를 돌봤다. 그런데 함므니가 보통 때보다 훨씬 빨리 사우나에서 돌아왔다. 갑자기 어지러워서 그랬다는 것이다. 저러다 쓰러지면 어쩌나…, 걱정이 되었다.

녀석에겐 감기보다 해결해야 할 문제가 하나 더 있다. 밥을 잘 먹지 않는다는 것이다. 그러면 감기가 낫지 않는다고 해도 막무가내다. 한두 숟갈 받아먹고는 입을 닫아 버린다. 그나마 한나절을 오물거린다. 소리를 지르면 눈물을 질금거려 그러지도 못한다. 속이 상한다.

2005. 11. 16(수) 10℃ 심한 바람, 쌀쌀

감기와 폐렴이 다 나았다고 한다.

감기와 폐렴이 어떻게 됐는지 궁금해서 녀석과 병원을 찾았다. 의사의 말이 거의 다 나았다는 것이다. 병원을 다녀오면서 함므니가 전복과 사골을 한 보따리 사 왔다. 의사가 잘 먹이라고 했다면서 죽과 사골국을 끓여 먹이기 위해서다.

그런데 녀석이 끓인 전복죽과 사골국을 잘 먹지 않는다. 함므니가 그릇을 들고 좇아다니며 먹이느라 정신이 없다. 저녁을 먹고는 녀석과 함께 아파트 주변을 돌아다녔다. 의사가 매일 10분 이상씩 걷기를 시키는 것이 좋다고 해서다. 배에 찬 개스를 빼내기 위해서라고 한다. 녀석과 난 손을 잡고 다니며 두런두런 이야기를 나누고 동요를 불렀다.

놀이터에 가서는 그네와 시소, 목마를 타면서 시간을 보냈다.

2005. 11. 17(목) 10℃ 흐리고 쌀쌀

녀석과 방패연, 가오리연을 만들었다.

아침에 녀석과 연을 만들었다. 방패연과 가오리연이다. 우린 이걸 만들어 밖에서 날리려 하였으나 함므니가 뭐라고 해서 그러지를 못했다.

"또 애 감기 들리려고 그러느냐! 도대체 정신이 있는 사람이냐…!!"

연을 만들게 된 동기는 우연히 문구점에 들렀다가 연의 재료를 보고서다. 이걸 사 들고 들어와 연을 만드는데, 녀석이 신바람이 났다. 풀, 가위, 칼을 갖다 달라고 하면 말이 떨어지기 무섭게 대령이었다.

"네! 아얏어요, 하야버지!"

가끔 녀석이 지가 연을 만들겠다고 떼를 써서 애를 먹었다. 연에 풀칠을 하는 일, 구멍을 뚫는 일, 실을 매는 일 같은 걸 말이다.

연이 다 만들어지자 녀석이 밖에 나가 날릴 채비를 하였다. 옷을 주섬주섬 입고 모자를 눌러 쓰면서 신바람이 났다. 이걸 본 함므니가 잔소리이다.

"이 계집애! 너 어디 나가려고 그래! 액 죽고 싶어서 그래, 어…!!"

녀석과 난 입었던 옷을 다시 벗었다.

2005. 11. 18(금) 8℃ 바람이 차갑고 쌀쌀

녀석과 방패연을 날렸다.

녀석과 연을 날렸다. 어제 만든 방패연을 가지고 아파트 앞에서…, 오전과 오후 두 번에 걸쳐서다.

밖으로 나갈 때, 녀석은 마치 얼음판에라도 가는 것처럼 마스크 목도리 외투로 중무장을 하였다. 함므니도 어서 다녀오라고 다독여 주었다. 나가 보니 산들바람이 연을 날리기에 제격이었다. 얼레를 풀자 연이 하늘로 솟구치며 몸을 이리저리 흔들었다. 얼레의 실이 순식간에 풀리며 연이 아파트 위로 높이 솟았다. 이걸 바라보던 녀석이 괴성을 지르며 저도 날리겠다고 성화였다. 그러나 연이 갑자기 가라앉자 녀석이 놀라 소릴 질렀다.

"하야버지! 하야버지! 어떡해…!!"

바람이 가라앉고, 얼레의 줄을 당겼다 놓았다를 하지 않아서다.

그러다 연이 나뭇가지에 걸려 이걸 꺼내려고 한참 애를 먹었다. 결국 트렁크에서 잠자리채를 꺼내 나뭇가지의 연을 간신히 끌어내렸다.

한참 연을 날리다 녀석이 손이 시리다고 해서 집엘 들어갔더니, 함므니가 잔소리이다.

"아니, 애가 이 지경이 될 때까지 뭘 하고 있었어! 손이 새빨갛구먼…." 함므니가 두 손으로 녀석의 손을 감싸고 호호 불어주었다.

녀석과 난 오후에도 또 연을 날렸다. 이번엔 가오리연이다. 날려 보니 방패연보다 훨씬 잘 날았다. 비틀거리지도 않고, 상승기류를 타고 꼬리를 흔들며 하늘로 치솟았다. 녀석이 신기한 지 얼레를 잡고 하늘을 올려다보며 싱글벙글이었다. 그런데 연이 또 남의 집 7층 베란다에 걸리고 말았다. 아무리 흔들어도 떨어지질 않는다. 그러니 어쩌겠는가. 남의 집 현관을 두드릴 수도 없고…. 그래서 망설이고 있는데, 녀석이 하는 소리이다.

"그것 봐라! 그러게 누가 그렇게 높이 날리랬어…!!"

녀석이 남의 말하듯 하였다.

2005. 11. 19(토) 9℃ 바람이 없고, 쌀쌀

녀석이 요즘 밥을 잘 먹지 않는다.

녀석이 요즘 밥을 잘 먹지 않는다. 오늘 점심때도 그랬다. 밥을 차려놓고 아무리 불러도 오지를 않는다. 함므니와 난 식사중인데, 녀석은 소파에서 TV만 보고 있다. 밥그릇을 들고 다가가 먹이려고 애를 써 보았다. 그런데 도대체 먹을 생각을 않는다. 왜 그러는지 그 이유를 통 알 수 없다. 뭔가 마음에 들지 않는 것이 있어서 그런가보다.

가만히 보면 녀석의 식 습관은 고쳐야 할 것이 몇 가지 있다. 편식에다 잘 먹으려 하지 않고, 먹여 주어야 하고, 김치 같은 건 아예 입에 대지 않고, 한 입 받아 물고는 한나절을 오물거린다는 것이다.

밥을 먹이며 잔소릴 해도 소용이 없다.

"그러면 몸이 약해진다. 공부를 못한다. 동생 혜준이가 언니가 된다."

글쎄 빨리 고쳐야 할 텐데, 잘 될지 모르겠다.

2005. 11. 21(월) 13℃ 날씨 포근, 산들바람

요즘 전화 받는 솜씨가 좋아지고 있다.

요즘 녀석의 전화 받는 솜씨가 좋아지고 있다. 아침나절 샤워 중에 전화가 왔는데, 녀석이 받아서 하는 소리이다.

"여보세요! 저 혜린데요. 누구시지요?"

"하야버지! 학교래요! 선생님…! 얼른 전화 받으세요."

받아 보니 정년 전 학교의 김 선생님이다.

"어유, 선생님! 혜리가 어떻게 그렇게 전화를 잘 받지요. 참 똑똑하네요. 시간 가는 줄 모르시겠어요."

김 선생님은 25일 학교에서 모임이 있으니 참석해 달라고 하였다.

저녁나절에도 녀석이 전화를 받았다.

"여보세요, 누구세요? 저 혜린데요…!"

그러더니 수화기에다 아주 조심스럽게 하는 말이다.

"잠깐만 기다리세요. 바꿔 드릴게요. 엄마는 소파에 앉아 계시거든요."

그러고 보니 녀석이 며칠 있으면 벌써 여섯 살이 된다.

2005. 11. 23(수) 15℃ 오전 쌀쌀, 한낮 포근

혜준이가 혜리를 물어 소동이 벌어졌다.

혜준이 녀석이 혜리를 물어 한참 소동이 벌어졌다. 오후 2시, 거실에서 신문을 보고 있는데, 서재에서 혜리의 다급한 목소리가 들려왔다.

"어…, 하야버지, 혜준이가…! 혜준이가…!"

깜짝 놀라 뛰어가 보니, 두 것들이 뒤엉켜 있는데, 혜준이가 언니를 물었다는 것이다. 혜리가 가리키는 곳을 보니 오른 쪽 가슴 위가 벌겋게 물들어 있었다. 물린 곳이 아픈지 녀석이 소리내어 엉엉 울었다.

헤리를 달래려고 내가 혜준이를 나무랐다.

"임 새끼, 언니를 그렇게 물면 어떻게! 맴매해…, 맴매 !!"

그러면서 녀석의 엉덩이를 몇 대 때리는 시늉을 하였다. 그랬더니 이것이 겁이 나는지, 내 눈치를 살피며 울기 시작하였다.

그 모습이 안 됐는지 혜리가 제 동생 편을 들고 나섰다.

"하야버지, 이제 그만 하세요. 혜준이가 애기라서 그래요!!"

두 살배기 제 동생이 우는 게 안타까웠던 모양이다.

녀석의 이마에 어느새 땀방울이 송골송골 맺혀 있었다.

2005. 11. 25(금) 14℃ 바람이 없고 따뜻

녀석이 사우나를 그렇게 좋아한다.

오전 10시, 녀석이 함므니와 사우나를 다녀왔다. 제 에미가 미술학원엘 가자는데 싫다고 하면서다.

"엄마, 미술학원엔 나중에 가자! 난 함므니하고 사우나하고 싶어!"

녀석은 사우나를 그렇게 좋아한다. 찬바람이 나면 한 달에 몇 번씩 사우나를 간다. 어렸을 때부터 함므니와 늘 그랬다. 가운을 걸치고 찜질방에서 음식을 먹는 것도 좋아한다. 식혜, 찐 계란, 김치찌개, 냄비라면….

오후 2시, 녀석이 사우나에서 돌아왔는데, 아주 훤하고 예뻐 보였다. 사우나에서 돌아온 녀석이 제 동생을 끌어안고 난리였다. 몇 시간 만에 보는 제 동생이 그렇게 귀여운 모양이다. 서로 부둥켜안고 낄낄대고 히죽거리느라 정신이 없었다.

오후 5시, 내가 모임에 나가려는데 녀석이 따라 나섰다.

"하야버지, 나도 같이 가자! 응…! 그러면 안 될까!"

"안 돼! 선생님들 만나러 가는 건데…. 너도 알잖아, 선생님들…."

"그래도 같이 가자! 응…, 하야버지!"

이게 정말 따라 나서고 싶은 모양이다. 그런데, 그렇게 되면 내 행동이 부자유스러울 것이 아닌가! 결국 그렇게 하지 못했다. 녀석이 잘 다녀오라고 손을 흔들어 주었다.

2005. 11. 26(토) 14℃ 흐리고 부슬비

TV를 보면서 눈물을 글썽였다.

녀석이 TV에 나오는 슬픈 장면들을 보면서 눈물을 글썽였다. 마음이 여려서 그런 모양이다. 나도 눈물이 날 것같이 코끝이 찡하였다.

밤 12시, TV에서 태국, 인도네시아, 필리핀 등지에서 시집 온 며느리들의 친정나들이가 비쳐지고 있었다. 시집 온 지 10년, 혹은 15년만의 고향방문…, 정글 속의 집들은 찌그러지고 초라하고, 그 속에서 걸어 나오는 부모들은 늙고 병들고, 곧 쓰러질 듯 비틀거리고, 딸과 노부모들은 어느새 부둥켜안고 목 놓아 눈물바다를 이뤘다. 친정나들이를 마치고 헤어지는 이들 가족의 이별 장면 또한 안타까웠다. 딸과 아버지는 서로의 목을 감싸고 흐느끼며 떨어질 줄 몰랐다. 초라한 얼굴에서 흘러내리는 눈물이 보기에 더욱 안쓰러웠다. 할머니 할아버지는 한국의 손자 손녀를 얼싸안고 슬픔을 가누지 못했다. 어린 녀석들은 두 손으로 연신 눈물을 훔쳐 냈다.

이런 장면을 보면서 눈물을 흘리던 녀석이 내게 하는 소리이다.

"하야버지, 나는 함므니 하야버지 하고 안 헤어질 거예요. 절대루요."

"엄마하구, 아빠하구, 삼촌하구두 안 헤어질 거예요."

그러며 고사리 손으로 눈물을 훔치는데, 그 모습이 그렇게 귀여웠다.

할머니 할아버지와 헤어지면 어쩌나 걱정이 되었던 모양이다.

내가 녀석을 끌어안으며 속삭이듯 말했다.

"할아버지는 혜리하고 헤어지면 못살어…, 정말이야! 혜리두 그렇지?"

그러자 녀석이 내게 힘없이 기대며 하는 소리이다.

"그래! 난 함므니 없으면 슬퍼! 하야버지, 그렇지요?"

언젠가 TV에서 서글픈 자장가가 흘러나온 적이 있다.

"엄마가 섬 그늘에, 굴 따러 가면…, 아기가 혼자 남아…,"

이 노래를 듣고 있던 녀석이 얼른 끄라고 소릴 질렀다.

슬픈 감정을 감당하기 어려웠던 모양이다.

마음이 정말 여린 녀석이다.

2005. 11. 28(월) 9℃ 바람이 세고 쌀쌀

"빨간 불이에요. 그냥 가면 어떡해요."

요즘 들어 녀석의 말솜씨가 좋아지고 있다. 사고의 폭도 넓고, 깊어지고 있다. 가끔 녀석의 말을 들으며 느끼는 생각이다.

녀석과 광주 제 집엘 다녀오는데 녀석이 하는 소리이다.

"하야버지, 빨간 불이에요. 그냥 가면 어떡해요."

"하야버지 파란 불이에요. 빨리 가야지요."

"하야버지, 저 차는 왜 저렇게 빨리 가는 거예요?"

이렇게 보는 대로 제 생각을 밝혔다. 가만히 듣고 보니 녀석이 모든 것에 정신을 쏟고 있었다. 그냥 지나쳐 버리는 것 같은데…. 내가 평소에 다니던 길을 조금 벗어나 다른 길로 접어들었더니, 녀석이 또 하는 소리이다.

"하야버지, 왜 이 길로 가는 거예요? 그러면 멀잖아요."

그러다 트럭에 길이 막히자 녀석이 그것 보라는 듯 하는 소리이다.

"그러게 내가 뭐라고 했어요. 이 길로 가지 말라고 했지요?"

당연히 예상했다는 듯 하는 말이다. 녀석의 생각과 말이 좋아지고 있구나 싶었다.

2005. 11. 29(화) 8℃ 종일 구름, 쌀쌀

혜리, 혜준이를 돌보기가 너무 바쁘다.

요 며칠 혜리 동생 혜준이가 와 있다. 녀석들 둘을 돌보자니 정말 바쁘다. 눈코 뜰 새 없다는 표현이 옳을 듯하다. 하루해가 어떻게 뜨고 지는지 모르겠다. 먼동이 트는가 싶은데 어느새 점심이고 저녁이다.

이런 중에도 다행스러운 일이 하나 있다. 혜준이 녀석, 제 에미가 없는데도 끽소리 없이 잘 놀고 있다. 잘 먹고, 에미도 찾지 않고, 울지도 않고…, 그래서 함므닌 녀석을 순데기라고 부른다. 그러면서 가끔 하는 말이다.

"아이고, 계집애! 신통방통하지…!"

계집앤 낮잠을 자다가도 깨어서는 소리 없이 밖으로 걸어나온다. 그 모습이 귀여워 "잘 잤느냐" 고 어르면 두 팔을 벌리고 안기며 볼을 비비고 함므니 등을 제 손으로 다독거린다. 식성도 좋고, 먹기도 많이 먹는다. 전복죽을 쑤어 한 대접 퍼주면 어느새 그릇을 비운다. 시간이 많이 걸리지도 않는다. 길어야 10분이면 족하다. 혜리 같으면 한 시간 이상이 걸릴 일이다. 밥을 먹고도 귤이며 사과 감 과자를 입에 달고 산다.

한 가지 어려운 일이 있다. 자야 할 시간에 자지 않는다는 것이다. 불을 끄고 자는 척을 해도 마찬가지이다. 혼자 꼼지락거리며 이리저리 돌아다닌다. 모르는 척 내버려두면 아무데나 엎어져 뒤척이며 한숨을 짓는다. 그러다 함므니 배에 올라타기도 하고, 언니를 깔고 앉기도 한다. 아예 현관으로 나가 신발을 신었다 벗었다 하다가 이리저리 돌아다니기도 한다.

안 되겠다 싶어 업어서 재우려는데, 이게 말을 듣질 않는다. 업을 띠를 둘러 묶으려는데, 등을 밀치고 난리이다.

"임 새끼! 얼른 자! 안 자! 맴매해…!!"

그랬더니 녀석이 한숨을 들이쉬고 내쉬고 안절부절이다.

어떻게, 어떻게 간신히 재우고 나면 새벽 3시이다.

그런데 이제부터 내 잠이 통 오지를 않는다.

"할아버지!
놀이터 가자!!"

2005. 11. 30(수) 9℃ 흐렸다 갰다, 쌀쌀

혜리, 혜준이를 데리고 청소를 했다.

외출 중인데 함므니에게서 전화가 왔다. 물을 길러 가야 하는데, 어서 들어와 혜리 혜준이를 돌봐 달라는 것이다. 그래서 서둘러 돌아왔더니, 두 것들이 좋아서 어쩔 줄을 모른다. 혜리는 "야호! 야호!" 소리를 지르고, 혜준이는 뒤뚱거리며 달려와 내 바짓가랑이를 잡고 헤헤거린다.

그런데 두 것들을 돌보는 일이 쉽지가 않다. 얼마나 뛰고 나대는지 정신이 하나도 없다. 거실과 방이 색종이며 장난감들로 발 디딜 틈이 없다. 그래서 청소를 하려는데 두 것들의 훼방이 말이 아니다.

혜리 계집애는 진공청소기의 고무호스를 잡고 따라 다니며 부산을 떨고, 혜준이는 청소기 앞을 앞질러 다니며 청소를 막았다. 모두 할아버지의 청소를 돕는다며 하는 짓들이다. 안 되겠다 싶어 혜준이를 업고 청소를 하려는데 이게 내리겠다고 난리이다.

청소를 마치고 나니 이마에 땀이 흘러내렸다. 녀석도 잠이 오는지 눈을 깜박거렸다. 재우고 나니 세상이 조용하였다.

2005. 2. 16. 녀석이 하부지에게 꽃다발을….

내가 정년퇴임을 하는 날이다.
공로패나 주고받는 의례적인 행사는 피하기로 하였다.
내가 고별강연을 시작할 때다.
혜리가 준비해 온 꽃다발을 내게 넘겨주었다.
녀석이 내게 뽀뽀를 해 주며 하는 말이다.
"하야버지! 축하해요!!"
선생님들의 박수소리가 들렸다.
나도 녀석에게 뽀뽀를 해 주었다.
코끝이 찡하고 눈물이 핑 돌았다.

2005. 12. 1(목)8℃ 바람이 세고 쌀쌀

보는 사람마다 예쁘다고 난리들이다.

혜리는 보는 사람마다 예쁘다고 난리들이다. 어딜 가나 그런다. 오늘도 사우나엘 갔다가 그런 소릴 또 들었다. 녀석과 욕탕에 들어가 몸을 녹이는데, 50대 중반의 어느 남자가 녀석을 보고 하는 소리이다.

"어유…, 정말 예쁘네요. 손녀인가 보죠? 코도 오뚝하고, 눈도 호수처럼 맑고, 이마도 훤칠하고…, 천상 미인입니다. 미스코리아 감이에요."

이 사람 눈을 떼지 못하고 계속 기웃거리며 눈웃음이다.

녀석과 난 온탕과 마사지탕을 오가며 목욕을 즐겼다. 마사지탕은 물이 깊어 안고 다녀야 한다. 녀석은 내 두 팔 위에서 수영을 한다며 두 손을 허우적댔다. 함므니는 다 큰 계집앨 데리고 다닌다며 잔소리였다. 그러고 보니 녀석이 어느새 다섯 살이다. 우린 수영을 마치고 아이스크림, 냄비라면, 돈까스 그런 걸 먹었다.

사우나를 마치고 돌아오는 차안에서다. 녀석이 엉뚱한 소리를 하였다.

"하야버지, '무도회' 가 뭐예요?"

갑자기 무도회라니…, 내가 머뭇거렸더니 녀석이 하는 소리이다.

"난 알어. 남자 여자 춤추는 데야!"

내가 깜짝 놀라 얼른 다시 물었다.

"네가 그걸 어떻게 알어!!"

"신데렐라에서 봤어. 신데렐라가 왕자님하고 춤췄어. 까만 양복 입구, 넥타이 매구, 구두 신구…, 신데렐라는 예쁜 드레스 입었어, 유리구두 신구….”

비로소 난 녀석이 책을 통해 무도회를 알았다는 걸 알게 되었다.

녀석이 계속해서 하는 말이다.

“그런데, 하야버지! 무도장이 어디 있지?”

내가 얼떨결에 말했다.

“저기 산 속에…, 왕자님이 사는데…!!”

그랬더니 이게 하는 말이다.

“하야버지! 하야버지두 언제 혜리하구 같이 가자. 까만 양복 입구, 나는 드레스 입구, 함므니는 ‘오나나’ 옷 입구, 삼촌두 까만 양복 입구, 넥타이 하고….”

녀석이 이렇게 온 식구가 함께 갔으면 하였다.

그런 날이 언제 오려는지 정말 모르겠다.

2005. 12. 3(토) 6℃ 잔뜩 흐리고 쌀쌀

“하야버지, 눈은 언제 와요?”

녀석이 요즘 눈과 크리스마스를 그렇게 기다리고 있다. 거의 매일 눈과 크리스마스 이야기를 꺼낸다.

“하야버지, 눈이 언제 와요? 싼타 하야버지는 왜 안 와요? 크리스마스 때 싼타 하야버지가 선물 가지고 와요?”

눈이 보고 싶어서인지, 선물을 받고 싶어서인지 알 수가 없다. 어쨌거나 요즘 녀석이 거의 매일 눈과 싼타 이야기를 한다.

저녁나절엔 베란다를 뻰찔 들락거리며 눈을 기다렸다. 한 번 나갔다 와서는 짜증을 부리듯 내게 하는 말이다.

"하야버지! 왜 눈이 이렇게 안 오는 거예요?"

TV에서는 오늘쯤 대설이 있을 거라는 예보를 내보냈다. 그래서 녀석이 눈을 그렇게 기다리는지 모른다. 눈이 오면 눈사람을 만들자고 벌써부터 다짐이었다.

그런데 밤 9시, 드디어 눈이 내리기 시작하였다. 우연히 베란다로 나가 보니 공원 보안등에 눈발이 비치고 있었다. 내가 반가워 소릴 질렀다.

"눈이 온다. 눈이 와!! 혜리야 저것 봐! 눈이 오고 있어!!"

녀석이 이걸 보고 좋아서 어쩔 줄 모르며 하는 소리이다.

"하야버지, 우리 밖에 나가자! 나가서 눈사람 만들자!!"

내 얼굴을 빤히 올려다보며 하는 소리이다.

"이 바보야! 나가긴 어딜 나가! 눈이 많이 와야 눈사람을 만들지!"

"하야버지, 그럼 우리 내일 나가자!!"

녀석이 야호 야호를 외치며 신바람이 났다.

2005. 12. 4(일) −6℃ 눈이 쌓이고 갑자기 쌀쌀

간밤에 첫 눈이 내렸다.

간밤에 첫 눈이 내렸다. 녀석이 그렇게 기다리던 눈이다. 아침 10시, 녀

석이 잠에서 깨어 거실로 걸어 나오며 하는 소리이다.

"하야버지, 눈 왔어요?"

"그래, 왔어. 많이…! 우리 내다볼까?"

녀석을 안고 베란다로 나갔더니 창 밖이 온통 눈이다. 나무 위, 자동차 위, 잔디 밭…, 온통 천지가 하얗다.

"혜리야! 저것 봐! 눈이 많이 왔지!! 저 소나무 좀 봐! 눈이 쌓였어!"

우린 서둘러 아침밥을 먹고 밖으로 나갔다. 눈사람을 만들기 위해서다. 녀석은 장갑, 귀덮개, 털목도리로 중무장을 하였다.

밖엘 나가 보니 바람이 쌩쌩 불고, 길바닥이 온통 빙판이다. 방안에서 생각했던 것과는 딴판이다. 조심을 시켰는데도 녀석이 신바람으로 허둥대다 빙판에 넘어지고 말았다. 다행히 털고 일어나 가슴을 쓸어 내렸다.

"이 바보야! 조심해야지! 괜찮아?"

녀석이 웃어 보이며 엉덩이를 털었다. 눈사람을 만들려고 눈을 굴려 보았으나, 잘 뭉쳐지지 않았다. 날씨가 추워서 눈이 뭉쳐지지 않고 자꾸 부서져서다. 생각다 못해 눈을 꽉꽉 뭉치고 그 위에 눈을 덧발라 덩어리를 만들어 위아래에 올려놓았다. 그리고 그 위에 회양목 가지와 단풍잎을 따서 눈 코 입 귀를 만들어 붙였다. 근처 나무의 삭정이를 꺾어 두 팔도 만들어 꽂았다. 드디어 그럴싸한 눈사람이 만들어졌다.

내친김에 녀석과 난 연도 날렸다. 자동차 트렁크 속에서 연을 꺼내서다. 소나무, 느티나무, 설경 위를 나는 연이 마치 솔개를 연상시켰다. 가끔 강풍에 눈발이 날려 뺨을 때려서 녀석의 감기가 걱정되었다. 녀석의 손을 잡아끌고 집으로 들어왔더니, 이게 못내 아쉬운 표정이다. 집에 들어온 녀석, 지가 눈사람도 만들고 연도 날렸다며 자랑이 대단하였다.

함므니가 녀석의 두 손을 잡아 호호 불어주었다.

2005. 12. 5(월) −9℃ 산야가 눈 어름으로 꽁꽁

"하야버지! 왜 싼타는 안 오는 거예요?"

녀석이 요즘 크리스마스에 정신이 빠져 있다. 벌써부터 싼타와 크리스마스 이야기만 한다. 어젯밤에는 양말을 벽에 걸어 놓고 잠이 들었다.

아침에 일어나 양말에 선물이 없자 이게 불평이었다.

"하야버지! 왜 싼타 하야버지는 이렇게 안 오는 거예요?"

"혜리야! 싼타 할아버지가 벌써 와? 크리스마스나 돼야 와!"

"크리스마스가 언젠데요?"

"아직 멀었어. 이렇게 20일이나 더 남었어!"

"그럼, 또 오구, 또 오구, 그러면 될 거 아니예요?"

왜 싼타가 그렇게 기다려지는지 내가 물었다. 선물을 가져다주기 때문이라는 대답이다. 초콜릿, 스타킹, 다이아몬드 목걸이, 인형 그런 걸 받고 싶다는 것이다. 할아버지가 사다 주면 안 되겠느냐고 했더니 안 된다고 한다. 싼타 할아버지가 사다 줄 거라고 하면서다. 내일은 선물을 사다 몰래 양말 속에 넣어주어야겠다.

2005. 12. 6(화) −6℃ 바람이 없어 따뜻

녀석이 계속 싼타를 기다리고 있다.

요 며칠 녀석이 계속 싼타 할아버지를 기다리고 있다. 아침에 일어나 벽에 걸린 양말에 선물이 없자 실망하는 눈치이다. 얼굴을 찌푸리더니 걸어놓았던 양말을 부득부득 걷어내는 거였다. 내가 깜짝 놀라 물었다.

"혜리야, 왜 그래? 왜 걷어내는 거야?"

녀석이 굳은 표정으로 하는 말이다.

"싼타 하야버지가 안 오니까…!!"

내가 서둘러 말렸다.

"오늘밤에 온다고 했어! 걷지 마…!"

아침밥을 먹고 내가 물었다.

"혜리야! 넌 무슨 선물을 받고 싶어? 싼타 할아버지한테…."

"으~ 응, 사랑의 초콜릿, 핑크색 양말, 다이아몬드 목걸이, 그리구 핑크색 구두…, 이렇게!" 녀석은 핑크색을 그렇게 좋아한다.

오후 3시, 집 근처 '까르프'로 선물을 사러 갔다. 그리고는 녀석이 좋아할 것들을 자루에 담았다. 한참을 담다 보니 자루가 불룩하였다. 살펴보니, 키세스, 크런키, 스니커스, 초콜릿, 핑크색 스타킹, 프리티 캔디, 핑크빛 털목도리, 리본 헤어핀, 액세서리 헤어핀, 머리 묶는 방울 끈, 귀고리, 그리고 먹을거리 켐벨포크빈스, 호두, 스니커스 땅콩 그런 것들이다.

밤 8시, 사우나에서 돌아온 녀석에게 내가 설레 발을 떨었다.

"혜리야! 오늘밤에 싼타 할아버지 온다구 했어! 내가 전화해 봤어!!"

녀석이 좋아서 겅중거리며 이 방 저 방을 뛰어다녔다.

밤 12시, 잘 시간, 함므니가 창문을 닫으려 하자 녀석이 기겁을 하였다.

"그러면 싼타가 들어오지 못한다"고 하면서다.

녀석이 닫았던 창문을 다시 열어 놓았다.

2005. 12. 7(수) –6℃ 낮은 기온에도 날씨 따뜻

사 온 선물을 양말에 넣어 주었다.

녀석이 아침 10시가 넘도록 늦잠을 자고 있다. 선물을 사다 양말 속에 넣어 주렁주렁 걸어 놓았는데…. 일찍 일어나 선물을 확인했으면 좋겠는데…, 아직 자고 있다. 조바심이 나서 녀석을 흔들어 깨웠다.

"혜리야, 어서 일어나! 이렇게 늦잠을 자는 게 어디 있어? 싼타 할아버지가 왔다 갔는데…."

그러자 녀석이 벌떡 일어나면서 하는 소리이다.

"정말이에요? 정말 싼타 하야버지가 왔다 갔어요?"

녀석이 거실로 뛰어나와 벽에 걸린 양말을 보며 하는 소리이다.

"어…!! 정말이네. 싼타 하야버지가 왔다 갔네!!"

녀석이 양말 속의 선물을 하나씩 꺼내기 시작하였다. 양말 속에는 지가 생각하지도 않았던 것들이 꽤 많이 들어 있었다.

헤어핀, 머리 묶는 방울, 귀고리, 털목도리, 켐벨포크빈스, 스니커스, 땅콩, 크런키 그런 것들. 녀석이 양말 속의 장신구를 꺼내 치장을 하기 시작

하였다. 빨간 리본 헤어핀, 노랑색 머리 묶는 띠 방울, 금모랫빛 귀고리…. 녀석이 거울 속의 제 모습을 살피면서 하는 소리이다.

"하야버지! 우리 이렇게 하고 밖에 나갈까?"

내가 피식 웃었다.

저녁 외출에서 돌아오니 녀석이 싼타가 또 오는지를 물었다.

"어제 왔다 갔잖아! 그런데 뭘 또 와!!"

그랬더니 이게 대놓고 하는 소리이다.

"아니예요! 그건 하야버지가 사 온 거잖아요! 나 다 알아요."

어안이 벙벙하였다. 알 턱이 없는데…. 함므니가 의심스러워 물었더니 아니라고 한다. 나만 순진한 게 아닌지 모르겠다.

2005. 12. 11(일) −3∼−9℃ 종일 영하권, 무척 쌀쌀

사 달라는 게 어찌나 많은지 애를 먹었다.

녀석과 시장엘 갔다가 사 달라는 게 어찌나 많은지 애를 먹었다. 장난감 스티커, 색칠놀이 그림 책, 동화책, 크레파스…, 그런 것들이다.

집에 잔뜩 있는데도 녀석은 보기만 하면 또 사 달라고 한다. 날씨가 추워 집 밖에서 놀 수 없어 마켓엘 들렀다가 생긴 일이다. 그러니 어쩌겠는가. 사 줄 수밖에…. 서너 시간 마켓을 왔다 갔다 하다 보니 배가 고팠다.

짜장면, 우동, 돈까스, 햄버거…, 어떤 걸 먹겠느냐고 했더니 고개를 흔들었다. 먹을 게 없다는 것이다. 먹기는 해야 하는데, 이게 고집을 부리

니….

한참 뒤 녀석이 오뎅, 찹쌀호떡, 구운 가래떡을 먹었다.

녀석과 놀아주려고 시장엘 갔다가 벌어진 일들이다.

녀석을 보는 게 그리 쉽지가 않다.

2005. 12. 12(월) −10℃ 바람이 씽씽 불고, 쌀쌀

놀아주지 않는다고 심통을 부린다.

녀석이 요즘 놀아주지 않는다고 자주 심통을 부린다. 전에 없던 일이다. 어찌나 심통을 부리는지 놀아주지 않고는 배길 수 없다.

오전 11시경이다. 거실에 엎드려 신문을 보고 있는데, 녀석이 다가와 놀아 달라고 한다. 한참 신문을 읽고 있는데…, 자칫 맥을 놓칠세라 그냥 읽고 있었더니 이게 심통이다. 읽고 있는 신문 위에 벌떡 눕더니 코를 고는 척을 하였다.

내가 옆으로 밀쳤더니 다시 굴러와 자는 척이다. 어쩔 수 없이 놀아주기로 하였다. 가위 바위 보를 하고서 술래잡기를 하였다.

그 뒤 거실의 이불을 개려는데 녀석이 또 심술이다. 이불 위에 벌렁 누워 새새거리며 내려갈 생각을 않는다. 이불 한 쪽 끝을 번쩍 들어 떨어트렸더니, 이게 얼른 다시 와 눕는다. 놀아주지 않는다고 떼를 쓰고 있는 것이다.

오후 1시, 조금 전 읽던 신문을 다시 읽으려는데 이게 또 심술이다. 신문 위에 제 장난감을 마구 풀어 헤쳐 놓는 거였다. 그 행동이 하도 웃겨서 깔

깔댔더니, 이게 의외라는 듯 저도 같이 깔깔거렸다. 어쩔 수 없이 놀아주기로 하였다. 녀석을 목에 태우고 동요를 부르기 시작하였다.

"퐁당 퐁당 돌을 던지자, 누나 몰래 돌을 던지자…."

노래를 부르며 난 겅중겅중 거실을 돌아다녔다. 녀석이 엉덩이를 들썩이며 장단을 맞췄다. 내가 노래를 계속하였다.

"산골짝에 다람쥐, 산토끼 토끼야, 빤짝 빤짝 작은 별…,"

녀석이 목에서 내려올 생각을 않는다. 하루 빨리 유치원엘 보내야겠다.

녀석의 굴레에서 벗어나기 위해서 말이다.

2005. 12. 13(화) −13℃ 기온이 점점 하강, 쌀쌀

"안 돼요. 그럼 나 시집 안 갈래요."

아침 10시, 녀석이 잠에서 깨어 밖으로 나오며 하는 소리이다.

"하야버지, 붉은 아침이네요!"

붉은 아침이라니? 그 말이 이상해서 내가 물었다.

"혜리야, 붉은 아침이 어디 있어? 해가 빨개서 그렇지…?"

"그러니까 붉은 아침이지요."

생각해 보니 과연 그렇지 싶었다.

그러던 녀석이 다시 방으로 들어가며 하는 소리이다.

"하야버지, 나 더 잘래요."

이상하지 않은가. 더 자다니, 벌써 10시인데….

평소에 하지 않던 짓이다.

잠시 뒤 방을 들여다보니, 녀석이 천장을 보고 반듯이 누워 있다.

이상하다 싶어 자세히 보니 녀석이 눈물을 흘리고 있다.

"혜리야, 왜 그래? 무슨 일이 있어? 왜 울어…?"

그랬더니 이게 하는 소리이다.

"나, 엄마하고 싸웠어요. 꿈에…! 저기 벽에 걸려 있는 엄마하고요."

내가 녀석을 들춰 안고 엉덩이를 다독여 주었다.

옆에서 지켜보던 함므니도 녀석의 마음을 어루만져 주었다.

"혜리가 엄마가 보고 싶은 모양이구나!! 그러니까 꿈에 보이지…!"

잠시 뒤 녀석이 함므니에게 다가와 하는 소리이다.

"함므니! 우리 엄마 아빠하구 같이 살면 안 돼요? 혜준이두요?"

함므니 얼굴을 빤히 들여다보면서 하는 소리이다.

"안 되지…. 혜리두 이담에 시집가면 함므니하고 같이 안 살어!!"

그랬더니 녀석이 펄쩍 뛰며 하는 소리이다.

"안 돼요. 그럼 나 시집 안 갈래요!!"

2005. 12. 15(목) −10℃ 바람이 세차고 쌀쌀

요즘 밥을 잘 먹지 않는다.

녀석이 요즘 밥을 잘 먹지 않는다. 한 번 먹이려면 1시간 이상이 걸린다. 그나마 잘 먹으려 들지를 않아 진땀이 난다.

오전 11시, 아침을 먹이는데 이게 한 입 받아 물고는 열나절을 오물거린다. 눈은 계속 TV를 바라보고 있다. 내가 속이 상해 뭐라고 했다.

"혜리야, 저기 시계 좀 봐! 벌써 20분 지났어! 이러면 어떡해…?"

그래도 녀석은 들은 숭 만 숭이다. 오후 3시, 함므니가 떡국을 끓였는데, 녀석이 거들떠보지도 않는다. 대신에 요쿠르트, 보리차, 카라멜, 후라이드 치킨 그런 걸 먹는다. 아무리 봐도 요기가 될 것 같지 않은데….

저녁때도 그랬다. 밥 먹을 생각을 않는다. 내가 으름장을 놓았다.

"너 그럼 함므니 할아버지 도망갈 거야!!"

내가 도망가는 시늉을 하였다. 그러자 이게 마지못해 식탁에 와 앉는데, 여전히 먹을 생각이 없다. 내가 알아듣도록 타일렀다.

"혜리야, 밥 먹어! 안 먹으면 액 죽어! 그럼 할아버지 슬퍼, 못 살어…!"

옆에 있던 함므니가 성질이 나는지 녀석을 나무랐다.

"저 계집애, 제 집에 데려다 줘! 엄마한테 버릇 좀 고치게!! 내가 지금 전화할 거야!"

함므니가 전화기로 다가가자 녀석이 내게 말려달라고 하였다.

"하야버지, 함므니 좀 말려요. 얼른요!"

내가 함므니 전화를 빼앗아 전화기에 올려놓으며 소릴 질렀다.

"그만 좀 해! 애 놀래!!"

녀석은 그래도 밥을 먹을 생각을 않는다.

내가 속이 상해 알아듣도록 잔소릴 했다.

"혜리야, 너 정말 이럴 거야? 그래, 그럼 먹지 마! 너 혼자 살어!"

내가 서재로 들어가며 문을 덜컥 닫아 버렸다.

그랬더니 잠시 뒤 녀석이 내 등 뒤에 와서 하는 소리이다.

"하야버지, 잘못 했어요. 이제 안 그럴게요."

그나저나 밥을 먹어야 할 게 아닌가. 공연히 속이 상했다.

2005. 12. 16(금) −8℃ 날씨가 계속 춥다.

"하야버지는 남자화장실 써야 해요!!"

저녁나절, 녀석이 그림 두 장을 내게 주며 하는 소리이다.

"하야버지, 여기다 남자화장실, 여자화장실 그렇게 써 주세요."

그래서 써 주었더니 녀석이 이걸 두 개의 화장실에다 붙였다.

여자 그림은 여자화장실에, 남자 그림은 남자화장실에…

녀석이 그림을 다 붙여 놓고는 내게 하는 소리이다.

"하야버지! 여기는 여자화장실, 저기는 남자화장실이에요! 하야버지는 남자화장실을 써야 해요! 아얏지요?"

그런데 밤 11시, 내가 녀석의 당부를 깜박 잊고 여자화장실에 들어가 있었다. 그랬더니 이게 냅다 달려와 문에 버티고 서서는 하는 소리이다.

"하야버지! 하야버지가 여자예요? 왜 여자화장실을 쓰는 거예요!!"

내가 잘못을 빌었다. 그리고는 그림을 얼른 떼어서 서로 바꿔 붙였다. 내가 사용하는 화장실에 여자화장실 그림을 붙여놨기 때문이다. 녀석이 남녀 화장실을 구분하고 싶었던 모양이다.

함므니가 뭐라고 불평을 해서였는지 모르겠다.

2005. 12. 17(토) −12℃ 체감온도 영하 20℃

라푼젤과 갈래머리를 가지고 놀았다.

날씨가 너무 춥다. 기상청 예보는 −12℃인데 체감온도는 −20℃이다. 이런 날에 글쎄 제 에미가 혜리 혜준이를 데리고 밖으로 나갔다. 제 정신인가 싶었다. 전화를 걸어도 받지를 않는다.

한참 뒤 저녁나절, 녀석이 전화를 했는데, 이마트에서 쇼핑을 하고 있다는 것이다. 잠시 뒤 들어오겠다고 하면서다. 녀석이 들어온 것은 밤 10시, 손에는 장난감 상자가 들려 있었다. 플라스틱 장난감 '라푼젤과 귀여운 갈래머리' 였다. 녀석과 난 밤새도록 이걸 맞추느라 정신이 없었다.

조립장난감을 가지고 노는 방법은 영어와 불어로 되어 있었다. 이걸 읽고 놀이를 설명해 주자니 시간이 많이 걸렸다. 녀석은 '갈래머리 이야기'를 너무 좋아하였다. 몇 번이고 설명을 해 달라고 치근거렸다.

녀석과 난 밤 12시를 넘기면서까지 이걸 가지고 놀았다.

2005. 12. 18(일) −10℃ 강추위가 계속되고 있다.

뭐든지 지가 하겠다고 내가, 내가… 한다.

녀석이 요즘 뭐든지 지가 하겠다고 나댄다. 그래서 자주 욕을 먹는다.

녀석이 지가 하겠다고 "내가, 내가…"하며 나서는 일들이다. 세수를 할 때, 옷을 입을 때, 신발을 신을 때…, 늘 그런다.

복잡한 시장에 가서도 마찬가지이다. 혼자 걷겠다고 난리이다.

자칫 놓칠세라 붙잡으러 쫓아가면 어느새 저만치 도망을 가 있다.

야단을 쳐도 소용이 없다. 들은 척 만 척이다. 함므니가 속이 터져 죽겠다고 성질을 부렸다.

어제 죽전휴게소에 갔을 때도 그랬다. 이게 북적대는 사람들 사이로 쏜살같이 내빼는 거였다. 자칫 인파 속에 묻힐 것 같아 가슴이 철렁하였다.

잠시 전 녀석과 사우나를 다녀온 함므니가 녀석의 행동을 문제 삼았다.

"애, 큰 일 났어! 오늘 잊어버릴 뻔했잖아!"

목욕탕으로 들어가려는데, 뒤를 돌아보니 이게 없더라는 것이다. 한참을 헤매다 간신히 찾았다는 것이다.

함므니가 녀석에게 신신당부를 하였다.

"혜리야! 넌, 너무 예뻐서 사람들이 집어가!! 너 그럼 다신 함므니 못 봐, 알았어!!"

그래도 녀석은 들은 숭 만 숭이다. 얼른 컸으면 좋겠다.

2005. 12. 20(화) −6℃ 추위가 다소 누그러짐

밥을 먹지 않겠다고 이 핑계 저 핑계다.

하루 종일 녀석과 집에서 보냈다. 함므니가 춘천엘 가서다. 함므니가 집에 없을 때 문제되는 일이 있다. 녀석이 밥을 잘 먹지 않는다는 것이다. 오

늘 아침에도 그랬다. 계란 중탕을 해서 밥을 주었더니, 이게 이 핑계 저 핑계를 대면서 먹지를 않는다. 맛이 없다고 하면서다.

생각다 못해 점심에는 우동을 먹여야 되겠다 싶어 녀석에게 물었다.

"혜리야! 점심엔 우리 죽전휴게소에 가서 우동 먹을까?"

그랬더니 이게 반색을 하며 하는 소리이다.

"그거 참 좋은 생각이에요. 하야버지가 어떻게 그런 생각을 했어요?"

점심시간, 녀석이 우동 한 그릇을 뚝딱 비웠다. 군소리 하나 없이. 시간을 끌지도 않고서….

그런데 녀석이 내 등에 업혀 집으로 돌아오면서 하는 소리이다.

"하야버지, 나 이제 저녁 안 먹을 거예요."

벌써부터 저녁 먹지 않을 방패막이를 하고 있다.

저녁 시간…, 끝내 먹지 않겠다는 녀석을 달래며 사정을 하였다.

"혜리야, 밥 잘 먹어! 안 먹으면 몸이 약해져! 그러면 자꾸 아퍼!! 병원에 가야 해! 주사 맞으러…! 알았지!!"

녀석이 알았다고 고개를 끄덕였다.

2005. 12. 23(금) −3∼−7℃ 쌀쌀, 일교차 심함

"하야버지, 나 나쁜 꿈 안 꿨어요."

녀석이 아침에 일어나 내게로 오며 하는 말이다.

"하야버지, 나 잘 잤어요. 나쁜 꿈 안 꿨어요."

녀석의 모습이 밝고 명랑해 보였다.

저녁에는 제 에미와 '호두까기 인형' 을 보고 왔다. 광화문 세종문화회관에서, 저녁 7시부터 9시까지 있었던 야간 공연이다. 그간 녀석이 여러 번 졸라 오늘 비로소 다녀오게 된 것이다.

밤 10시, 녀석이 전화를 걸어서 하는 소리이다.

"하야버지, 나 혜리예요. 다 끝났어요. 지금 갈 거예요."

녀석은 밤 11시가 한참 지나서야 돌아왔다. 버스를 타고 오자니 자연히 그렇게 늦어진 모양이다.

"하야버지, 나 왔어요. 케익두 사구 장난감두 샀어요."

"그런데 하야버지! '호두까기 인형' 재미 없었어요."

그러자 제 에미가 녀석에게 하는 말이다.

"에이, 이 계집애! 거기서는 재미 있다구 하구선…."

계집애가 멋쩍은 듯 빙긋이 웃어 보였다.

2005. 12. 24(토) 2~-7℃ 한낮 영상 따뜻

성남 아트센터엘 다녀 왔다.

크리스마스 이브다. 제 에미가 이날을 기념한다며 녀석을 데리고 성남 '아트센터' 엘 다녀왔다. '아기돼지 삼 형제' 를 본다면서다.

밤 11시, 연극을 보고 온 녀석이 심각한 표정으로 하는 말이다.

"하야버지! 난 이담에 집을 잘 지을래요. 늑대가 못 들어오게요!!"

녀석이 눈을 크게 뜨고서 사뭇 진지한 표정이다. 그런데 녀석이 자정이 넘도록 잘 생각을 않는다. 식구들도 크리스마스 이브라며 거실에 둘러앉아 두런거렸다. 이 때 녀석이 엉뚱한 말을 해서 주위를 어리둥절케 하였다.

"하야버지, 얘기는 어디로 낳는 거예요?"

내가 망설이고 있는데, 함므니가 끼어들었다.

"배꼽으로 낳지. 의사 선생님이 도와줘!"

그랬더니 녀석이 겁먹은 표정으로 하는 말이다.

"함므니! 난 얘기 안 나을래요. 무서워요. 난 학생만 할래요!"

녀석과 혜준이는 새벽 2시가 넘도록 잘 생각을 않았다.

이 방 저 방을 돌아다니며 새새거리고 장난질을 쳤다.

불을 끄자 이것들이 비로소 이불 속으로 들어갔다.

2005. 12. 27(화) −9℃ 한 낮에도 쌀쌀

외출에서 돌아왔는데, 이게 본체만체다.

저녁 늦게 외출에서 돌아왔는데 혜리가 본체만체다. 가만히 살펴보니 뭔가 잔뜩 삐진 눈치이다. 무슨 일인가 궁금해서 얼굴을 들이대고 웃기려고 해도 표정이 변하지 않는다. 내가 이리저리 녀석의 눈치를 살피며 조심스럽게 물었다.

"혜리야, 왜 그래? 할아버지 왔는데…!"

그래도 녀석이 말이 없다. 이게 뭔지 삐진 게 틀림없다.

그런데 아까부터 옆에서 이를 지켜보던 함므니가 하는 말이다.

"혜리가 있잖어…! 할아버지가 저를 좋아하지 않나 보데…!!"

할아버지가 저와 놀아주지 않고 맨날 나가기만 해서 그런다는 것이다.

비로소 녀석의 행동을 이해할 수 있을 것 같았다.

앞으로는 좀 조심해야 되겠다.

2005. 12. 28(수) −3∼−8℃ 한낮 포근, 아침저녁 쌀쌀

"아, 이제 살았다! 안심이다!"

녀석이 이젠 제법 컸나 보다. 우리들의 말을 곧잘 알아듣고 있다. 헤아려 보니 녀석의 나이 어느새 4년 9개월이 된다. 3개월이 모자라는 다섯 살이다. 그래서인가 보다. 요즘 녀석의 생각, 말, 행동이 모두 어른스럽다.

녀석에 대한 이런 생각은 가족 간의 만찬에서 알게 되었다. 30년 지기 친구 가족과 우리 가족이 한 자리에 모여 저녁식사를 하는 자리에서다. 녀석이 우리들의 대화를 듣다가 내 귀를 잡아당기며 몰래 하는 말이다.

"하야버지! 내 말 좀 들어 보세요! 전부 자기 얘기들만 해요! 너무 시끄러워요. 얼른 나가요!!"

식사는 친구와 그의 부인, 함므니와 녀석, 나 이렇게 다섯 명이 했다. 술이 몇 잔씩 오가고 취기가 돌 때쯤 친구 부인과 함므니의 목소리가 커지기 시작하였다. 친구도 가끔 끼어들어 흥을 돋구었다. 분위기가 왁자지껄 계속 시끄러웠다. 이런 모습이 녀석이 보기에 산만하고 시끄럽게 보였던 모

양이다.

잠시 뒤 녀석이 또 내 귀를 잡아당기며 하는 소리이다.

"하야버지, 함므니두 마찬가지예요! 너무 떠들어요. 참 웃기지요!!"

자기들 얘기만 하는 어른들의 모습이 이상하다는 것이다. 녀석이 웃음을 참지 못하고, 키득거리다 손으로 제 입을 가렸다. 나도 녀석을 따라 큰 소리로 낄낄거렸다. 이걸 지켜보고 있던 친구 부인이 하는 소리이다.

"선영이 아빠는 선영이한테도 그러더니, 손녀한테도 그러네요…!"

이야기가 시끄럽자 녀석이 얼른 가자고 재촉이었다. 가지 않아도 될 화장실을 두 번이나 들락거렸다. 갈비는 먹을 생각도 않았다.

집으로 돌아오는 차안에서 녀석이 하는 소리이다.

"아, 이제 살았다! 이제 안심이다! 그렇지 않아요…, 하야버지!!"

녀석이 너무 지루했던 모양이다.

2005. 12. 29(목) −7℃ 조석 쌀쌀, 한낮 따뜻

낙지 전문점에서 저녁을 먹었다.

'한글 깨치기' 때문에 녀석을 데리고 광주 제 집엘 다녀왔다. 제 에미는 피아노 학원엘 나가고, 난 저녁때까지 혜리 혜준이를 돌보느라 정신이 없었다. 다행히 12시쯤 함므니가 지원을 와 줘서 한숨을 돌릴 수 있었다.

저녁은 혜리네 식구와 제 집 근처 낙지 전문점에서 맛있게 먹었다. 혜리 에미, 애비, 혜리, 혜준이, 함므니, 나, 이렇게 여섯 명이서다. 낙지전골, 낙

지찜, 낙지탕…, 이러니 이건 진수성찬이 아닌가?

식사 중인데, 옆 사람들이 혜준이를 보고 예쁘다며 연신 기웃거렸다. 혜준이의 뒤뚱거리는 모습이 그렇게 귀엽다면서다. 이리저리 돌아다니는 녀석을 쫓아다니며 안으려는데 녀석이 본체만체다.

식사를 마치고 나오는데, 사람들이 혜준이를 보면서 또 하는 소리이다.

"너무 귀엽네요, 몇 살이죠? 시간 가는 줄 모르시겠네요!"

그러다, 이 사람들 얼결에 혜리를 보고는 깜짝 놀라며 하는 소리이다.

"아니 이 애는 누구죠? 이 녀석도 손녀인가요?"

"아유…! 너무 예쁘네요. 미인이에요! 어떻게 이렇게 예쁘죠!!"

그래도 녀석은 들은 체 만 체…, 내게 달려와 사람들의 눈길을 피했다.

사람들이 그동안 녀석을 미처 살펴보지를 못했다는 것이다.

이번엔 사람들이 녀석에게서 눈을 떼지 못했다.

2005. 12. 30(금) −4℃ 겨울답지 않게 푸근

녀석 앞에서 함므니와 대판 싸웠다.

녀석이 보는 앞에서 함므니와 내가 대판 싸웠다. 함므니가 잔소리 해서다. 내가 안경을 찾는데 함므니가 하는 소리이다.

"꼭 저런단 말야! 안경은 맨날 찾아요, 맨날!!"

한심하다는 눈치이다. 속이 울컥하였다. 일부러 그러는 것도 아닌데…, 도대체 어쩌란 말인가?

내가 소릴 질렀다. 고성이 오가고 싸움이 벌어졌다. 다섯 살 어린것이 보기에 답답했던 모양이다.

"함므니! 이제 그만 하세요! 함므니가 성질 내면 화나요! 땀두 나구요!"

일이 이쯤 되면 싸움이 멈춰야 하는데, 우린 아니었다. 분위기가 더욱 험악해졌다. 녀석이 이번엔 내게 통사정을 하였다.

"하야버지! 하야버지가 참아요! 사랑해서 결혼했으면 잘 살아야 할 거 아니예요. 서로 사랑해야지요! 그렇지 않아요, 하야버지!!"

내가 얼른 녀석을 안고 잘못을 빌었다.

"그래, 혜리야! 이제 안 싸울게! 잘못했어…!"

어린 녀석에게 미안하다는 생각이 들었다.

녀석 앞에서 다신 싸우지 말아야겠다.

2005. 4. 24. 단양 방곡사 뜰 앞 잔디밭….

녀석, 함므니, 나 셋이서 단양 방곡사에 갔을 때다.
함므닌 스님 법어를 듣고, 녀석과 난 뜰 잔디밭에서
할 일 없이 밍기적거리는데…,
녀석이 저만치서 서성이는 상좌를 보면서 하는 소리이다.
"할아버지! 왜 부처님들은 저렇게 머리가 없어요?"
내가 흠칫하며 상좌를 바라보았다.
그런데, 그 상좌 벌써 알아들은 모양이다.
다가와 녀석의 머리를 쓰다듬으며 미소를 지었다.
녀석이 미안한지 움찔한 표정을 지었다.

4

2006. 1 ~
2006. 3

2006. 1. 1(일) −2℃ 겨울답지 않은 날씨, 푸근

녀석이 어느새 다섯 살이 되었다.

어느새 새해 아침이 되었다. 녀석이 벌써 만 다섯 살이 되었다. 주먹만하던 녀석이 이젠 제법 컸다.

오전 11시, 녀석이 제 에미 애비와 교회엘 가면서 하는 소리이다.

"함므니! 엄마가 나 함믄네 집에 데려다 줄까요?"

제 에미 애비가 데려다 주지 않을까 걱정이 되는 모양이다.

"그럼…, 데려다 주지! 네 동생 혜준이를 여기 두고 가는데…!!"

저녁 8시, 교회에 갔다가 돌아온 녀석에게 내가 물었다.

"혜리야! 어딜 다니나 이렇게 늦게 왔어?"

"뉴코아 아울렛, '까르프' 그런데 다녔어요."

녀석은 함므니가 차려 준 저녁밥을 맛있게 먹었다. 배가 몹시 고팠던 모양이다. 다 먹고 나서는 빈 그릇을 들고 다니며 자랑이다.

"함므니, 이거 보세요. 하야버지 이거 보세요! 다 먹었어요!!"

밤 11시, 컵 라면을 먹던 녀석이 갑자기 할머니를 성토하고 나섰다.

"하야버지, 함므니는 미국 말도 못하면서 왜 자꾸 미국에 가는 거예요?"

오는 2월, 함므니가 미국 제 이모네 집에 가는 걸 두고 하는 말이다.

"이모가 대신 해 준다"고 했더니, 저도 가르쳐 달라고 떼를 썼다.

"하야버지, 나두 미국말 가르쳐 주세요. 함므니하구 미국 가게요."

함므니와 헤어질 것이 벌써부터 걱정이 되는 모양이다.

2006. 1. 3(화) -7℃ 바람이 불고 귀가 시려워

"하야버지, 우리 묵찌빠해요!"

오후 1시, 제 에미와 밖엘 나간 녀석이 저녁이 늦도록 돌아오지 않는다. 궁금해서 전화를 걸었더니 녀석이 다짜고짜 하는 말이다.

"하야버지, 어디예요? 죽전 집이에요?"

그렇다고 했더니, 녀석이 곧 돌아오겠다고 하였다. 함므니와 내가 밖에서 돌아오지 않은 것으로 알고 귀가를 미루었던 모양이다.

외출에서 돌아온 녀석이 하는 행동이다. 이것저것 해 달라는 게 그리도 많다. 하루 종일 함께 하지 못한 것에 대한 보상이라도 받으려는 듯하다.

"하야버지, '묵찌빠' 해요. 목마두 태워 주세요. 카드놀이도 하구, 공부도 시켜 주세요!"

한 시 반 시 가만히 내버려두지를 않는다. 귀찮을 정도로…, 혼자 놀아주면 좋겠는데…. 목마, 카드놀이, 공부를 하고 나니 어느새 자정이었다.

녀석은 그래도 놓아줄 생각을 않는다.

2006. 1. 4(수) -7℃ 춥고 눈이 내릴 듯 꾸물꾸물

"하야버지! 알파벳 가르쳐 주세요"

녀석이 알파벳을 가르쳐 달라고 한다. 그래서 가르쳐 주는데 이게 제 멋

대로다. 큰 글자를 써야 하는데 작은 글자를 쓰고, 순서도 이것저것 마음대로다. 속이 상해 소릴 질렀더니 이게 거실 소파로 나가 침묵시위를 벌이고 있다.

나도 서재에 앉아 꼼짝을 하지 않았다. 어디 두고 보자…, 녀석의 동태를 살피기 위해서다. 얼마 뒤 녀석이 천천히 움직이기 시작하였다.

이게 내 서재 문을 살며시 열더니, 실내화 한 짝을 던지고 도망을 가는 거였다. 웃음을 참고 가만히 앉아 있는데, 이게 또 시비를 걸었다. 두루마리 화장지를 내던지고 냅다 도망을 쳤다. 터져 나오는 웃음을 참지 못하고 껄껄댔더니 이게 얼른 쫓아와 응석을 부리기 시작하였다.

"하야버지! 하야버지는 혼자만 노냐!! 난 안 놀아주구! 나 심심해!!"

녀석이 너무 심심해서 그러는구나 싶었다.

"그런데, 넌 왜 멋대로 해! 그럼 할아버지가 어떻게 가르쳐…!"

"이제 안 그럴게요. 하야버지 말 잘 들을게요!"

그래서 우린 화해를 하였다.

그리고 조금 전 하던 영어를 다시 시작하였다.

2006. 1. 5(목) −11℃ 소한추위 쌀쌀

"하야버지! 얼굴이 차갑네요!!"

녀석이 오늘도 말썽이다. 10시가 넘도록 일어나지 않더니, 간신히 일어나 밥 먹기를 열나절이다. 11시 30분까지 '한글 깨치기' 때문에 광주 제 집엘 가야 하는데…. 드디어 함므니의 잔소리가 시작되었다.

"너 이러면 어떡해? 11시 반까지 네 집에 가야 하잖아! 엄마가 뭐라면 너 어떻게 할 거야!!"

그래도 녀석은 들은 체 만 체다. 그러자 함므니가 성질을 부렸다.

"얘, 제 집에 떼어놓고 와요. 정말 못 기르겠어!"

함므니가 녀석의 옷가지를 주섬주섬 꺼내 방바닥에 내놓았다.

그러자 녀석이 싱글거리며 하는 소리이다.

"함므니, 나 다 알고 있어! 괜히 그러지!!"

내가 얼른 녀석을 부둥켜안고 잔소릴 하였다.

"혜리야! 앞으로 밥 잘 먹어! 일찍 일어나구…! 말 잘 듣구, 알았지?"

밤 11시, 외출에서 돌아오니 녀석이 달려나오며 하는 소리이다.

"하야버지! 나 왔어요!! 하야버지는 이렇게 늦어요!"

떼어놓고 오겠다던 함므니가 저를 데리고 와서 기분이 좋은 모양이다. 내가 녀석을 번쩍 안았더니 녀석이 내 머리를 감싸며 하는 말이다.

"하야버지! 얼굴이 차갑네요!!"

2006. 1. 6(금) -10℃ 계속되는 강추위

아침 11시가 넘어야 간신히 일어난다.

녀석이 요 며칠 11시가 넘어야 간신히 일어난다. 그것도 흔들어 깨워야 마지못해서다. 버릇을 고쳐 주어야 하는데 쉽지가 않다.

"하부지!
놀이터 가자!!"

밥을 먹는 것도 문제다. 도대체 먹을 생각을 않는다. 먹는다 해도 먹는 건지 마는 건지 구분이 되지 않는다.

11시가 넘어 일어난 녀석에게 생태국을 끓여 주었더니 먹지를 않는다. 국이 짜서 그런가 맛을 봤더니 아니다. 속이 상해 내가 한 마디 하였다.

"혜리야, 맛이 없어! 계란탕 끓여줄까?" 대답이 없다. 답답해서 방으로 들어가 한참을 있다가 나가 보니 밥이 그대로 있다.

내가 옷을 갈아입으며 "도망을 가겠다"고 엄포를 놓았다. 밥을 먹을까 해서다. 녀석이 달려와 내 바짓가랑이를 잡았다. "먹을 테니 나가지 말라"는 것이다. 눈에는 어느새 눈물이 그렁그렁하다. 도망가려는 행동을 멈추고 밥을 먹는지 곁눈질로 살펴보았다. 눈이 마주치면 먹는 척을 하다가 아니면 멈추었다. 난 더 이상 채근을 그만두었다. 성격이 이상해질까 걱정이 되어서다. 이로부터 얼마의 시간이 흘렀을까. 녀석이 빈 그릇을 들고 와 나를 툭 치며 하는 소리이다.

"하야버지, 나 밥 다 먹었어요. 참 예쁘지요?"

밥그릇에는 밥알이 하나도 없다. 기분이 날아갈 것 같았다. 내가 녀석을 번쩍 안아들고 칭찬을 해 주었다.

"아유, 정말이네! 우리 혜리가 밥을 다 먹었네…!!"

내가 녀석을 안고 방을 이리저리 겅중거렸다. 녀석이 기분이 좋은지 싱글벙글이었다. 내가 방금 전 제게 화를 낸 이유를 설명해 주었다.

"혜리야! 밥을 안 먹으면 몸이 약해져! 그러면 병에 걸려, 자꾸 병원에 가야 돼! 함므니 할아버지 속상해 못살어! 혜리가 아프면…!!"

"그래서 하야버지가 화를 냈구나! 아얏어요. 밥 잘 먹을게요!"

정말, 제발 그랬으면 좋겠다.

2006. 1. 7(토) −10℃ 계속되는 강추위

며칠 전부터 팽이를 사 달라고 한다.

녀석이 며칠 전부터 '탑블래이드' 라는 팽이를 사 달라고 한다. 그런데 아무리 찾아도 이게 없다. 외출을 했다가 어린이 전용 놀이 용품점을 들러 보았으나 찾지를 못했다. 저녁 늦게 외출에서 돌아오니 녀석이 팽이를 찾는데, "못 사왔다" 고 했더니 투덜거렸다.

"하야버지는 바보야! 그것도 못 사 오구!" 미안한 마음으로 손발을 씻는데 녀석이 내 등을 껴안으며 하는 소리이다.

"하야버지, 나 아까 치카치카 했어요. 세수도 하구, 밥두 다 먹었어요."

내가 녀석을 번쩍 안으며 좋아서 어쩔 줄을 몰랐다. 어제 야단을 쳤더니 자랑을 하려는 듯하였다.

"밥을 혼자 먹었느냐" 고 했더니, "함므니가 먹여 주었다" 고 한다.

그러면서 앞으로는 혼자 먹겠다고 한다. 함므니와 내 잔소리가 너무 심했나 싶었다.

2006. 1. 8(일) −7℃ 추위가 누그러짐

"하야버지, 아직두 자면 어떻게 해요?"

아침 7시, 녀석이 나를 흔들어 깨웠다.

"하야버지, 일어나요! 아직두 자면 어떻게 해요! 해가 떴잖아요!!"

아침 11시나 돼야 일어나는 녀석이 오늘 아침 내게 하는 말이다. 내가 일부러 자는 척을 하였다. 늦게 일어나는 녀석의 버릇을 고쳐주기 위해서다. 못 들은 척 몸을 이리저리 돌려 누웠더니 이게 속이 상하는 모양이다.

"하야버지, 저기 시계 좀 보세요! 시간이 벌써 저렇게 지났어요!!"

내가 저를 깨울 때 하던 소리를 앵무새처럼 반복하였다.

터져 나오는 웃음을 간신히 참았다.

늦게 일어나는 것이 나쁜 줄은 저도 아는 모양이다.

2006. 1. 9(월) −5℃ 소한추위, 조금씩 풀림

녀석이 며칠째 팽이 타령이다.

녀석이 오늘도 팽이 타령이다. 벌써 며칠째 그런다. 어제 제 에미와 외출을 해서 사 주었겠거니 했더니 아니다. 내가 외출을 하면서 제 삼촌에게 사 주도록 일렀다.

저녁 8시, 외출에서 돌아오니 녀석이 뛰어나오며 하는 소리이다.

"하야버지, 왜 이렇게 늦게 오세요?"

"으응…, 병원에 갔다 오느라고…!"

"아니에요. 거짓말이에요. 사람 죽은 데 갔다 오는 거지요!"

녀석이 벌써 다 알고 있었다. 함므니의 이야기를 들은 모양이다. 난 고향 동네 어머니 연배 어른의 장례식장엘 갔다 오는 중이다.

팽이가 어떻게 됐는지 궁금해서 물었더니 녀석이 하는 소리이다.

"하야버지, 여기요!"

이게 싱글벙글이다. TV광고에서 보던 바로 그 팽이 '탑블래이드' 이다. 보기에 여간 멋진 게 아니다. 삼촌이 조립을 해 주고 방금 나갔다는 것이다. TV광고에는 몇 개가 더 있는데, 어떻게 된 거냐고 물었더니 아직 조립을 하지 않았다고 한다. 기분이 좋은지 녀석이 계속 미소를 지었다.

2006. 1. 12(목) −3℃ 눈이 올 듯, 종일 찌 뿌드

한글 깨치기 때문에 제 집엘 다녀왔다.

'한글 깨치기' 공부 때문에 제 집엘 가야 하는데, 이게 일어나질 않는다.

"혜리야, 일어나! '한글 깨치기' 공부하러 가야 돼! 늦으면 엄마가 뭐라고 그래!"

그런데 들었는지 말았는지 이게 그냥 자고 있다.

"혜리야, 벌써 10시가 다 됐어. 일어나! 지금 9시 반이야!"

그랬더니 이게 돌아누우며 하는 소리이다.

"그럼, 나 주물러 줘야지! 나 피곤하단 말야!!"

어쩌지 못하고 주물러 줄 수밖에…. 머리, 팔다리, 귀, 목, 어깨, 등, 발바닥까지. 그러고 났더니 녀석이 또 하는 소리이다.

"하야버지, 오늘은 세수하지 말까? 치카치카두?"

이렇게 엉뚱한 소리이다. 어쨌거나 간신히 깨워 제 집엘 가려는데, 이번

엔 이게 안고 가라고 칭얼댔다. 아니면 가지 않겠다는 것이다.

"임 새끼! 할아버진 물 한 통 들고 가야 돼. 엄마가 가지고 오랬어!"

그래도 녀석은 막무가내다. 안고 가야 한다는 것이다. 그러니 어쩌겠는가….

공부를 마치고 돌아오려는데 제 에미가 운전 조심을 당부하였다. 이 소리를 듣고 있던 녀석이 입을 비죽거리며 하는 소리이다.

"엄마는 괜히 걱정이야. 하야버지가 더 조심하는데…! 그렇지요 하야버지!"

안 듣는 것 같은데 녀석이 다 듣고 있었던 모양이다.

2006. 1. 14(토) 영상 8℃ 봄날처럼 따뜻

"하야버지, 살살 밀어 주세요!!"

오전 11시, 녀석이 슈퍼엘 가자고 조른다. 햇살이 퍼지지 않아 다소 춥긴 한데 난 녀석을 세발자전거에 태우고 길을 나섰다.

슈퍼엘 가는 중인데, 녀석이 놀이터에서 그네를 타자고 한다. 늘 그랬던 것처럼 녀석의 뒤를 밀어 주는데 이게 겁먹은 소리를 한다.

"하야버지, 너무 세게 밀지 마세요. 살살 밀어요."

전에 없던 행동으로 무서운 게 뭔지를 아는 모양이다. 슈퍼에서는 물건을 한참 고르고 고작 300원을 내놓아 주인 아주머니가 깔깔 웃었다.

"이거 가지고는 안 돼요. 4,500원이에요."

녀석이 어리둥절해서 쩔쩔매는데, 그 모습이 그렇게 예쁘고 귀엽다.

저녁나절엔 녀석으로부터 심한 잔소리를 들었다. "함므니한테 큰소리를 하지 말라"는 것이다.

"하야버지, 함므니한테 살살 말해요! 너무 크게 하지 말아요! 나 놀래요!"

아차 싶었다. 조심을 한다면서 늘 같은 실수를 반복하고 있다.

저녁 6시, 녀석이 어디 숨었는지 찾을 수 없어 한참 쩔쩔 맸다. 안방, 건넌방, 화장실, 베란다, 모두 찾아보았으나 없었다. 큰소리로 불러도 대답이 없다. 이게 어떻게 된 건가…! 진땀을 흘리고 서 있는데 녀석이 건넌방 붙박이장에서 나오며 하는 소리이다.

"하야버지, 나 여기 있어요!"

내가 화가 나 소릴 버럭 질렀다.

"이 계집애! 부르면 얼른 대답을 해야 할 거 아냐…!!"

2006. 1. 17(화) −2℃ 섣달치고는 너무 따뜻

녀석들, 제 에미 애비가 없어도 잘 논다.

혜리 혜준이가 제 에미 애비가 없어도 끽소리 없이 잘 놀고 있다. 제 에미 애비는 4박 5일 일정으로 독일을 다녀온다며 어제 길을 나섰다.

매년 독일에서 벌어지는 '세계금속건축박람회'에 참석하기 위해서다.

처음에는 이것들을 어떻게 돌보나 걱정을 했는데, 지내다 보니 그렇지가 않았다. 혜준이는 제 에미가 있을 때보다 더 잘 놀고 있다. 가끔 제 에미

가 보고 싶은지 우는 척을 하다가 함므니 가슴을 더듬거렸다. 함므닌 이런 녀석을 두고 "제 애비 닮아서 '순데기' 같다" 고 하였다.

혜리 녀석, 가끔 제 동생이 말썽을 부리면 부담스러운지 짜증이다.

"함므니! 엄마는 왜 혜준이를 우리 집에 맡겨 놓고 가는 거예요?"

녀석의 이 말에 함므니가 한참을 깔깔거렸다. 녀석의 말은, 저는 함믄네 식구고, 혜준이는 손님이라는 태도다. 녀석의 입장으로 보면 그럴 수 있을 법도 하다. 저는 나서 지금까지 함믄네 집에서만 살았으니까.

혜리는 제 동생을 아주 알뜰살뜰히 보살폈다. 혜준이가 자다가 깨어서 울면 쫓아가 감싸안고 달랬다. 혜준이는 제 언니 품에 안겨 언니 등을 토닥거렸다. 그 모습이 얼마나 정겨운지 사진이라도 찍어두었으면 싶었다.

한 번은 혜준이가 오줌을 쌌는데, 녀석이 제 동생을 내게 데려오며 하는 소리이다.

"하야버지! 혜준이가 오줌 쌌어요. 기저귀 갈아주세요!!"

기저귀를 열어보니 냄새가 코를 질렀다. 내가 오만상을 찌푸렸더니 녀석이 하는 소리이다.

"하야버지, 괜찮아요! 애기가 싼 건데요 뭐…! 혜준이는 어리잖아요!"

4박5일 동안 녀석들의 행동이다. 혜준이는 제 언니를 따라 다니느라 여념이 없고, 술래잡기를 한다며 이 방 저 방을 헤집고 다니고, 서로 뛰고 붙잡는다며 정신을 쏙 빼놓고 있다. 종일 조잘조잘…, 시시새새, 마냥 즐겁기만 하다.

두 것들을 돌보기가 그리 어렵지 않았다.

2006. 1. 18(수) −3℃ 날씨가 계속 따뜻

혜리에미 애비, 독일에 간 지 3일이 지났다.

혜리에미 애비가 독일에 간 지 3일이 지났다. 그동안 혜리 혜준이 녀석 별 일 없이 잘 지내고 있다. 동생 혜준이는 제 언니보다 먹성이 좋다. 행동도 남자스럽다. 언니가 그 기세에 눌려 가끔 짜증을 부린다. 장난감을 가지고 다투면 언니가 질 때가 많다.

낮 12시, 혜리가 방문을 살짝 열고 내게 몰래 하는 소리이다.

"하야버지, 나 지금 식당놀이 하고 있어요. 하야버지만 들어오세요."

혜준이가 들어올까 봐 몰래 하는 소리이다. 혜준이가 훼방을 놓을까 걱정이 되어서다. 그런데 녀석이 내 등 뒤에서 벌써 이 말을 다 들었다.

서재에 들어가 보니 방 중앙까지 머플러가 깔려 있었다. 방 중앙에는 장난감으로 차린 양식상이 놓여 있었다. 녀석이 제스추어를 써가며 나를 상으로 안내하였다.

"여기는 식당입니다. 우리 식당에 오신 것을 환영합니다."

그 행동이 꼭 어디서 보고 배운 그런 모습이다. 이걸 본 혜준이가 방으로 들어가겠다고 난리이다.

혜리의 반대에도 내가 문을 열어 주었더니, 녀석이 사고를 치고 말았다. 서재에 깔아 놓은 카펫에 벌렁 누워 버린 것이다. 카펫이 이리저리 밀려 엉망이 되었다. 혜리가 얼굴을 찌푸리며 하는 소리이다.

"그러게 누가 혜준이를 데리고 오라고 했어요!"

"하야버지만 몰래 들어오라고 했지요!"

옆에서 이 말을 듣고 있던 혜준이가 또 일을 저질렀다.

카펫을 다시 발길로 차 엉망이 되고 만 것이다.

웃음이 터져 나와 내가 한참을 껄껄거렸다.

2006. 1. 20(금) -3℃ 마치 봄 날씨 인 듯

독일에 갔던 혜리에미 애비가 돌아왔다.

독일에 갔던 혜리에미 애비가 어제 돌아왔다. 그러자 혜준이의 행동이 이제까지와는 완전 딴판이다. 함므니 하부지를 거들떠보지도 않는다. 안으려고 손을 내밀어도 고개를 요리조리 돌리며 딴전이다.

낮 12시, 함므니가 혜리를 데리고 안산 '자성당한의원' 을 찾았다. 함므니가 미국에 가기 전 녀석에게 보약을 지어 먹이겠다면서다. 녀석이 워낙 밥을 먹지 않아 걱정이 되어서라고 하면서다. 함므니는 미국에 가 있는 동안 녀석의 건강이 걱정이라고 입버릇처럼 말해 왔다. 걱정도 팔자라는 생각이 들었다.

혜준이는 오전 11시 제 집에 데려다 주었다. 집을 나서려는데 이게 끙끙거리고 안절부절이다. 함므니와 헤어지는 게 섭섭해서인 듯하였다. 녀석이 함므니 품에 잠시 안겼다가 길을 나섰다.

2006. 1. 21(토) −2~6℃ 겨울답지 않은 따뜻한 날씨

하루 종일 녀석과 집에서 보냈다.

오늘은 하루 종일 녀석과 집에서 보냈다. 함므니가 성지순례차 합천 해인사를 가서다. 녀석과 둘이 집에 있을 때 늘 걱정되는 게 있다. 식사문제다. 워낙에 입맛이 까다로워 무얼 어떻게 해 먹여야 할지…, 난감하다. 녀석은 아침 11시에 일어나 12시 반에 간신히 아침을 먹었다. 무얼 해 먹일까 궁리를 하다가 등심을 구워 주었다. 그런데 소금에 찍어 먹던 녀석이 갑자기 울상이 되어 하는 소리이다.

"하야버지, 소금이 목에 걸렸어요! 안 넘어가요!!"

눈물이 글썽글썽하였다. 속이 상했다. 소금이 목에 걸리다니…, 물을 벌컥벌컥 마시고서야 녀석이 진정을 하였다.

그래서다. 오후엔 근처 죽전휴게소에 가서 우동을 먹였다. 국물이 시원하고 담백해서 녀석이 종종 이걸 먹는다. 오늘도 우동 한 그릇을 군말 없이 비웠다. 이곳에만 가면 혜리를 찾아오는 여 종업원이 있다. 그 여자 혜리가 예쁘다며 갈 때마다 찾아와 말을 걸고 먹을 걸 가져다 주었다.

곧 이어 저녁…, 내가 녀석에게 무얼 먹을지를 물었다.

"혜리야! 우리 저녁은 뭘 해서 먹을까? 된장찌개, 계란프라이…?"

그랬더니 이게 입을 비죽거리며 하는 소리이다.

"싫어! 난 된장찌개 안 먹어…, 싫단 말이야!"

그러더니 이제부터 나와는 놀지 않겠다고 투덜거렸다. 된장찌개를 준다고 성질이 나서 하는 소리이다. 그뒤 난 녀석에게 한참 혼이 났다.

2006. 1. 22(일) −2~7℃ 계속 포근한 날씨

녀석이 3장의 그림을 그렸다.

오후 5시, 외출에서 돌아오니 녀석이 제 집에 가지 않고 함므니와 함께 있었다. 어…, 이상하다. 제 집에 가야 하는데…. 제 에미와 교회두 가구…, 놀러두 가구…. 내가 이상해서 함므니에게 물었다.

"아니, 혜리가 집에 있네…! 제 집에 안 가고…!!"

"제 집에 가기는…! 그렇게 꼬셔도 안 가더구먼…."

일주일에 하루쯤은 제 집에 가도 좋은데 녀석은 아니다. 함므니 집에서만 늘 살아서 그런 모양이다.

저녁나절, 녀석이 제 에미가 사다 준 크레파스로 그림을 그렸다. 동생이 걸리적거리면 내게 도움을 청했다.

"하야버지! 혜준이 좀 봐 주세요. 혜준이 땜에 못 그리겠어요."

잠시 뒤 녀석이 방금 그린 3장의 그림을 내게 불쑥 내밀었다. 한 번 봐 달라는 듯도 하고, 으스대는 것 같기도 하였다. 살펴보니 참 잘 그렸구나 싶었다. 세 장의 그림 중 첫 번째 그림은 화병에 담은 꽃을 그린 그림이다. 큼직한 화병에 4송이의 꽃을 꽂았는데, 구도며 색상이 그럴 듯 하였다. 꽃마다의 색깔은 연두, 빨강, 보라, 분홍색으로 조화를 이루고 있다.

두 번째 그림은, 화폭 가득히 과일 여러 개를 담은 정물화였다. 그런데 엄격히 따져 보면 이 그림은 상상화라는 점에서 정물화는 아닌 듯하였다. 상상 정물화라는 말이 옳을지 모르겠다. 어쨌거나 화폭에는 포도, 수박, 귤, 딸기, 멜론이 가득 그려져 있었다. 과일마다에는 파란 잎들이 너울대서

보기에 여간 싱그럽지 않다.

세 번째 그림은 강태공의 낚시질 장면이다. 파란 하늘, 이글거리는 태양, 굽이쳐 흐르는 강, 그 어구에 비스듬히 서 있는 오토바이 한 대, 그리고 우거진 활엽수 한 그루…, 그 옆에 낚싯대를 드리우고 명상에 잠겨 있는 강태공…. 얼른 보기에 너무 한가롭고 조용하다. 녀석이 낚시를 강조하려 했음인지 강물에 고기 세 마리를 그려 넣고 있다. 어린 녀석의 상상력이 놀랍다는 생각이 들었다. 내가 이 세 장의 그림을 거실 벽에다 붙였다. 벽에는 녀석이 이미 그려 붙인 여남은 장의 그림이 있었다.

벽에 붙인 그림을 보고 함므니와 삼촌이 칭찬을 해 주었다. 녀석이 기분이 좋은지 계속 싱글벙글하였다.

2006. 1. 23(월) −2∼−7℃ 갑자기 쌀쌀

"하야버지! 나 예쁘지요!!"

어제 혜리에미가 혜준이를 떼어놓고 갔다. 제 에미를 떨어져서인지 녀석이 밤새 잠을 자지 않고 떼를 썼다. 녀석은 엉덩이를 몇 대 맞고서야 비로소 잠이 들었다. 그런데 녀석이 아침 일찍 일어나 남을 못살게 군다.

나는 아직 세상 모르고 자고 있는데…, 이게 이불을 들추고, 남의 얼굴을 만지고, 배에 올라타고 엉덩이를 출썩거렸다. 이따금 우당탕 뛰어다니며 꽥꽥 소리를 질렀다. 혜리는 오늘도 11시가 넘어서야 간신히 일어났다. 함므니는 녀석의 생활습관이 나쁘다고 난리였다.

"하부지!
놀이터 가자!!"

오후 3시, 혜준이가 제 언니들이 노는데 끼지 못해 안달이다. 혜리와 친구 예원이는 아예 혜준이를 끼워줄 생각이 없다. 혜준이가 너무 어려 놀이에 방해가 되어서다. 그런데 천방지축 혜준이, 언니들 틈을 비집고 다니며 놀기에 바쁘다. 저녁나절 학원에서 돌아온 혜리에미가 녀석의 머리를 단장해 주었다. 빗질을 하고, 루즈를 바르고, 핀을 꽂고, 왕관을 씌우고….

꽃단장을 한 녀석이 내게 와 하는 소리이다.

"하야버지, 나 예쁘지요!!"

말할 나위도 없다. 녀석은 정말 예쁘다. 내가 녀석 할아버지라서가 아니다. 정말 예쁘다. 보는 사람들마다 그런다. 입에 침이 마르도록….

녀석이 끝으로 하는 말이다.

"하야버지! 나 화장 안 해두 예뻐요?"

어디 여부가 있겠는가. 녀석은 내가 화장을 싫어하는 걸 잘 알고 있다. 옆에 있던 함므니가 내 말에 동의를 해 주었다.

"우리 혜린 워낙 예뻐서 화장 안 해도 예뻐!"

함므니의 말을 듣고 녀석이 루즈를 지우려 하였다.

옆에 있던 제 에미가 이걸 얼른 말렸다.

2006. 1. 24(화) −8℃ 대한 추위를 하려나 보다

늦잠, 식사 때문에 잔소릴 했다.

녀석의 잠, 식사문제를 두고 종일 잔소릴 했다. 녀석이 거의 매일 늦잠을

자고, 밥을 잘 먹지 않아서다.

아침 11시가 훨씬 지난 시간이다. 녀석이 아직도 깊은 잠에 빠져 있다. 내가 답답해서 흔들어 깨우며 잔소릴 하였다.

"혜리야! 너 이렇게 늦게 일어나도 되는 거야? 저기 저 시계 좀 봐, 벌써 12시야! 애들이 학교 갔다 올 시간이야! 해가 높이 떴어!"

녀석이 입을 다문 채 말이 없다. 저도 화가 나는지, 얼굴을 잔뜩 찡그리고 있다. 그래도 일어나지 않아 내가 잔소릴 계속 하였다.

"너 이러면 학교에 못 가! 이렇게 늦게 일어나고 어떻게 학교엘 가! 선생님이 못 오게 해! 교실에서 내쫓아! 학교에선 밥두 빨리 먹어! 너처럼 늦게 먹지 않어!"

녀석이 계속 듣고만 있다. 달다 쓰다 말이 없다. 내가 답답해서 베란다에 나가 담배 한 대를 피우고 들어왔다. 이 시간에 녀석이 밥을 좀 먹은 모양이다. 밥그릇을 내게 들고 와 "다 먹었다"고 자랑이었다. 살펴보니 아직 반쯤 남아 있다. "깨끗이 먹어야 한다"고 또 잔소릴 하였다.

오후 2시, 점심을 먹을 때에도 잔소리를 하였다. 녀석이 밥을 먹지 않겠다고 떼를 써서다. 달래고 달래다 어쩔 수 없이 우동을 먹이기로 하였다. 그런데 녀석이 이것도 잘 먹지를 않는다. 어떤 땐 잘 먹더니….

운동량이 부족해서 그런가 싶어 저녁나절엔 밖에 나가 연을 날리기로 하였다. 그런데 녀석이 날리는 연이 하늘을 오르려다 이내 곤두박질이다. 연 날리는 솜씨가 없어서다. 끈을 당겼다 놓았다 해야 하는데, 녀석이 이걸 하질 못한다. 연이 곤두박질 칠 수밖에…, 내가 달려들어 끈을 조정하고서야 연이 간신히 하늘을 날았다.

녀석이 저녁도 먹지를 않아 또 잔소릴 하였다.

2006. 1. 25(수) −6℃ 오늘도 쌀쌀

오늘도 계속 많은 잔소릴 했다.

오늘도 녀석에게 많은 잔소릴 했다. 어제처럼 늦게 일어나고 밥을 잘 먹지 않아서다.

글쎄 11시를 넘겨서 간신히 일어난 녀석이, 11시 반쯤 아침밥을 먹기 시작했는데, 오후 1시가 되어서야 간신히 끝을 내는 거였다. 자그마치 한 시간 반이나 걸린 셈이다. 이러니 밥을 먹이기가 얼마나 짜증이 나겠는가. 녀석은 밥을 먹으면서 그렇게 딴전이다. 먹다가 말다가…, TV를 보다가, 잔소릴 하다가…. 내가 신경질을 부리고 내 방으로 들어와 버렸다.

얼마쯤 시간이 지났을까. 녀석이 내 방문을 열고 그림 한 장을 폴싹 던지고는 얼른 문을 닫았다. 넓은 바다에 떠 있는 큰 군함이다. 내 마음을 풀어주려고 그렸구나 싶었다. 녀석의 마음을 달래 주고 싶어서 내가 그림 설명을 부탁하였다. 그랬더니 이게 신이 나서 하는 소리이다.

"이건 바다, 이건 배, 이건 굴뚝에서 나오는 연기, 이건 구름…."

녀석의 그림은 언제 보아도 그럴싸하다.

쪽빛 바다, 둔탁하고 짙은 브라운 색깔의 군함, 바다 뒤 저 멀리에 떠 있는 뭉게구름, 검게 타오르는 굴뚝 연기, 마치 군함이 움직이고 있는 듯한 착각에 빠지게 된다.

내가 나 자신을 살펴보았다. 잘 놀아주지도 못하면서 괜히 잔소리만 하는 게 아닌가 싶었다. 미안한 생각을 하면서 잠자리에 들었다.

2006. 1. 26(목) −3℃ 날씨가 다소 풀림

제 에미가 주는 밥을 금새 다 먹는다.

'한글 깨치기' 때문에 제 집엘 갔는데, 녀석이 제 에미가 주는 밥을 눈 깜짝할 사이 다 먹는다. 함믄네 집에서와 비교되는 장면이다. 이럴 수 있을까, 믿어지지 않는다. 함믄네 집에서는 먹여주어도 한 시간 이상이 걸리는데…, 제 집에선 30분도 안 걸려 다 먹는다.

반찬도 별 게 아니고, 어묵 조림이다. 당근, 파, 양파를 썰어 섞어서 조금 맵게 조린 거다. 녀석이 이걸 해서 밥을 그렇게 잘 먹는다. 내가 녀석의 머리를 쓰다듬으며 말했다.

"혜리야! 함믄네 집에서도 이렇게 잘 먹어, 알았지!!"

'한글 깨치기'를 마치고 집으로 돌아오는데, 녀석이 엉뚱한 소리이다.

"하야버지, 나 이담에 차 사 주세요. 햇빛이 나면 이렇게 열구, 비가 오면 이렇게 닫구…. 문을 열면 여기가 빨갛고…."

녀석이 빨간 오픈카를 말하고 있었다. 이것이 멋을 아는구나 싶은 생각이 들었다. 내가 얼른 대꾸를 했다.

"아! 사주구 말구, 우리 혜리가 사 달라는데…!"

저녁에는 녀석, 함므니, 나 셋이서 사우나엘 다녀왔다. 사우나에 가서다. 함므니가 녀석을 여탕으로 데리고 갔다. 여섯 살이 됐으니 남탕에는 데리고 가지 말라면서다. 사우나 휴게실에선 녀석이 주위 사람들의 관심을 독차지하였다. 모두들 녀석이 예쁘다고 난리들이다.

어떤 아가씨가 녀석에게 과자를 주며 하는 소리이다.

"하부지!
놀이터 가자!!"

"얘! 너 몇 살이니? 넌 어떻게 그렇게 예쁘니…?"

그런데 녀석이 눈길도 주지 않는다.

이 아가씨가 답답한지 다시 하는 소리이다.

"얘! 넌 예쁘다는 소릴 하도 들어서 관심도 없구나…!!"

사실이 그렇다. 녀석은 보는 사람들마다 예쁘다고 난리들이다.

2006. 1. 28(토) −3℃ 계속 따뜻

늦게 일어나 밥도 먹질 않는다.

녀석의 늦잠과 나쁜 식습관이 오늘도 계속되었다. 오전 11시에 일어나 오후 1시가 되어도 밥 먹을 생각을 않는다. 속이 상해 야단을 치려는데, 함므니가 말린다. 그러던 함므니도 끝내 참지 못하고 화를 냈다.

"너 이따가 엄마 오면 이를 거야!!"

그래도 녀석은 무덤덤한 표정이다.

녀석의 나쁜 습관은 밥을 입에 물고 TV를 본다는 데 있다. 한 입 받아 물고는 세월아, 네월아, 시간을 보낸다. 다그쳐도 소용이 없다. 명 짧은 놈 숨 넘어갈 지경이다. 화를 낼라치면 눈물을 글썽여 그러지도 못한다.

이상한 건 옆에 제 에미만 있으면 그러지 않는다는 것이다. 끽소리 없이 잘 먹는다. 함므니 하부지가 편안하게 보여서 그런 모양이다.

저녁을 먹고 났는데 녀석이 한복으로 갈아입고 무언가를 시켜 달라고 한다. 시킬 게 없다고 해도 아무거나 시키라고 한다. 커피며 토스트를 주문

했더니 플라스틱 장난감을 들고 와 커피를 따르고 토스트를 쟁반에 내놓는다. 커피를 홀짝이고, 토스트를 먹는 척을 하자니 웃음이 나왔다.

2006. 1. 29(일) 2℃ 드디어 영상, 봄 날씨

혜리, 혜준이에게 세배를 받았다.

아침에 혜리 혜준이에게 세배를 받았다. 오늘이 병술년 개띠, 정월 초하루 날이다. 혜리 녀석, 갑자기 절을 하기가 쑥스러운 모양이다.

동생 혜준이는 뻰질 절을 하는데 녀석은 자꾸 딴전이다. 내게 선사할 꽃다발이 망가졌다며 울상을 지으면서다. 그 사이 혜준이는 넙죽 넙죽 절을 하다가 방바닥에 머리방아를 찧고 엉엉 울었다.

혜리는 한참 뒤에야 절을 한다며 엉거주춤 하였다. 함므니는 혜리, 혜준이를 나란히 세우고 절을 시켰다. 두 것들의 세배 모습이 귀엽고 깜찍하였다. 내가 세뱃돈을 주면서 덕담을 하였다.

"혜리야! 밥 잘 먹고 건강해야 돼! 알았지?"

"혜준이는 얼른 커서 언니하고 잘 놀아야 돼…!"

저녁은 온 가족이 식탁에 모여 오순도순 맛있게 먹었다.

갈비찜, 배춧국, 숙주나물, 고사리나물, 된장찌개를 해서다.

2006. 1. 31(화) 1~5℃ 바람 한 점 없이 따뜻

녀석이 자는 동안 봉은사엘 다녀왔다.

녀석이 잠에서 깨기 전 함므니와 봉은사엘 다녀왔다. 아침 10시부터 오후 1시 사이, 3시간 동안. 그 사이 마음이 얼마나 조마조마하던지…. 이게 깨어서 울지 않을까, 밖으로 찾아다니지 않을까….

떠나기 전 내가 편지 한 장을 써서 녀석의 머리맡에 놓았다. 잠에서 깨더라도 이걸 보고 놀라지 말고 잘 놀라고….

'혜리야!
함므니 하부지 절에 갔다 올 거야.
봉은사 절 말이야.
빨리 갔다 올게!
울지 말고 잘 놀아!
알았지?'

할아버지

오후 1시, 허겁지겁 돌아오니 녀석이 소파에서 TV를 보고 있었다. 그러더니 우리를 흘깃 보고는 하는 소리이다.

"하야버지, 왜 이렇게 빨리 왔어요?"

늦게 오리라 생각했는데, 일찍 왔다는 태도이다. 얼마나 대견스럽고 듬직하던지, 내가 번쩍 안아 흔들어 주었다. 한 살을 더 먹더니 아주 의젓해

진 모습이다.

오후 2시, 녀석과 이비인후과엘 다녀왔다. 감기가 걸렸는지, 재채기와 기침을 자꾸 해서다. 돌아오는 길에 바베큐 치킨을 사다 주었더니, 녀석이 맛있게 먹었다. 빨리 감기가 나았으면 좋겠다.

2006. 2. 1(후) −6℃ 갑자기 바람이 불고 쌀쌀

'톰과 제리', 테이프를 빌려왔다.

오전 11시, 거실에서 신문을 보고 있는데, 녀석이 안방에서 소릴 질렀다.

"하야버지! 얼른 들어오세요. 이것 좀 보세요!"

들어가 보니 TV에서 화장품을 선전하고 있는데 불량품이다. 녀석이 사뭇 놀라는 표정이다. 불량품을 바르면 얼굴이 망가진다는 엊그제 내 말에 대한 반응인듯 하였다. 좋은 화장품을 바르면 된다고 일러주었다.

오후 2시, 녀석과 광주 제 집 근처 상가엘 다녀왔다. 엊그제 빌려온 '테이프' 를 돌려주고 새 걸 가져오기 위해서다. 함므니가 말렸으나 우린 살금살금 빠져나가 몰래 다녀왔다. 새로 빌린 테이프는 '올챙이와 개구리', '톰과 제리' 였다.

저녁나절이다. 녀석이 하지 말라는 청소를 계속하고 있다. 걸레를 들고 다니며 TV, 거울, 화장대를 닦았다. 난 진공청소기로 먼지를 치웠다. 청소를 마치고 나자 녀석이 설거지를 하겠다고 나댔다. 그렇게 말려도 소용이 없다. 어느새 앞치마를 두르고 싱크대를 차지하고 있다. 키가 모자라자 식

탁의자를 끌어다 놓고서다. 행주에 세제를 묻혀 닦는데, 함므니를 빼닮았다는 생각이 들었다. 녀석이 설거지를 하면서 하는 소리이다.

"하야버지! 나 지금 함므니 도와주고 있는 거예요."

녀석의 말속엔 언제나 함므니가 들어 있다. 곱게 자랐으면 좋겠다.

2006. 2. 3(금) －13℃ 혹독한 입춘추위

입시설명회에 다녀왔다.

아침 9시, 어제 제 집에 두고 온 녀석을 데리러 갔다. 날씨가 너무 춥고, 제 에미의 운전이 미덥지 않아서다.

10시, 제 집 문을 두드리니 혜리, 혜준이가 달려나왔다. 하루만에 보는 녀석이 그렇게 반가울 수 없다. 난 녀석들을 안고 거실로 들어가 시간 가는 줄 몰랐다.

2시간쯤 시간을 보내다 정오쯤 혜리를 데리고 집으로 돌아왔다.

오후 4시, 녀석이 제 에미와 '놀이학교' 입시설명회에 다녀왔다. 기분이 좋은지 녀석이 싱글벙글이다. 학교에 다닌다는 게 그렇게 좋은 모양이다.

놀이학교 개교는 오는 3월 2일, 등 · 하교는 학교버스가 시키고, 오후 3시까지 놀이를 한다고 한다. 어느새 녀석이 이렇게 컸구나 싶었다.

2006. 2. 5(일) −10℃ 계속 입동추위

녀석이 말에 호기심을 보이고 있다.

요즘 들어 녀석이 말에 많은 호기심을 보이고 있다. 대화를 하다가, TV를 보다가 모르는 말이 나오면 이내 달려와 묻는다.

"하야버지! 통행금지가 뭐예요? 무사히 돌아왔다는 말이 뭐예요?"

그래서 일러주면 녀석이 이걸 제 말로 다시 해 본다.

"통행금지라서 집엘 못 왔다. 통행금지라서 경찰서에서 잤다."

그러면서 지 말이 맞느냐고 물었다.

내가 녀석의 머리를 쓰다듬으며 말했다.

"맞았어요. 우리 혜리 참 똑똑해요!"

녀석이 빙긋이 웃는다. 기분이 좋은 모양이다.

2006. 2. 6(월) -℃ 추위가 누그러짐

녀석이 예쁘다고 난리들이다.

아침 10시인데 녀석이 아직 자고 있다. 어제 그렇게 잔소릴 했는데….

함므니와 치과엘 가면서 내가 편지를 써서 녀석의 머리맡에 두었다.

'혜리야!

"하부지!
놀이터 가자!!"

할아버지야.
함므니하고 병원에 갔다 올 거야.
금호상가 '조구 치과' 에….
치킨, 도너츠, 그런 거 사 가지고 올게….
울지 말고 잘 놀아!!'

할아버지

12시경 돌아오니 녀석이 소파에서 TV를 보고 있었다. 어린이 만화영화 '짱구는 못 말려' 이다. 덤덤한 표정으로 TV를 보는 녀석에게 내가 물었다.

"혜리야! 밥 먹었어? 안 먹었어? 언제 먹을려구…?"

녀석의 행동을 보면서 느끼는 것이다.

"이젠 녀석이 꽤 컸구나…!!"

녀석은 보는 사람들마다 예쁘다고들 한다.

오후 6시, 사우나엘 갔는데 주위 사람들이 또 그런다. 휴게실에 앉아 있는데, 어떤 아줌마가 다가오더니 하는 소리이다.

"얘…! 너 몇 살이니? 넌 예쁘지 않은 곳이 한 군데도 없구나!!"

녀석을 보는 시선이 부러운 눈치이다. 주위 아줌마들도 한 마디씩이다.

"아유! 정말 예쁘네…! 미스코리아 해야 되겠네…!!"

내가 녀석에게 귓속말을 하였다.

"혜리는 보는 사람들마다 예쁘다고 하네…!!"

그러자 녀석이 하는 소리이다.

"그래서 하야버지가 기분이 좋아요?"

"그럼! 좋구 말구지!!"

"나도 좋은데…!!"

2006. 2. 7(화) -2℃ 밤새 눈, 10㎝ 정도

녀석을 두고 치과엘 다녀왔다.

오늘도 치과엘 다녀올 양으로 편지를 써서 녀석의 머리맡에 놓았다.

'혜리야!
할아버지야.
함므니하고 치과 다녀 올려구….
갔다 올 때까지 잘 놀아!
울지 말구…!'

할아버지

병원엘 가 보니 치료해야 할 곳이 너무 많다. 함므니도 나도 어금니가 문제다. 마취를 하고, 갈고, 본을 뜨고, 씌우는 데 한 시간 이상이 걸렸다.

돌아올 때에는 '하나로 클럽' 에 들러 녀석이 좋아하는 거 여럿을 샀다. 새우튀김, 치킨, 오뎅, 도너츠, 요구르트 그런 것들이다.

한참 뒤 집엘 돌아오니, 녀석이 TV만 보고 있다. 혼자 두고 다녀왔더니 속이 상하는 모양이다.

2006. 2. 10(금) –4℃ 추위가 점차 누그러짐

함므니, 녀석과 함께 천도제를 올렸다.

녀석과 함께 어머니 아버지 천도제(薦度祭)를 올리고 돌아왔다. 오전 9시부터 낮 12시까지, '태재고개' 넘어 '수미산 불국사'에서다. 할머니 할아버지 형님 등 어른 열네 분에 대한 천도제도 함께 올렸다.

제(祭)가 진행되는 동안 녀석이 내 귀에다 몰래 하는 소리이다.

"하야버지! 그런데 노 하야버지는 왜 안 보이는 거예요? 이따가 오실 거예요?"

노 하야버지는 내 아버지를 이르는 말이다. 녀석이 이 어른을 생전에 여러 번 뵌 적이 있다.

천도제를 올리는 노 하야버지에 대해 녀석이 계속 묻는 말이다.

"노 하야버지는 왜 저걸 안 잡으시는 거예요? 혼이 뭐예요? 혼이 하늘에 사는 귀신이에요? 귀신이 밥을 먹으면 안 보이는 거예요? 귀신은 밥을 먹는 척만 하는 거예요?" 천도제에 대한 궁금증이었다.

천도제가 진행되는 동안 녀석이 계속 함므니를 따라 하였다. 슬금슬금 곁눈질을 해 가면서. 염주를 두 손에 쥐고, 합장하고, 절하고, 두 손을 귀 양쪽으로 들어올리고, 이마를 마루에 오래 머물고…, 다시 일어나 절하고. 그러면서 내게 얼른 절을 하라고 손짓을 하였다.

제를 마치자 주위 사람들이 좇아와 녀석을 끌어안았다.

"절하는 모습이 어쩌면 그렇게도 예쁘냐"는 것이다.

녀석은 입맛이 없다며 절밥을 먹지 않았다.

집에 돌아와 계란중탕을 해서 밥을 먹었다.

2006. 2. 14(화) 7℃ 봄 날씨, 가랑비가 촉촉

식전부터 비디오를 보겠단다.

녀석이 식전부터 비디오를 틀어달라고 한다. 어제 제 집 근처에서 빌려온 '아이 러브 키키' 이다. 이걸 다 보고 난 뒤 녀석이 아침을 먹었다.

오후 4시, 청소를 하는데 녀석이 같이 하겠다고 한다. 내가 진공청소기를 들었더니 이것이 물걸레를 들고 설레발이다. 녀석은 책상, 텔레비전, 냉장고, 의자, 싱크대를 닦았다. 녀석은 옷걸이에 옷들까지 꺼내 정리를 하였다. 그러더니 혼잣말로 하는 소리이다.

"난 역시 여자예요. 청소도 잘 하구, 옷 정리도 잘 하구…!"

웃음이 절로 나왔다.

오후 5시, 함므니가 미국 둘째네 집에 갈 짐 정리를 하고 있는데, 이걸 바라보던 녀석이 하는 소리이다.

"함므니! 미국에서 모르는 사람 따라가지 마세요! 절대루요!!"

"누가 잡아가면 어떻게 해요!"

제 딴엔 먼 길을 떠나는 함므니가 걱정이 되는 모양이다. 녀석이 내게도 한 마디하였다.

"하야버지, 함므닌 왜 자꾸만 미국엘 가는 거예요?"

내가 퉁명스럽게 대답했다.

"난 몰라! 함므니한테 물어 봐!!"

2006. 2. 15(수) 7℃ 따뜻 짙은 안개

함므니가 미국 맨하튼으로 떠났다.

함므니가 미국으로 떠났다. 새벽 7시, 혜리가 아직 자고 있는 시간이다. 11시에 인천공항을 떠나, 내일 새벽 2시 맨하튼에 도착하게 된다.

출국 전 함므니가 혜리에게 전화를 걸었다. 작별인사를 하기 위해서다. 그런데 녀석이 아직 자고 있어 바꿔 주지를 못했다.

아침 10시 반, 녀석이 잠에서 깨어서는 함므니와 전화를 하지 못했다고 엉엉 울었다. 얼마나 슬피 우는지 한참동안 머리가 띵한 게 정신이 없었다.

함므니가 없으니 당장 녀석의 식사가 걱정이다. 무얼 어떻게 해 먹여야 할지 감이 잡히지 않아서다. 생각다 못해 여러 반찬을 해 놓고 골라 먹도록 하였다. 계란프라이, 쏘시지 튀김, 된장찌개, 콩나물국, 잘게 썬 김치…. 점심때는 계란중탕을 해서 먹였다.

저녁을 먹고 나서다. 녀석이 제 애비 전화를 받다가 몇 마디 하고는 얼른 끊었다. 왜 빨리 끊느냐고 했더니, 할 말을 다 했다고 한다. 할아버지와 함께 있으니 걱정이 없다는 태도다.

녀석은 자정이 넘도록 TV를 보다가 잠이 들었다.

'짱구는 못 말려…' 어린이 만화 프로그램이다.

2006. 2. 16(목) 3℃ 종일 따뜻, 화창한 봄 날씨

새벽 4시, 함므니가 미국에서 전화를 했다.

미국에 간 함므니가 새벽 4시 전화를 했다. 잘 도착해서 지금 막 점심을 먹고 있다는 것이다. 혜리는 어젯밤 제 삼촌 방에서 잤다. 아침에 문을 열어 보니 이불을 덥지 않고 웅크린 채 자고 있었다. 얼른 이불을 덮어 주고, 난방을 틀어주었다. 감기가 걸리지 않을까 걱정이 되어서다.

함므니가 없어서 그런지 녀석이 눈치껏 행동을 하였다. 아침밥을 짓고 있는데 어느새 일어나 내 등 뒤에 와서 하는 소리이다.

"하야버지, 나 잘 잤어요!"

평소 같으면 10시나 돼야 간신히 일어나는 녀석이다. 내가 아침밥을 차려 주었다. 계란프라이, 쏘시지, 계란중탕, 콩나물국을 끓여서다.

식사 뒤에는 치카치카며 세수를 시켰다. 도와주렸더니, 지가 혼자 하겠다고 한다. 뒤에 보니 얼굴이 말쑥하고, 이가 반짝거렸다. 예뻐서 양 볼을 잡아 흔들어 주었다. 함므니가 없으니 알아서 행동을 하는구나 싶었다.

오후 늦게다. 녀석과 이마트엘 갔다. 녀석이 자명종 시계를 하나 사 달라고 해서다. 오는 3월 놀이학교에 들어가면 일찍 일어나야 한다면서다. 내친김에 이곳에서 점심을 먹었다. 짜장면 세트를 시켜 둘이서 맛있게….

저녁을 먹고서는 샤워를 시켰다. 내일 '한글 깨치기' 때문에 제 집엘 가야 해서다. 샤워를 마친 녀석이 기분이 상쾌한 모양이다.

'짱구는 못 말려' 를 보다가 어느새 잠이 들었다. 거실 소파 위에서다.

함므니 없는 하루가 이렇게 지나가고 있었다.

2005. 10. 3. 롯데월드 석촌호수, 보트의 녀석과 하부지….

하루 종일, 8시간을 롯데월드에서 보냈다.
혜리, 혜준이, 제 에미, 나 이렇게 넷이서…,
녀석이 종일 롯데월드의 놀이기구를 즐겼다.
혜리 녀석, 하루 종일 그냥 즐거운 표정이다.
그 많은 놀이기구를 즐기고, 맛있는 걸 먹고,
떼를 써도 좋을 할아버지까지 옆에 있으니….
녀석이 종일 재잘대면서 함박웃음을 보였다.

2006. 2. 17(금) -8℃ 심한 바람, 체감온도 더 낮음

녀석이 서너 살 때의 일을 기억하고 있다.

함므니가 미국으로 간 지 이틀째다. 그런데 녀석이 함므니를 그렇게 찾지 않는다. 그러려니 하는 눈치다.

오늘은 '한글 깨치기' 때문에 광주 제 집엘 가야 한다. 제 집에서 이틀을 묶고 일요일 오후에 돌아온다. 어제 제 에미와 그렇게 약속을 했다. 그런데 녀석이 아침 10시가 훨씬 지나도 일어나질 않는다. 어제 제 에미와 11시까지 간다고 해 놓고선….

간신히 깨워 치카치카며 세수를 시키고, 밥을 먹여 제 집으로 떠났다. 제 집으로 가는 차안에서 내가 녀석에게 몇 가지를 물었다. 어렸을 때의 일을 기억하고 있는지…, 궁금해서다.

"혜리야! 너, 할아버지하고 딸기 따 먹던 거 생각나?"

"그럼요! 한솔 아파트 앞산에서 말이지요?"

내친김에 한 가지를 더 물어 보았다.

"혜리야! 할아버지하고 밭에 가서 흙장난하고 놀던 건?"

"하야버지, 나 다 알아요! 잠자리 잡던 것두 알구요…!!"

녀석이 곤지암 상림리 밭에서 있었던 일들을 모두 기억하고 있었다. 냇가에서 튜브를 타고 놀던 거며, 논둑에서 메뚜기를 잡던 일, 밭에서 고추를 따고, 고구마를 캐던 일, 뱀을 만나 놀라 쩔쩔매던 일…. 백 미러로 보니 녀석이 깊은 생각에 잠겨 있는 듯하였다.

나도 서너 살 때의 일을 기억하고 있다. 기분 좋은 일을 기억한다는 건

참으로 상쾌한 일이다. 먼 그 옛날의 아련한 추억을 마음 속으로 더듬을 수 있어서다. 먼 훗날 녀석이 산딸기를 보면 이 할아버지를 기억할 수 있을 게 아닌가!! 냇가와 고구마밭 고추밭을 보아도 그럴 것이다.

2006. 2. 18(토) −6~4℃ 조석 쌀쌀, 한낮 따뜻

"오늘 하야버지 집에 가면 안 될까?"

녀석이 어제 제 집에 갔는데, 꽤 여러 날이 지난 것 같다. 오후 2시 궁금해서 전화를 했더니, 그동안 잘 놀고, 울지 않았다고 자랑이 이만저만이 아니다. 마음이 상해 있으면 어쩌나 했는데…, 여간 다행한 일이 아니다.

한참 전화를 주고받던 녀석이 갑자기 하는 소리이다.

"하야버지! 나 오늘 하야버지 집에 가면 안 될까?"

그래서 내가 말렸다.

"혜리야! 그럼 돼, 엄마하고 약속했잖아. 엄마 집에서 이틀, 할아버지 집에서 다섯 밤, 그렇게…, 잔다고…!"

이것이 얼른 오고 싶은 게로구나 싶었다.

함므니가 맨하튼으로 떠난 지 오늘로 3일째다. 그런 대로 잘 지낼 수 있으려니 했는데, 밥이며 빨래, 청소 등 불편한 게 한두 가지가 아니다. 무엇보다 녀석이 시무룩해 보여 안타깝다. 집안 분위기도 썰렁하다.

2006. 2. 19(일) 4~5℃ 봄의 문턱인 듯, 따뜻

외출을 하려는데 녀석이 전화를 했다.

오늘 혜리가 오기로 한 날인데, 오후 1시가 되도록 소식이 없다. 이참 저참 기다리다가 외출을 하려는데, 녀석에게서 전화가 왔다.

"하야버지! 지금 하야버지 집에 가고 있는 중이에요. 거의 다 왔어요."

아차 싶었다. 막 외출을 하려는 참인데…. 그래서 혜리애비를 바꿔 저녁에 오도록 일렀다.

저녁 8시, 집에 돌아오니 녀석이 벌써 와 있었다. 제 애비가 데려다 놓고 간 것이다. 녀석이 삼촌과 함께 TV를 보며 놀고 있었다.

저녁을 해야 할 시간…. 쌀을 씻고 반찬을 만들어야 하는데, 귀찮은 생각이 들어 나가서 먹기로 하였다. 녀석의 생각대로 이마트 식품점에 들러 짜장면 세트를 주문하였다. 녀석이 그걸 먹겠다고 해서다. 녀석과 삼촌, 나 셋이서 맛있게 먹었다. 집에 돌아오니 10시가 지나고 있었다. 맨하튼의 함므니에게선 소식이 없다. 이 사람 마음이 편치 않을 텐데…!

2006. 2. 20(월) 0~8℃ 봄이 오려나, 따뜻

함므니가 없으니 식사가 걱정이다.

함므니가 미국으로 간 지 오늘로 닷새째다. 함므니가 집에 없으니 녀석

의 잠이며 식사가 무엇보다 큰 문제다. 늦게 자고, 늦게 일어나고…. 밥을 잘 먹지 않고 투정을 부리면서 마냥 시간을 보내고…. 묘책이 없나 궁리를 해 보지만 뾰죽한 수가 없다.

녀석의 잠버릇이다. 밤 1시나 돼야 잠자리에 들고, 아침 11시나 돼야 간신히 일어난다. 야단을 쳐도 소용이 없고, 어찌할 방법도 없다. 속을 끓여 보지만 공연히 애만 탄다. 식사 때는 무엇보다 반찬이 걱정이다. 녀석은 김치 깍두기, 된장찌개 같은 걸 입에 대지 않는다. 기껏해야 구운 김, 계란탕을 해서 밥을 먹는데, 그것도 하루 이틀이지 몇 날 며칠동안 먹을 수는 없지 않은가. 밥은 먹여야 하고, 꺼리는 마땅치 않고…. 그러니 식사 때만 되면 머리가 지끈거린다.

저녁때다. 무얼 해 먹일까 망설이다가 녀석과 시장을 보기로 하였다. '하나로 시장' 에 들러 장을 보았는데, 새우, 소라, 조개 관자놀이, 버섯, 생선 통조림 그런 걸 샀다.

시장을 보고 난 뒤 살펴보니 반찬거리가 모두 해산물이다. 저녁에 이걸로 '새우, 버섯, 소라조림' 을 하였다. 후라이팬에 파 양파 당근 후추 참기름 간장을 넣고, 이걸 섞어 살살 볶았다. 피어오르는 냄새가 그럴 싸하였다.

녀석이 먹어 보더니 엄지손가락을 들어 보이며 맛이 최고라고 한다. 녀석이 밥 한 그릇을 뚝딱 비웠다. 그러면서 하는 말이다.

"하야버지, 내일두 이렇게 만들어 주세요!!"

성공이다 싶은 게 기분이 상쾌하였다.

2006. 2. 21(화) 2~11℃ 봄날처럼 따뜻

"함므니 못 들어오게 할 거야!"

요즘 녀석이 제 삼촌 방에서 잔다. 함므니가 미국으로 떠난 뒤 계속 그런다. 내게 무슨 냄새가 나서 그런 게 아닌지 모르겠다.

녀석이 오늘도 아침 11시, 늦게 일어났다. 12시에 밥을 차려 주었더니 오후 1시가 넘도록 숟갈을 붙들고 있다. 여간 신경이 쓰이는 게 아니다.

반찬은 '해물볶음', '계란중탕', '찐 계란 무침', '구운 김'을 주었다. 내 딴엔 신경을 써서 준비한 것인데 녀석은 대수롭지 않은 모양이다. 서둘러 맛있게 먹으려 들지를 않는다. 애가 타고 속이 상한다.

밤 9시, 녀석이 저녁을 먹으면서 갑자기 함므니 성토다.

"나 함므니 미국에서 오면 집에 못 들어오게 할 거야!!"

이유를 물으니 저만 혼자 두고 미국엘 갔기 때문이라는 것이다. 그러면서 녀석이 어느새 눈물을 흘리고 있다. 손등으로 눈물을 훔치는 녀석이 몹시 안타까워 보였다. 속이 울컥하면서 콧등이 시큰거렸다.

2006. 2. 22(수) 2~6℃ 봄의 길목인 듯 따뜻

"함므닌 미워! 혼자만 자꾸 미국 가구…!!"

오후 5시 반, 녀석이 저녁 식탁에서 또 함므니 성토다.

"하부지!
놀이터 가자!!"

"함므닌 미워! 혼자만 미국으로 가구…! 난 함므니 와두 문 안 열어줄 거야…!!"

함므니가 보고 싶은지 공연히 어깃장이다. 밉지 않은 걸 밉다고 하고, 열어줄 걸 열어주지 않겠다고 한다. 태어나서 늘 함므니와 함께 살았으니 왜 아니랴 싶었다. 녀석이 함므니에 대한 성토를 계속하였다.

"함므니는 작년에두 한 달 미국 가구, 하야버지하구 나만 빼구, 한 달, 또 한 달 자꾸 미국에만 가구…."

저를 떼어놓고 미국을 들락거리는 함므니가 밉다는 것이다.

녀석의 말속에는 함므니를 그리는 마음이 흠뻑 배어 있다.

함므니가 얼른 돌아왔으면 좋겠다. 혜리 이모가 얼른 순산을 하고….

2006. 2. 23(목) −3~6℃ 갑자기 기온이 뚝

아침나절 녀석과 한참을 싸웠다.

아침나절 녀석과 한참을 싸웠다. 늦게 일어난 데다 밥을 잘 먹지 않아서다. 속이 상해 내가 소릴 질렀다.

"혜리야! 너 정말 이럴 거야! 그럼 할아버지 도망갈 거야!!"

그랬더니 이게 길을 가로막으며 얼른 먹겠다고 한다. 그런데 어디 정말 그런가. 먹는 척을 하다가 어느새 먼 산을 바라보고 있다. 속이 상해 또 잔소릴 했다.

"너…, 그럼 함므니 오지 말라고 할 거야!! 난 속상해 못 살어!"

그러자 이게 얼른 먹는 시늉이다. 그런데 또 그 때뿐이다.

아침 11시에 먹기 시작한 밥을 오후 1시가 넘도록 붙들고 있다.

밤 11시, 녀석이 함므니 생각이 나는지 또 불평이다.

"하야버지! 함므니는 왜 나만 쏙 빼놓고 미국에 가는 거예요?"

도대체 이해가 되지 않는다는 표정이다. 할 말이 없다.

저를 일부러 빼놓고 간 건 아닌데….

녀석이 긴 한숨을 쉬고 있다.

2006. 2. 25(토) −2~9℃ 종일 따뜻, 오후 흐림

안부를 물었더니, 네…, 네…, 한다.

낮 12시, 어제 제 집에 간 녀석이 궁금해 전화를 했더니 마침 녀석이 받는다. 반가워 소곤소곤 안부를 물었더니 네, 네, 네…, 즐거운 대답이다.

"혜리야! 어제 잘 잤어? 밥 잘 먹었어? 아침에 일찍 일어났어? 혜준이 하고 안 싸웠어?"

잠시 뒤 녀석이 자리를 옮겨 제 에미 몰래 하는 소리이다.

"그런데…, 하야버지! 내일 엄마가 나 함믄네 집에 안 보내주면 어떻게 해요? 하야버지가 데리러 올 거예요?" 그래서 자리를 옮겼구나 싶었다.

내가 다짐하듯 목에 힘을 주어 말했다.

"그럼~, 할아버지가 데리러 가지! 혜리야, 염려하지 말어! 알았지?"

밤 11시, 외출중 집에 전화를 했더니 녀석에게서 전화가 있었다고 한다.

할아버지 집에 오고 싶어하더라는 것이다. 당장 차를 몰고 가 데려오고 싶은 걸 참았다. 제 집에 정을 붙여야 하기 때문이다.

2006. 2. 28(화) 6℃ 바람이 없고 따뜻

'하바놀이학교' 에 입학을 했다.

며칠 전 제 집에 갔던 녀석이 어제 돌아왔다. 반가워 저녁밥을 새로 짓고 '새우볶음' 을 해 주었더니 맛있게 먹고는, 이내 잠이 들었다. 식사 뒤 피곤이 몰려왔던 모양이다. 아침 먼동이 틀 무렵, 잠에서 깨어난 녀석이, 아직 덜 깬 눈으로 주위를 두리번거리며 하는 소리이다.

"하야버지, 나 함므니 보고 싶어요!!"

가슴이 울컥하고 목이 메었다. 옆에 있겠거니 했는데, 없으니 허전해서 하는 소리인 듯하였다. 녀석이 함므니에 대한 성토를 다시 시작하였다.

"왜 함므니는 나만 떼어놓고 미국에 가는 거예요?"

안 되겠다 싶어 내가 녀석의 주위를 돌려놓기로 하였다.

"혜리야! 우리 여름방학 되면 미국에 가자!! 혜리, 함므니, 할아버지, 이렇게 셋이서…!가서 이모하구, 인후하구, 지후하구 같이 놀자!!"

녀석이 좋아서 손뼉을 치며 하는 소리이다.

"알았어요. 하야버지! 우리 여름방학 때 미국에 가요! 함므니하구요!"

녀석의 기분이 상쾌한 듯하였다.

오후 1시, 녀석이 '하바놀이학교' 에 입학을 했다.

집 근처에 있는 독일계 놀이학교이다.

내일부터는 일찍 일어나 준비를 해서 보내야 한다.

함므니가 더욱 아쉬운 시간이다.

2006. 3. 2(목) −4~1℃ 봄의 길목인 듯 쌀쌀

녀석이 3일째 제 집에 가 있다.

혜리가 지난 달 28일부터 삼일째 제 집에 가 있다. 오늘 학교에 가면 입학 후 2번째 등교가 된다. 함므니 집에 있으면 학교 버스가 와서 데려갈 텐데…. 제 에미 고집으로 광주(廣州) 제 집에서 학교를 다니고 있다.

아침 학교에 갈 시간, 이것이 학교에 잘 가고 있는지…, 걱정을 하고 있는데 제 애비가 전화를 했다.

"아버님, 접니다. 혜리를 데리고 학교에 가고 있습니다. 학교가 끝나면 학교버스가 아버님 집으로 갈 겁니다. 기다렸다 혜리를 받아주세요!"

참으로 이상한 일이다. 그토록 아프던 골치가 당장 말짱해지는 거였다. 내가 혜리를 바꿔 그간의 안부를 물었다.

"혜리야! 잘 지냈어? 울지 않았어? 밥은 잘 먹었어?"

녀석이 별 말이 없이 "네, 네, 네…" 하였다.

그런데 이상하다. 녀석이 학교가 끝나고 함므니 집으로 오지 않았다. 제 에미가 내 집 앞에서 기다리고 있다가 녀석을 데리고 제 집으로 간 것이다. 이것이 아직까지 화를 풀지 않고 있구나…, 속이 상했다. 그 어린것이 어떻

게 통학을…!!

종일 속을 끓이고 있는데, 밤 8시 혜리애비가 전화를 했다.

"아버님! 돌아오는 일요일 혜리를 아버님 집으로 보내겠습니다."

"방금 혜리엄마와 그렇게 상의를 했습니다."

울적했던 마음이 순간 가라앉는 듯하였다.

2006. 3. 3(금) −3~5℃ 날씨 쌀쌀, 쾌청

녀석이 나흘만에 제 집에서 왔다.

아침 9시 20분, 혜리애비가 전화를 했다.

"아버님, 혜리 데리고 학교에 가고 있습니다. 이따가 수업이 끝나면 혜리가 아버님 집으로 갈 겁니다. 데리고 계시면 오후 2시 혜리엄마가 데리러 가겠다고 합니다. 혜리는 일요일 교회를 마치고 데리고 가겠습니다."

사정을 알려주니 여간 고맙지 않다.

12시 20분 녀석이 학교에서 돌아왔다. 이게 도대체 얼마 만인가! 벌써 나흘이 지나지 않았는가! 우린 한참을 부둥켜안고 어쩔 줄을 몰랐다. 마치 이산가족이 상봉을 하듯….

점심을 물으니 맛이 없는 걸 억지로 먹었다고 한다. 학교 밥이 어련하랴 싶어 얼른 밥을 짓고 모시조개국, 새우볶음을 해 주었더니 맛있게 먹었다. 여기에 간식으로 꿀차, 곶감, 몽쉘, 우유를 내주니 녀석이 하는 소리이다.

"하야버지, 이거 다 하야버지가 만든 거예요? 참 깔끔하네요."

요 며칠 제 집에서 어떻게 보냈는지 궁금해서 내가 물었다.

"혜리야! 엄마 집에서 잘 놀았어? 밥두 잘 먹구? 혜준이하고 안 싸웠어?"

대답이 없다. 내가 얼른 다른 이야기를 꺼냈다.

"혜리야! 할아버진 혜리 보고 싶어서 혼났는데…!!"

그러자 이게 얼른 받아서 하는 소리이다.

"하야버지! 난 하야버지 보구 싶어서 막 울었어요!"

역시 그랬구나 싶었다.

녀석이 제 집에 가 있는 동안 내가 녀석의 옷들을 모두 정리하였다. 여기저기 쌓여 있는 몇 다발의 옷들을 모아서다.

'까르프'에 가서 5단 높이의 스테인레스 선반을 사다가, 여기에 옷들을 차곡차곡 정리해 놓았다. 계절별로, 종류별로…. 바지저고리, 치마저고리, 추리닝, 조끼, 자켓, 속내의, 양말 등…. 보기에 아주 깔끔하였다. 이걸 살펴 본 녀석이 눈을 부릅뜨고 하는 소리이다.

"하야버지는 정말 정리를 잘 하시네요!!"

2006. 3. 5(일) −2~8℃ 아침 쌀쌀, 오후 포근

'하나로' 시장에서 장을 봤다.

오후 1시 45분, 교회에 간 혜리애비에게 전화를 했다. 혜리를 언제쯤 보낼 건지 궁금해서다. 점심을 먹고, 여기저기 돌아다니다 오후 5시쯤 데리고 오겠다는 것이다. 오후 5시, 외출에서 전화를 해 보니 혜리가 벌써 집에

와 있다. 서둘러 돌아오니 녀석이 반가워 어쩔 줄 모른다. 우린 서로 부둥켜안고 한참을 소파에 앉아 있었다.

해질 녘, 녀석과 난 집 근처 '하나로 시장엘 갔다. 저녁 찬거리를 사기 위해서다. 녀석과 난 새우며 모시조개, 돼지갈비, 우유, 요구르트 그런 걸 장바구니에 담았다. 녀석이 시장을 보는 게 재미가 있는 모양이다. 재깔대며 쫓아다니는데 지칠 줄을 모른다.

시장을 다녀온 뒤 서둘러 저녁을 지었다. 얼른 해 먹이고 재우기 위해서다. 방금 시장에서 맛있는 찬거리를 사 오기도 했고…. 그런데 녀석이 어느새 소파에 기대어 잠을 자고 있다. 종일 돌아다니느라 피곤했던 모양이다. 흔들어 깨워도 일어나질 않는다. 녀석이 새벽까지 내처 잠을 잤다.

2006. 3. 6(월) 3~6℃ 경칩, 봄 날같이 따뜻

녀석의 등교 준비가 너무 어렵다.

녀석의 등교 준비가 너무 어렵다. 아침 7시에 일어나 준비를 하는데 버스 시간 맞추기가 참으로 벅차다. 깨우고, 세수시키고, 옷 입히고, 가방 챙기고…, 그런 것들이 그렇게 어렵다. 그야말로 눈코 뜰 새가 없다.

밥을 먹이는 것도 힘이 든다. 한 입 받아 물고는 열나절을 오물거려서다. 버스가 와서 기다린다며 애걸복걸을 해야 간신히 씹어 삼킨다. 쫓기듯 집 밖으로 나가 보면 어느새 버스가 와 있다. 꽤 기다린 모양이다. 선생님 보기가 민망하다.

오후 3시 하교시간, 놀이학교로 가 녀석을 데리고 왔다. 그런데 돌아오는 길을 놓쳐 한참을 쩔쩔 맸다. 그랬더니 녀석이 정색을 하며 하는 소리이다.

"하야버지! 이러다 집 못 찾는 거 아니예요?"

집에 돌아와 밥을 차려주니 맛있게 먹는다. 학교에서 먹은 점심이 맛이 없다고 하면서다. 함므니가 있으면 반찬을 더 맛있게 해 줄 텐데…, 미안한 생각이 들었다.

2006. 3. 7(화) 1~12℃ 계속 따뜻한 날씨

매일 등교준비로 너무 쫓긴다.

아침마다 녀석 등교준비로 너무 쫓긴다. 함므니가 미국에 간 이래 계속 그런다. 오늘 아침에도 그랬다. 자는 녀석을 깨워 등교 버스에 태우기까지 그냥 눈코 뜰 새가 없었다.

아침 반찬은 여러 가지를 만들었다. 계란프라이, 쏘시지 튀김, 구운 김, 꽁치통조림찌개, 새우수프 그런 거…, 녀석이 맛이 있다며 보통 때보다 많이 먹었다. 기분이 너무 좋다. 아침 2시간 동안 이루어지는 일들이다.

오후 4시, 학교로 가서 녀석을 데리고 왔다. 점심은 먹었다는 걸 다시 차려 주었다. 학교 점심이 부실 할 것 같아서다.

저녁나절이다. 녀석이 함므니 생각이 간절한 모양이다. 한참 무언가를 생각하더니 갑자기 또 하는 소리이다.

"하야버지! 우리 함므니 오면 문 열어주지 말자!!"

내가 얼른 동의를 하였다.

"그래! 문 열어주지 말자! 함므니 못 들어오게…!"

그랬더니 이게 갑자기 소릴 질렀다.

"안 돼요! 그럼 함므니 어디서 살아요!!"

녀석이 눈물을 글썽이며 목멘 소리이다. 나도 눈물이 날 것 같았다. 내가 녀석을 달랬다.

"혜리야! 조금 전에 할아버지가 말한 거 거짓말이야. 그럼 함므니 어디서 살어!!"

그랬더니 녀석이 눈물을 닦으며 하는 소리이다.

"하야버지! 나도 거짓말인지 알았어요."

그런데도 눈물이 났다는 것이다. 함므니를 그리워하고 있구나 싶었다.

2006. 3. 8(수) 1~11℃ 완연한 봄 날씨, 화창

"혜리야! 라면 끓여 먹을까?"

아침시간…, 잠에서 깨어 보니 8시를 지나고 있다. 이를 어쩌나…. 등교 버스가 9시에 오는데…, 한 시간 밖에 남지 않았는데…. 언제 밥을 짓고 반찬을 만드나, 솥을 열어 보니 밥이 하나도 없다. 녀석을 깨워 등교준비를 시키자면 더 많은 시간이 걸리는데….

라면을 끓여 먹일까…? 굶겨 보내는 것보다야 낫겠지? 그래서 녀석의 생

각을 물어 보았다.

"혜리야! 밥이 없는데, 라면 끓여 먹어도 될까?"

그랬더니 녀석이 고개를 끄덕였다. 아직 잠이 덜 깬 상태인데….

허둥지둥 밖엘 나가 보니 버스가 벌써 와 있다. 녀석을 태워 보내면서 마음이 영 편치가 않았다. 어린 녀석에게 라면을 먹여 보내다니….

오후 4시에 돌아온 녀석에게 점심을 주려더니 안 먹겠다고 한다. 학교에서 두 번 먹었다면서다. 죽 한 번, 밥 한 번….

녀석과 둘이 있으면서 다행스러운 일이 하나 있다. 내가 해 주는 밥을 아주 잘 먹는다는 것이다. 할머니가 해 주는 거 못지 않게. 하루 세끼 따뜻한 밥을 짓고, 입에 맞는 반찬을 해 주어서 그런 모양이다.

요즘 녀석의 볼이 통통해졌다. 학교에 적응도 잘 하고 있다.

지금 시간 밤 12시 40분, 녀석이 조금 전 11시부터 자고 있다.

그 모습이 참으로 천진스럽다.

2006. 3. 9(목) 3~14℃ 완연한 봄 날씨, 따뜻

밥을 먹여 학교에 보내기가 그렇게 어렵다.

아침을 먹여 학교에 보내기가 그렇게 어렵다. 늦게 일어나고, 늑장을 부리며 밥을 먹어서다. 시계를 가리키며 학교에 늦겠다고 잔소릴 해도 아랑곳하지 않는다. 밥을 한 입 물고는 TV를 보며 열나절을 오물거린다. 애가 타서 정신이 돌 지경이다.

버스는 와 있을 시간이고, 식사는 늑장이고, 어쩔 수 없이 우유를 먹여 밖으로 나가 보니 버스가 벌써 와 있다. 미안하기 짝이 없다.

오후 1시, 녀석의 학교생활이 궁금해서 학교엘 가 보았다. 마침 점심시간인데, 녀석이 벽을 향한 책상에 앉아 밥을 먹고 있었다. 집에서처럼 늑장을 부리지 않나 살펴보았더니 아니다. 다른 애들처럼 밥을 먹고 있었다.

오후 4시, 외출에서 전화를 걸어 보니 녀석이 벌써 집에 와 있다. 반가워 전화를 바꿨더니 녀석이 학교에서 있었던 일을 털어놓았다.

"하야버지! 7세 반 남자애들이 나 못살게 굴었어요. 말버릇이 나쁘다고…, 존댓말 그런 거 안 한다고…, 뭐라고 했어요!"

무슨 일인가 싶어 귀가를 서둘러 물어 보니 녀석이 짜증을 부린다.

"하야버진 그것도 몰라! 아까 다 말했잖어!!"

녀석이 눈물을 흘렸다. 학교에서의 일이 심각한 모양이다. 무슨 일인지 알아보아야겠다.

저녁 10시, 녀석이 장난감 컴퓨터를 들고 와 워드 치는 걸 가르쳐 달라고 한다. 내가 책상에 앉아 컴퓨터 워드를 치는 게 부러웠던 모양이다. 한 두 번 가르쳐서 될 일이 아니어서 모르는 척했더니 이게 난리이다. 얼른 가르쳐 달라는 것이다. 할 수 없이 하던 일을 멈추고 워드 놀이를 하였다.

2006. 3.10(금) 6~14℃ 완연한 봄, 따뜻

"하부지! 나 잘 놀고 있어요!!"

아침 버스에 동승한 선생님에게 혜리 이야기를 했다. 7세 반 남자애들이 못살게 굴더라는 걸 말이다. 선생님이 깜짝 놀라 알아보겠다고 하였다.

녀석이 학교에 도착했을 시간, 담임선생님이 전화를 했다. 그런 일이 있었는지 전혀 몰랐다는 것이다. 잘 살펴 처리하겠다고 하였다.

오후 3시, 혜리에미가 학교에서 전화를 했다. 혜리를 제 집으로 데려갔다가 오는 일요일 보내겠다는 것이다. 그렇게 하기로 벌써 약속은 했지만 막상 데려가겠다고 하니 여간 섭섭한 게 아니다.

밤 10시, 녀석이 궁금해서 전화를 걸었더니 이게 오히려 내 걱정이다.

"하야버지! 나 잘 놀고 있어요. 걱정하지 마세요!"

녀석의 목소리가 밝고 명랑하다. 제 집에서 잘 노는 게 너무 신통하다.

2006. 3. 14(화) −10℃ 꽃샘추위, 32년만에 처음

녀석을 어제 제 집에서 데려왔다.

며칠 전 제 집에 간 녀석을 어제 오후 데려왔다. 감기에 걸려 학교엘 보내지 않아서 가서 데려온 것이다. 기껏 이삼일 정도 데리고 있으면서 감기에 걸리게 하다니…. 그런데 참 이상한 일이다. 함믄네 집에 돌아온 녀석,

단 몇 시간이 지나지 않아서 벌써 멀쩡하다. 아마도 제 집에 익숙하지 않아서 스트레스를 받은 모양이다.

오늘 아침도 등교 채비로 너무 바빴다. 자는 녀석을 흔들어 깨우고, 밥을 먹이고, 옷을 입혀 학교에 보내는 일이 보통이 아니다.

밤 9시, 제 에미가 전화를 했는데 녀석이 받아서 일장 훈계다.

"엄마는 혜준이 걱정이나 해라! 나는 하야버지가 잘 봐주잖아, 응…!"

제 에미와 전화를 끊고 난 녀석이 내게도 한 마디 하였다.

"그렇지 않아요, 하야버지! 엄마는 괜히 걱정이에요!!"

그러자 옆에 있던 제 삼촌이 웃으며 하는 소리이다.

"그렇지, 그래! 잘했어, 우리 혜리!!"

밤 10시, 녀석과 내가 집 근처 '하나로 시장' 엘 갔다. 녀석에게 내일 아침에 먹일 찬거리가 마땅치 않아서다. 우린 시장에서 생새우, 등심, 버섯, 돼지고기, 우유 그런 걸 샀다. 장을 보고 나오는데 녀석이 또 함므니 생각이 나는 모양이다.

"함므니는 왜 미국에 가서 이렇게 안 오는 거예요? 나만 빼놓고…."

"이모만 딸인가요. 나도 딸이지! 손녀 딸…."

함므니가 새록새록 그리워지는 모양이다.

함므니가 미국에 간 지 어느새 27일이 되었다.

2006. 3. 15(수) 0~11℃ 맑은 뒤 흐리고 황사

학교에 다니는 게 피곤한 모양이다.

녀석이 '놀이학교' 에 다니는 게 피곤한 모양이다. 학교에 다녀와서는 꼭 낮잠을 잔다. 가끔 아침에 일찍 일어나기도 한다. 학교에 지각할 것이 걱정이 되어서 그러는 모양이다. 어느 땐 자명종 시계를 옆에 놓고 잔다.

오늘 아침은 누가 깨운 것도 아닌데 새벽 6시에 일어나 재잘거렸다. 이거 다 살게 마련인 모양이다. 가끔 늦잠을 자거나, 학교에 가지 않겠다고 떼를 쓰기도 하지만…. 학교에 들어가기 전 녀석은 보통 밤 12시를 넘겨서 잠을 잤다. 아침에는 11시가 넘어야 간신히 일어나고….

요즘 녀석이 미(美)에 관심을 보이기도 한다. 오후 2시, 학교를 다녀 온 녀석에게 하트모양의 초콜릿을 주렸더니 이게 하는 소리이다.

"안 돼요! 안 먹을 거예요! 그냥 내버려 두세요!!"

이유를 물으니 초콜릿에 예쁜 하트가 그려져 있어서 라는 것이다. 사랑의 하트를 어떻게 먹을 수 있느냐고 한다. 녀석의 생각을 알고 보니 이해가 될 듯하였다. 그 고귀한 사랑을 감히 어떻게 먹을 수 있단 말인가!!

함므니 하부지와 혜리 이야기 ❶

"하부지! 놀이터 가자!!"

지은이 / 윤영섭
펴낸이 / 김재엽
펴낸곳 / 한누리미디어
디자인 / 지선숙

121-840, 서울시 마포구 잔다리로 35(서교동) 서원빌딩 2층
전화 / (02)379-4514, 379-4519
Fax / (02)379-4516
E-mail/hannury2003@hanmail.net

신고번호 / 제300-2006-61호
등록일 / 1993. 11. 4

초판발행일 / 2014년 4월 15일

값 13,000원

ISBN 978-89-7969-474-1 04810
ISBN 978-89-7969-473-4 (세트)